ハヤカワ文庫 SF
〈SF1546〉

楽園の泉

アーサー・C・クラーク
山高　昭訳

早川書房
5778

THE FOUNTAINS OF PARADISE

by

Arthur C. Clarke

Translated by

Akira Yamataka

Published 2006 in Japan by

HAYAKAWA PUBLISHING, INC.

This book is published in Japan by

arrangement with

DAVID HIGHAM ASSOCIATES LTD.

through TUTTLE-MORI AGENCY, INC., TOKYO.

レスリー・エカナヤケ（一九四七年七月十三日〜一九七七年七月四日）のいまだ消えやらぬ思い出に捧ぐ。

誠実、聡明、思いやりが類い稀な形で結びついていた生涯にただ一人の真の友。

きみの輝かしく愛すべき魂がこの世から失われたとき、多くの者の心から火が消えた。

願わくば涅槃に到達されんことを《ニルヴァーナ・プラープト・ブーヤート》。

政治と宗教は過去のものになりました。
科学と精神の時代が来たのです。

（一九六二年十月十五日、コロンボ
におけるセイロン科学振興協会への
ジャワハラール・ネールの挨拶）

目次

第四部 塔

はじめに

「楽園からタプロバニーまでは四〇リーグ。楽園の泉の音も聞こえよう」
（〈マリニョリ会士によって報告された伝承〉一三三五年）

わたしがタプロバニーと呼んだ土地はほんとうに存在するわけではないが、約九〇パーセントまではセイロン（いまのスリランカ）の島と一致している。〝あとがき〟で場所、出来事、登場人物のどれが事実にもとづいているかを明らかにするつもりだが、話が信じがたければそれだけ真実に近いと読者が思いこむようなこともないだろう。〈タプロバニー〉という地名は、今日ではふつう〈タプロベイン〉と発音されるが、本来の正しい発音は〈タプロバニー〉である――もちろん、ミルトンはよく知っていたわけだが。

「インドから、マレー半島《カーソニース》から、また最果てのインドの島タプロバニーから……」
（『復楽園』第四部）

楽園の泉

第一部　宮殿

1　カーリダーサ

王冠は年ごとに重みを増していた。ボーディダルマ・マハナヤケ・テーロ師がはじめてそれを（じつに不満そうに！）彼の頭にのせてよこしたとき、カーリダーサ王子だった彼は、その軽さに驚いたものだった。二十年後のいま、カーリダーサ王は、宮廷の礼式が要求しない場合には、この宝石をちりばめた黄金のバンドを、いつでも喜んではずしてしまうのである。

この吹きさらしの岩の要塞の頂きでなら、儀礼の必要もあまりなかった。この近寄りがたい岩の上での謁見を願いでる使節や請願者は、そう多くはなかったからだ。ヤッカガラまで旅してきた者の多くも、最後の登りにさしかかって、岩の中に身をかがめ今にも跳びかかりそうに見えるライオンの顎をくぐり抜ける段になると、そこから引き返した。この天を摩する玉座には、年老いた王は坐れないのだ。いつかはカーリダーサにも、自分の宮殿まで登れなくなるほどに体が弱るときが来るかもしれない。だが、彼は、そんな日が来るとは思っていなかった。多くの敵が、老齢という屈辱から自分を免れさせてくれるだろう。その敵たちは、いま集結しつつあった。彼は、タプロバニーの血まみれの王座を要求しに戻ってくる異母弟の軍勢が早くも現われたかのように、北方に視線を走らせた。だが、そちらの敵はまだ、モンスーンに荒れる海の向こうの、遠い土地にいた。カーリダーサは占星術師よりもスパイのほうをずっと信用していたが、両者ともこの点で同意見であることは、心強いかぎりだった。

マルガーラは、戦略をめぐらし、外国の王たちの支持を集めながら、もう二十年近くも、機をうかがっていた。それ以上に忍耐強くとらえどころのない敵が、もっとずっと近くにおり、南の空からたえずこちらを見守っていた。中部平原の上に聳《そび》えたつ霊山スリカンダの均整のとれた円錐形は、今日は非常に近く見えた。この山は、歴史のはじめから、見る者の心に畏敬の念をおこさせてきた。カーリダーサは、その覆いかぶさるような山容、それが象徴する力を、片時も忘れたことはなかったのである。

とはいっても、マハナヤケ・テーロには軍勢はなく、鋭い叫びとともに真鍮の牙を振りたてて突撃する軍用象もいなかった。法王は橙色の衣をまとった老人にすぎなかったし、有形の財産としては、施しを受ける鉢と日除《ひよ》けにかざすシュロの葉しかなかった。下位の僧侶や侍僧たちが経《きょう》を読むなかで、彼はただ足を組んで黙然と坐っていた——それでいながら、王たちの運命をなんらかの形で左右していた。なんとも不思議な存在だった……。

今日は空気が澄んでいて、スリカンダの絶頂には、遠く離れて小さな白い矢じりのようになった寺院が見えていた。それは人間の作ったもののようではなく、子供のころにマヒンダ大王の宮廷でなかば人質のような客分であったときに眺めた、それ以上に巨大な山のことを思いださせた。マヒンダの帝国を守る巨峰の頂きは、どれもこうした眩しい水晶のような物質でできていたが、タプロバニーの言語には、それを指す語はなかった。ヒンドスタン人はそれが魔法のように変身した一種の水だと信じていたが、カーリダーサはそんな迷信を笑いとばしたのだった。

あの象牙色の輝きまでは、三日の道のりだ——森や水田を抜けて王の道を一日、それから曲がりくねる階段を二日。しかし、自分は二度とふたたびそこを登ることはできない。なぜなら、その先には、自分が怖れながらも征服できないでいる唯一の敵がいるのだ。時として、巡礼者たちの松明《たいまつ》が細い火の線となって山の斜面をあがってゆくのを見るとき、彼らを羨むこともあった。卑しい乞食でさえも、あの聖なる夜明けを迎えて功徳《くどく》を授かることができる。自分はこの国の支配者でありながら、それができないのである。

だが、自分には、たとい束《つか》の間《ま》のものではあれ、慰めがあるのだ。あの濠《ほり》と城壁に守られた中には、王国の富を惜しみなく注ぎこんだ池や噴水や〈庭園〉がある。そして、これにも飽きれば、岩の乙女たち——召しだす回数もしだいに減った生身の美女たち、そして信頼できる者もないままにしばしば心を打ち明ける相手にする二百人の変わらざる永遠の美女たちがいる。

西の空に雷鳴が轟いた。カーリダーサは、無気味に覆いかぶさる山から、雨の気配を見せる遠くの空へと、視線を移した。今年はモンスーンが遅れていた。島じゅうに張りめぐらされた灌漑網に水を供給する人工湖は、どれも干あがりかけていた。いまごろの季節になれば、そのなかでも最大の湖に（臣下たちが不遜にも、それにいまなお父の名を冠して、パラヴァナ・サムドラ、〝パラヴァナの海〟と呼んでいることは、よく知っていたが）、水が光って見えているはずだった。その湖は、何世代もの辛苦の末に、つい三十年前に完成したものだった。まだ幸福だったころの若いカーリダーサ王子は、巨大な水門が開かれ、恵みの水が渇いた土地へ流れこんでゆくさまを見ながら、父親の脇に誇らしげに立っていた。〝黄金の都市〟ラナプーラ、自分が己れの夢想のために放棄した古い都のドームや塔を映しながら緩やかに波うつ広大な人工湖の眺めは、王国全土にくらべるもののない美しさだった。

また雷鳴が轟いたが、カーリダーサはこれが雨の前触れではないことを知っていた。この〈悪魔岩〉の頂きでさえ空気は重く淀んで、モンスーンの到来を告げる気まぐれな突風は、その気配すらなかったのである。待望の雨がやってくる前に、飢饉が頭痛のたねを増すことになるかもしれなかった。

「陛下」と、廷臣アーディガルの辛抱強い声が聞こえた。「使節が出立《しゅったつ》する時刻でございます。ご挨拶を申しあげたいそうですが」

ああ、例の西の海の向こうから来た、二人の色の白い使者のことか！　彼らがいなくなるのは残念だった。たどたどしいタプロバニー語ながら、さまざまな珍しい話を伝えてくれたのだから。もっとも、この空に聳える要塞宮殿と肩を並べるほどのものがないことは、彼らも自分から認めたのだが。

カーリダーサは、白い頂きの山や乾いて揺らめいている下界に背を向けると、謁見室に通じる花崗岩の階段を降りはじめた。その後ろからは侍従や側近が、別れを告げるべく待っている丈高い高貴な男たちに贈る象牙や宝石を持って従っていた。彼らはまもなくタプロバニーの財宝を、海を越えて、ラナプーラより何世紀も若い都市へと運んでゆく。そして、しばらくは、ハドリアヌス皇帝に心の憂《う》さを忘れさせることだろう。


寺院の白い漆喰壁に橙色の衣をひるがえしながら、マハナヤケ・テーロは、北側の胸壁のほうへゆっくり歩いていった。はるか下界には見渡すかぎり拡がる碁盤目のような水田、灌漑用水路の黒い線、パラヴァナ・サムドラの青い輝きがあり――さらにこの内陸の海の向こうには、ラナプーラの神聖なドーム群が、かすんだ泡のように、実際の距離から考えれば信じがたいほどの大きさで浮かんでいた。彼は三十年にわたってこの絶え間なく変わる景観を眺めてきたが、この微妙な変化のあらゆる側面をとらえることは不可能だと悟っていた。色彩や輪郭は季節ごとに、それどころか雲の動きとともに変化した。自分が世を去る日になってもまだ、何か新しいものが見えることだろう、とボーディダルマは思った。

このみごとに調和した眺めの中に、ひとつだけ目ざわりなものがあった。この高さからではじつに小さくしか見えなかったが、それでも灰色の〈悪魔岩〉は、別世界からの闖入者《ちんにゅうしゃ》のように思えたのである。事実、伝説によれば、ヤッカガラは薬草の生えたヒマラヤの山頂のかけらであって、ラーマーヤナの戦闘が終わったとき、猿の神ハヌマンが負傷した戦友たちのために薬草を山ごと大急ぎで運んだとき、こぼしたものだといわれていた。

もちろん、こんな距離からでは、カーリダーサの〝宮殿〟は、〈庭園〉の外側の城壁と思われるかすかな線を除いては、細部が見えるはずもなかった。しかし、一度でも体験した者にとっては、〈悪魔岩〉の衝撃は、とても忘れられるものではなかった。マハナヤケ・テーロは、まるで自分がいまその場に立ってでもいるかのように、絶壁から突き出た巨大なライオンの鉤爪を、まざまざと思いうかべることができた――頭上には胸壁がそそり立ち、その上をいまも呪われた王が歩いていても不思議とは思えないような気分だった……。

上空から雷鳴が降ってきたかと思うと、それはたちまち山を揺るがすような轟音にふくれあがっていった。その音は連続的な衝撃となって空を渡り、東のほうへ消えていった。しばらくのあいだは、その反響が地平線にこだましました。これが、雨期到来の先触れだなどと思いこむような者は、誰もいなかった。雨はまだ三週間は予定されていなかったし、モンスーン制御部は二十四時間以上の狂いをだしたことはないのだった。反響音がしずまったとき、マハナヤケは連れのほうへ向きなおった。

「これが再突入回廊を提供した酬《むく》いか」彼は、仏法の体現者にしては、ややいらだちをこめていった。「計器の読みは取れたかな？」

若いほうの僧は手首のマイクに向かって手短かに何かいい、返事を待った。

「はい――最高値は一二〇。いままでの最高の記録を五デシベル上まわっています」

「いつもの抗議をケネディー管制局かガガーリン管制局に送っておきなさい。いや待て。どちらにも文句をいうことにしよう。もちろん、なんの効果もあるまいがね」

空に描かれて徐々に消えつつある飛行機雲を眼でたどっていた八十五代目のボーディダルマ・マハナヤケ・テーロの心には、ふとまったく僧侶らしからぬ空想が浮かんだ。軌道までのキロ当たり経費のことしか考えない宇宙航路の経営者に対して、カーリダーサならそれ相応の処置を考えることだろう……おそらく串刺し、金属を履いた象、沸騰した油か何かを。

それにしても、もちろん二千年前には、世の中はもっとずっと単純だったのだ。

2　工学者

残念にも年ごとに数の減ってゆく友人たちは、彼をヨーハンと呼んでいた。世間では、まだ彼のことを覚えていたころには、彼をラジャと呼んだものだった。彼の正式な名前は五百年の歴史の縮図だった――ヨーハン・オリヴァー・ディ・アルウィス・スリ・ラジャシンハ。〈岩〉を訪れた旅行者たちがカメラとレコーダーを携えて彼を探し求めた時代もあったが、いまではどんな世代も、彼が太陽系でもっともよく知られた顔であった時代のことは、知らないのである。過去の栄光を懐しむことはなかった。そのことでは全人類からの感謝を受けたのだから。だが同時に、自分の犯した誤りへの空しい悔恨をも――そしてもう少しの慎重さか忍耐があれば救えたかもしれないのに、犬死にさせてしまった者たちへの悲しみをも、体験したのだった。もちろん、いま歴史を振りかえってみれば、オークランド危機を回避するために、あるいはサマルカンド協定の消極的な調印国たちをまとめるために、何をすべきだったかは、誰にでもわかる。過去の避けられぬ過誤について自分を責めるのは愚かなことだが、時として例のパタゴニアでの古い弾丸傷の、消えかけた疼き以上に、良心が痛むこともあるのだった。

彼の引退がこれほど長く続くと信じた者は、誰一人としていなかった。「きみは六カ月以内に戻ってくるさ」とチュー世界大統領はいったものである。「権力は麻薬のようなものだ」

「わたしにとってはそうじゃない」と彼はありのままに答えた。なぜなら、権力は向こうからやってきたのであって、自分で求めたものではなかったからだ。しかも、その権力たるや、いつでもきわめて特殊で限定された種類の権力――行政上の権力ではなくて相談役的な権力だった。彼は大統領および評議会に対して直接の責任を負う政務特別補佐官（臨時大使）にすぎず、スタッフの数も十人を越えたことはなかった。もっとも、〈アリストートル《アリストテレス》〉を勘定に入れれば十一になるが（彼のコンソールは、いまでも〈アリ〉のメモリおよび処理バンクに直接つながっており、両者は年に何回か会話を交わすのだった）。しかし、時がたつにつれて、評議会は必ず彼の助言を採用するようになり、賞賛も敬意も払われない平和部門の官僚たちに帰すべき功績の大部分について、世間は彼を賞賛したのだった。

そういうわけで、紛争の現場から現場へと歩きまわり、あるいは自尊心をもみほぐし、あるいは危機の火種を取り除いて、絶妙な手腕で事実を操った無任所大使ラジャシンハが、名声を一人じめすることになったのである。もちろん、実際に嘘をついたわけではなかった。そんなことをしたら、取りかえしのつかないことになったろう。〈アリ〉の絶対に確実な記憶がなかったら、ときには人類の平和な暮らしのために張りめぐらさざるをえなかった複雑な網の目をさばきとおすことは、とてもできなかったろう。駆け引きそのものが楽しくなりはじめたとき、それが引退の潮時だった。

それは二十年前のことだったが、自分の決断を後悔したことは一度もなかった。権力への誘惑には勝てても退屈には負けるだろうと予言した者は、彼の人物を知らないか、それとも彼の生い立ちが理解できなかったのだ。彼は若き日の野や森に戻り、少年時代を大きく占めていた、巨大な、のしかかるような岩からわずか一キロのところに住んでいるのだ。それどころか、彼の屋敷は〈庭園〉を囲む広い濠のまさに内側にあり、カーリダーサの建築技師が設計した噴水は、二千年の沈黙の後、いまではヨーハンの家の中庭でしぶきをあげているのである。水はいまでも元の石の導管の中を流れていた。いまでは岩の上のほうに設けられた水槽が奴隷たちの重労働の代わりにポンプで満たされているほかは、何も変わりはなかった。

この歴史の浸みこんだ土地を自分の隠棲の場所にできたことは、実現するとは本気で思っていなかった夢をかなえ、全生涯の何ものにもまさる満足感をヨーハンに与えた。このためには、彼の外交的手腕のすべてと、考古学局へのある程度の微妙な圧力が必要だった。あとで議会から質問が出たが、幸いにも答弁は行なわれなかった。

枝分かれした濠のおかげで、よほど決意した者以外には観光客や学生から隔離されていたし、品種改良されたアショーカの木の厚い壁が年間を通じてびっしりと花をつけ、人目をさえぎっていた。また木々の間には幾群れかの猿が住んでいて、眺めているぶんには楽しかったが、ときどき屋敷に侵入してきては気にいった小物を盗んで逃げていった。そこで爆竹やら警告の鳴き声の録音やらで短時間の異種間戦争になるのだったが、この騒音は少なくとも猿に劣らず人間を閉口させたし、猿たちのほうは、騒ぎがやむとたちまち戻ってきた。彼らは、とうの昔に、誰も自分たちに本気で危害を加えはしないことを知っていたのである。

タプロバニーのこの世のものとも思えぬ日没が西の空を彩っているころ、小さな電気三輪車が音もなく木々の間を抜けて、ポルチコの花崗岩の柱のそばにとまった（これは後期ラナプーラ時代の本物のチョーラ風建造物だったから、ここに置くのは時代錯誤もいいところだった。だが、そのことで何かいったのはポール・サラト教授だけだったし、もちろん彼はいつだって文句をいうのだった）。

長年の苦い体験から、ラジャシンハは、第一印象を信用してはならないが、無視してもいけないということを、学んでいた。ヴァニーヴァー・モーガンといえば、その業績からみて堂々たる大男だろうと、彼はなかば予想していた。ところが当の工学者は、人並みよりはずっと小柄で、一見したところひ弱そうにさえ思えた。しかし、その痩せた体は筋骨たくましく、漆黒の髪が五十一歳とはとても思えない若々しい顔を囲んでいた。〈アリ〉の個人資料ファイルからのビデオ表示は、彼を正当に描写しておらず、浪漫派の詩人かコンサート・ピアニスト、さもなければ数千人の観客を演技で魅了する名優とも思えるようなものだった。ラジャシンハには、行動力は一目みればわかった。行動力こそ彼が相手にしてきたものだったのだから。そして、いま自分の眼の前にいるのは、行動力なのだった。小男に気をつけろ、と彼はなんどとなく自分にいいきかせたものだった——彼らこそ世界を動かし震撼させる連中なのだ。

そう思ったとき、はじめてかすかな不安を感じた。旧友や昔の政敵たちが、情報を交換したり思い出話にふけるために、ほとんど毎週のようにこの遠隔の地へやってきていた。そういう訪問は彼の生活に連続したパターンを維持するものだから、大歓迎だった。それでも、彼はつねに会見の目的や話題の範囲を、きわめて確実に把握していた。ところが、ラジャシンハの知るかぎり、自分とモーガンの間には、当節の誰にでも共通するもの以上の共通の関心事は、何もなかったのである。二人は初対面だったし、これまでに通信を交わしたこともなかった。それどころか、モーガンという名前さえ、おぼろげに知っている程度だった。それ以上に妙なのは、この工学者はこの会見を内密にしてほしいと頼んだのである。

ラジャシンハは、承諾したものの、不快な気分は隠せなかった。自分の平穏な生活には、もう秘密など用はないのだ。この整然とした生き方を乱すような何か重大な機密などというものは、いま何よりも願いさげにしたいことだった。公安局とは永遠におさらばした。ボディーガードたちは、十年前に(それとも、もっと前だったろうか?)こちらから要請して引き揚げてもらったのだった。もっとも、彼を不安にさせた最大の要因は、小さな秘密などではなくて、自分が五里霧中でいることにあった。地球建設公社の技術部長(陸地部門)ともあろう者が、ただ自分のサインを求めたり、ありきたりの観光客のような愚問を発するだけのために、はるばる数千キロをやってくるはずはなかった。何か特別な目的をもってここへ来たにちがいないのだ。ところが、いくら知恵をしぼってみても、ラジャシンハには想像もつかなかった。

まだ公務員であったころでも、ラジャシンハは地球建設公社と関係したことはなかった。その三つの部門——陸地、海洋、宇宙——は巨大なものではあったが、おそらく世界連邦のあらゆる専門機関の中でも、もっとも知名度が低かった。世間に知れわたるような技術的失敗とか環境グループや歴史グループとの正面衝突がおこったとき、はじめて地球建設公社の名が表面化するのだった。最近この種の対決がおこったのは、例の南極パイプライン——極地の広大な鉱床から液化した石炭を世界の発電所や工場へ送るために建設された二一世紀の奇蹟——に関するものだった。生態学的な陶酔状態にあった地球建設公社は、パイプラインの残存する部分を撤去して、陸地をペンギンに返還することを提案したのだった。たちまち抗議の声をあげたのは、このような文化破壊行為に憤激した産業考古学者たちと、ペンギンは遺棄されたパイプラインが大好きなのだと指摘する動物学者たちだった。パイプラインは彼らにかつてなかったほどの水準の快適な住居を提供し、このためシャチたちもてあますほどの爆発的繁殖率をひきおこしたのだった。そこで、地球建設公社は、一戦も交えずに降伏したのである。

ラジャシンハは、モーガンがこの小敗北に関与していたかどうかは知らなかったが、それはたいした問題ではなかった。モーガンの名は、いまや地球建設公社の最大の偉業と結びついているのだ……。

それは〝最高の橋〟と命名されたが、それも故《ゆえ》あることだったろう。その最後の部分がグラーフ・ツェッペリン号（これ自体が、当代の驚異のひとつなのだが）によって空へ静かに持ちあげられるのを、ラジャシンハは世界のなかばの人々といっしょに見ていた。重量を減らすために、飛行船の豪華な備品はすべて取り除かれていた。有名な水泳プールは排水され、原子炉は揚力を増すために余剰熱を気嚢に送りこんでいた。一千トンを越す死荷重が三キロの上空へまっすぐに吊りあげられるのはこれがはじめてだったが（おそらく数百万という者たちの期待を裏切って）いっさいは支障なく終わった。

それからは、この人類によって建設された（また、おそらく今後とも建設されることのない）最大の橋に敬意を表することなく〈ヘラクレスの柱〉を通過する船は、ありえないのである。地中海と大西洋の境目にある二本の柱は、それ自身が世界最高の建造物であり、ジブラルタル橋という驚くべき優美なアーチのほかには何一つない一五キロの空間を隔てて相対しているのである。これを考えついた男に会えるのは名誉というべきだろう。相手が一時間遅刻したといってもだ。

「申しわけありません、大使」モーガンは、三輪車から降りながらいった。「遅れてご迷惑だったんじゃないでしょうか」

「ちっとも。何も予定はありませんから。食事はすませたんでしょうね？」

「ええ――ローマでの接続をふいにされたとき、少なくともすばらしい食事は出してくれましたよ」

「たぶんヤッカガラ・ホテルのものよりも上等だったでしょうな。今晩の部屋をとっておきました——ここからほんの一キロのところです。すみませんが、お話は朝食まで待ってください」

　モーガンはがっかりした様子だったが、肩をすくめて同意した。「まあ、そのあいだにすることは、いくらでもありますから。ホテルに執務用の設備は完備しているんでしょうね——でなければ、せめて標準の端末装置ぐらいは」

　ラジャシンハは笑った。「電話より高級なものは保証しかねますな。でも、いい考えがありますよ。あと半時間ちょっとすると何人かの友人を〈岩〉へ連れてゆくことになっているんです。ぜひお目にかけたい歴史ショー《ソン・エ・リュミエール》があるんですが、いっしょに来ませんか」

　モーガンが迷って、当たりさわりのない口実を思いつこうとしているのが、よくわかった。

「ご好意はありがたいのですが、どうしてもオフィスに連絡しなけりゃならんので……」

「わたしのコンソールを使えばよろしい。請けあいますよ——ショーはすばらしいものですし、わずか一時間のことです。ああ、そうか——ここに来ていることを知られたくないのですね。じゃ、タスマニア大学のスミス博士ということで紹介しましょう。友人たちは、お顔を知りゃしませんよ」

　ラジャシンハには来客を怒らせる気は少しもなかったが、モーガンがとっさに見せたむっとした表情は見違えようもなかった。もと外交官の本能が無意識に働いていた。彼はこの挙動を将来の参考として頭にしまいこんだ。

「そうでしょうとも」とモーガンはいったが、ラジャシンハは彼の声にまぎれもない苦い響きがあるのを感じとっていた。「スミス博士で結構です。それじゃ——コンソールを貸していただけますか」

おもしろい、だが重要なことではあるまい、とラジャシンハは、客を屋敷の中へ案内しながら思った。とりあえずの臆測——モーガンには挫折感があり、ことによると失意さえ感じているかもしれない。理解しがたいことだ。自分の専門分野での指導者の一人だというのに。それ以上に何を望むのか？　明らかな答がひとつだけあった。ラジャシンハは、この症状をよく知っていた。ただ自分の場合には、病気がとうの昔に自然治癒していたからかもしれないのだが。

「〝名声は拍車〟」彼は静まりかえった心の中で暗唱した。その次はどうだったかな？「〝かの高貴なる心の最後の病——歓びをさげすみ、労苦の日々を生きさせる〟」

そうだ、自分のいまなお鋭敏なアンテナがとらえた欲求不満は、これで説明できるかもしれない。そのとき彼は、ヨーロッパとアフリカを結ぶ巨大な虹がほとんどいつも〝橋〟（ときによっては〝ジブラルタル橋〟）と呼ばれて、〝モーガンの橋〟とは呼ばれたことがないのを、ふと思いだしたのだった。

そうか、モーガン博士、名声を探しているのなら、ここでは見つかるまいよ、とラジャシンハは心の中で思った。では、いったい全体どうしてきみは、この静かな小さいタプロバニーにやってきたのだ？

3 噴水

象や奴隷たちは、無慈悲な太陽のもとで、果てしないバケツの列を絶壁の上へ運びあげるために、いく日もいく日も苦役を続けていた。「用意はできたか？」と王はなんども訊ねた。

「まだでございます、陛下」と職人頭は答えた。「水槽はまだ満ちてはおりませぬ。しかし、明日にはきっと……」

ついに明日が来て、いまやすべての廷臣たちが〈庭園〉の中の色鮮やかな日除けの下に集まっていた。王自身は、この危険に満ちた特権を手に入れるために侍従を買収した志願者たちが動かす大きな扇から、風を送られていた。この名誉は、富にも死にもつながりうるものだったのである。

すべての眼が〈岩〉の壁面に集まり、小さな人影がその頂きへ向かって動いていた。旗が振られ、はるか下では角笛の音が短く響いた。絶壁の裾では、職人たちが必死にレバーを操作し、綱をたぐった。しかし、長い時間がたっても、何事もおこらなかった。

不機嫌な表情が王の顔に拡がりはじめ、廷臣はいっせいに震えおののいた。あおいでいる扇さえ一瞬動きを止めたが、あおぎ手が自分の仕事の危険性を思いだすと、ふたたび勢いを増した。そのとき、ヤッカガラの麓にいた職人たちから大きな叫び声があがり――その喜びと満足の叫びは、花に縁どられた小道を伝わりながら、どんどん近づいてきた。同時に、それほど大きくはないが抵抗しがたい鬱積した力を思わせる別の音が、終点へ向かって押し寄せてきた。

地中から、次々と細い水の柱が、まるで魔法のように跳びだすと、雲のない空へ向かって立ち昇っていった。人間の背丈の四倍の高さに達すると、それは花のようなしぶきとなって飛び散った。そこを通り抜ける日の光は虹色の霧をつくりだし、この情景の不可思議さと美しさとを増した。タプロバニーの全歴史を通じて、人間の眼がこのような驚異を目撃したことは、かつてなかったのである。

王は微笑し、廷臣たちはほっと一息ついた。今回は、地下の導管が、水の重みで破裂しなかったのだ。運の悪い先任者たちと違って、これを敷設した石工たちは、カーリダーサに忠勤をはげむ誰かれと同様に、老年に達する充分な可能性を獲得したのだった。

西へ沈む太陽のようにほとんど眼にも見えない動きをもって、噴流の高さは低くなっていった。やがて、それは、人間の背丈と同じくらいになった。営々として水の蓄えられた貯水槽が涸れかけてきたのである。だが、王はすっかり満足していた。彼が手をあげると、噴水は玉座の前で最後の会釈をするかのように低くなってからふたたび上昇し、それから静かに崩れおちた。しばらくのあいだ、滑らかな池の水面に、さざ波が往きかった。やがて、それはふたたび静かな鏡のような面になり、永遠の岩の姿を映しだした。

「職人どもはよくやった」とカーリダーサはいった。「彼らを自由にしてやるがよい」

むろん、彼らには、どれほどよくやったかは理解できないだろう。芸術家である王の孤独な夢想を分かちあえる者は誰もいないのだから。ヤッカガラを取りかこむ見事に手入れされた庭を見渡したカーリダーサは、これまでに感じたことのないような満足感を覚えた。

この〈岩〉の麓に、彼は楽園を構想し、それを創造した。あとは、その頂きに天国を建設するだけだった。

4 悪魔岩

この巧みに構成された光と音のページェントには、これをなんどとなく見て、プログラミングの隅々まで知っているラジャシンハをさえ感動させる力が、まだ備わっていた。もちろん、これは〈岩〉の訪問者の全員が必見ということになっていたが、ポール・サラト教授のようなうるさ型は、観光客向けのインスタント歴史にすぎないと不満をもらしていた。しかし、インスタント歴史でもまったくの歴史抜きよりはましであり、サラトや同僚たちが二千年前のこの地の出来事の正確な順序についていまだに激論をたたかわせているうちは、これで間にあわすほかはないのである。

小さな円形劇場はヤッカガラの西壁に向いており、その二百の座席は、一人一人の観客がレーザー映写機を正しい角度で見上げるように、正確に設計されていた。公演は一年を通じてつねにぴったり同じ時刻、赤道の変わることのない日没の最後の光が空から消える七時に始まった。

もうすっかり暗くなって〈岩〉は見えず、宵の星ぼしを隠す巨大な黒い影として、その存在がわかるだけだった。そのとき、その暗闇の中から、音を殺したドラムのゆったりしたビートが聞こえてきた。やがて、穏やかで冷静な声。

これは、父を殺害し、弟に殺された王の物語です。人類の血にまみれた歴史の中では、何もめずらしいことではありません。しかし、この王は、後世に永遠の記念物を残しました。その伝説は、長い年月を生き残り……。

ラジャシンハは、右手の暗闇の中に坐っているヴァニーヴァー・モーガンに、そっと視線を走らせた。工学者の顔はシルエットとしてしか見えなかったが、この訪問者が早くも語りの魔力にとらえられてしまったことは明らかだった。左手には、ほかの二人の客、外交官時代の旧友たちが、同様に心をひきこまれていた。モーガンに請けあったとおり、彼らには〝スミス博士〟の正体はわからなかった。それとも、じつはわかっているのかもしれなかったが、礼儀正しく作り話を受けいれていた。

彼の名はカーリダーサ。キリスト生誕の百年後に、数世紀にわたってタプロバニーの王たちの都であった〝黄金の都市〟ラナプーラに生まれました。しかし、彼の出生にはひとつの影がつきまとっていたのです……。

鼓動するドラムにフルートと弦楽器が加わるにつれて音楽は大きな音になり、心にくいこむような荘厳な旋律を夜のしじまに奏でていった。岩の面《おもて》に一点の光が輝きはじめた。そして、突如として拡がると――にわかに魔法の窓が過去へぽっかり開き、現実そのものより鮮明で色彩に富む世界が眼前に開けたように思えた。

みごとな演出だ、とモーガンは思った。彼も、こんどばかりは、つきあいを仕事への衝動より優先させたことを喜んでいた。眼の前では、寵愛する側室が最初の息子を与えてくれたときのパラヴァナ王の喜びが展開され、そしてわずか二十四時間後に王妃自身が王位の優先請求者を産んだとき、その喜びが増すと同時に割引きもされたことが語られた。時間的には最初であっても、カーリダーサの王位継承順位は最初ではなかったのである。かくして悲劇の舞台は用意された。

それでも、少年時代の初期には、カーリダーサと異母弟のマルガーラとは一番の親友でした。二人は王位を争う運命にあることや自分たちを取り巻く暗闘をまったく意識することなく、いっしょに育っていきました。紛争の最初の原因は、出生の偶然とは何も関係のないことでした。それはまったくの善意にもとづいた、罪のない贈り物だったのです。

パラヴァナ王の宮廷へは、多くの国からの貢物《みつぎもの》――中国の絹、ヒンドスタンの金、ローマ帝国の磨かれた甲冑――を携えた使節がやってきました。そしてある日、一人の猟師が、王家の意にかなうことを願いながらひとつの進物《しんもつ》を携えて、ジャングルからこの大きな都市の中へ出てきたのです……。

モーガンは、自分のまわりで、眼に見えない観客たちが、思わず知らず、「おお」とか、「ああ」とかいった声をいっせいにあげるのを聞いた。彼は動物はあまり好きではなかったが、幼いカーリダーサ王子の腕にさも信じきったように抱かれている、この小さな雪のように白い猿が、ほんとうにかわいいことは、認めざるをえなかった。皺の寄った小さな顔からは二つの大きな眼が、長い年月を隔てて――そして人と獣との間の不可思議ではあるが埋めることがまったく不可能ではない深い溝を隔てて、見つめていた。

年代記によれば、こんな猿は、いままで誰も見たことがないものでした。毛はミルクのように白く、眼はルビーのような赤でした。ある者はこれを吉兆と見ましたが――ほかの者は白は死と服喪の色だから凶兆だと見ました。そして彼らの怖れは悲しくも的中したのでした。

カーリダーサ王子は小さなペットをかわいがり、ラーマーヤナの勇敢な猿の王の名をとってハヌマンと呼びました。王の宝石職人は小さな金の車を組み立て、ハヌマンはそこにまじめくさって坐りながら宮廷の中を曳かれ、見る者を楽しませ喜ばせたのでした。ハヌマンのほうもカーリダーサになつき、ほかの者には誰も手を触れさせようとしませんでした。とくにマルガーラ王子に対して警戒心が強く、まるで来たるべき対立を感じとっているかのようでした。こうして、ある不幸な日、彼は王位継承者を咬んだのです。

咬み傷は些細なものでしたが、その影響は測り知れないものがありました。数日後、ハヌマンは毒殺されました――明らかに王妃のさしがねでした。それとともにカーリダーサの少年時代も終わりを告げたのです。それからというもの、彼はほかの人間を絶対に愛しも信頼もしなくなったといわれます。そしてマルガーラへの友情は、激しい憎しみに変わりました。

一匹の小さな猿の死が招いた紛争は、これにとどまりませんでした。王の命により、伝統的な半球状の仏舎利塔をかたどって、ハヌマンの特別な墓が建てられました。ところが、これは異常な所業であって、ただちに僧侶たちの反感をひきおこしました。仏舎利塔は釈迦の遺骨をおさめるものであり、この行為は故意の冒瀆と見られたのです。

たしかに、それが真意だったのかもしれません。というのは、そのころ、パラヴァナ王はヒンズー教の聖者《スワーミー》に心を寄せるようになり、仏教に背を向けかけていたからです。カーリダーサ王子は、このような対立に巻きこまれるには幼すぎましたが、僧侶たちの憎しみの大部分は今や彼に向けられるようになったのです。こうして、以後何年にもわたって王国を引き裂いた確執が始まりました。

タプロバニーの古い年代記に記されたそのほかの物語の大部分と同様に、ハヌマンと若いカーリダーサ王子の物語がたんなる魅力的な伝説などではないことを示す証拠は、二千年近くにわたって存在しませんでした。ところが、二〇一五年になって、ハーヴァード大学の考古学者の一隊が、昔のラナプーラ宮殿の床に小さな聖堂の土台を発見したのです。聖堂は故意に破壊されたもののようでした。というのは、上部の煉瓦積みは影も形もなくなっていたのです。

土台に組まれた舎利室は、明らかに遠い過去に内部を荒らされて、空《から》になっていました。だが、学者たちは、昔の宝探したちが夢想だにしなかったような道具を持っていました。彼らはニュートリノ探知器で、ずっと深いところに第二の舎利室があることを発見しました。上部のものはたんなる見せかけにすぎず、それは充分に役目を果したのでした。下の部屋には、長い年月を守りつづけられ、いまではラナプーラ博物館という安住の地へ伝えられた愛と憎しみの対象が、そのときなお、おさめられていたのです。

モーガンはいつも自分を現実的で、非感傷的で、一時の情緒に左右されない男だと考えてきたが、それには充分な根拠があった。ところがいま、自分の眼に不意に涙があふれてくるのを感じて、彼はひどく狼狽《ろうばい》した（連れのふたりが気づかねばいいが）。この程度の甘ったるい音楽やお涙ちょうだいの語りで、分別ある男がこんなに心を動かされるなんてとんでもない話だと、彼は腹立たしげに自分にいいきかせた。子供の玩具を見て涙を流すなど、思いもよらないことだった。

そのとき、突如として閃《ひらめ》いた記憶が四十年以上も昔の情景を呼びおこし、彼は自分がどうしてこれほど深く感動したかを知った。彼はいまふたたび、自分の最愛の凧《たこ》が、少年時代の多くを過ごしたシドニー公園の上空で、急降下したり、左右へ首を振ったりするのを見た。むきだしの背中に、太陽のぬくもりを、やさしい風を感じることができた——当てにならぬ風が急にやみ、凧は大地へ向かって突っこんだ。それはこの国そのものよりも古いといわれる巨大なオークの枝にひっかかり、彼は愚かにもそれを引き離そうとして糸を引っぱった。それは材料強度についての彼の最初の教訓であり、決して忘れることのできないものだった。

糸はちょうどひっかかった場所で切れ、凧は狂ったように回転して、夏の空へ飛んでゆきながら、ゆっくりと落ちていった。彼は凧が地面に落ちてくれるように祈りながら、水ぎわへ駆けよった。だが、風は小さな少年の祈りには耳をかさなかったのである。

壊れた残骸が、まるでマストの折れた帆船のように広い港を抜けて外海へ出てゆき、とうとう見えなくなるまで見送りながら、彼は長いあいだ、そこに立って泣いていた。それは、自分が覚えているかどうかは別として、人間の少年時代を作りあげてゆく小さな悲劇の最初のものだった。

それにしても、そのときモーガンが失ったものは、生命のない玩具にすぎなかった。彼の涙は、悲しみよりは口惜しさによるものだった。カーリダーサ王子には、もっと深い苦悩を感ずる理由があったのだ。いまでも職人の仕事場から出てきたばかりのように見える小さな金の車の中には、小さな白い骨の山があったのである。

モーガンは、それに続く歴史の一部を聞きもらした。彼が涙を拭ったときには、十二年が経過して複雑なお家騒動が進行しており、誰が誰を殺したのかは、彼には皆目見当がつかなかった。軍隊が戦闘をやめ、最後の短剣が振りおろされると、皇太子マルガーラと母の王妃はインドに逃れ、カーリダーサは王位を奪いとるとともに、その過程で父を幽閉した。

簒奪者がパラヴァナの処刑をさしひかえたのは、何も子としての愛情からではなくて、前王がまだマルガーラのために秘密の財宝を隠し持っていると信じたからだった。カーリダーサがそれを信じているかぎり自分の身は安全であることを、パラヴァナは知っていたが、そのうち彼は騙しつづけることにいや気がさしてきた。

「わしのほんとうの宝を見せてやろう」と彼は息子にいった。「二輪戦車を用意しなさい。おまえをそこへ連れていこう」

だが、この最後の旅路で、パラヴァナは、小さなハヌマンとは違って、老朽した牛車に乗せられた。年代記の記すところでは、それは車輪が傷《いた》んでいて、始めから終わりまできしりつづけたという。この種の細部をわざわざ創作するような歴史家はあるまいから、これは真実だったにちがいない。

父は、カーリダーサの意表をついて、大人工湖——王国中部を灌漑し、その完成のために自分の治世の大半を費やした湖へ車をやるように命じた。彼は巨大な築堤の縁に沿って歩き、湖の彼方を眺めている実物の二倍大の自分の彫像を見つめた。

「さらば、古き友よ」彼は、自分の失った力と栄光を象徴し、この内海の石の地図を永遠に手にして聳えたつ石像に呼びかけた。「わたしの遺産を守ってくれよ」

それから彼は、カーリダーサや衛兵たちに厳重に監視されながら、余水路の階段を降りてゆき、湖の水辺まで来ても足をとめようともしなかった。腰まで水に漬かったとき、彼は水をすくいあげてそれを頭に注ぎ、それから誇り高く勝ちほこった様子でカーリダーサのほうへ向きなおった。

「息子よ、これだ」彼は、満々とたたえられている澄んだ生命の水のほうへ手を振りながら叫んだ。「これが――これこそわたしの富のすべてなのだ」

「殺せ！」怒りと失望に狂ったカーリダーサは喚《わめ》いた。

そして兵士たちは命令に従ったのである。

かくしてカーリダーサはタプロバニーの主となったが、その代価たるや、これを進んで支払おうとする者は、まずいないであろう。なぜなら、年代記の記すところによれば、彼はいつも〝来世と弟とに対する恐怖の中で〟暮らしていたのである。マルガーラは、遅かれ早かれ、彼の正当な権利である王座を取りもどしに帰ってくると思われた。

それまでの何代もの王と同様に、カーリダーサも数年のあいだはラナプーラに王宮を構えていた。それから、歴史には触れられていない理由によって王都を捨て、ジャングルの奥へ四〇キロも入った場所にある孤立した巨岩ヤッカガラへ移った。ある者は、彼が弟の復讐から身を守るため、難攻不落の砦を求めたのだと主張した。しかし、最後には彼はそれに保護されることを拒否したのだ――しかも、これがたんなる要塞であるものならば、城壁や濠そのものに劣らぬ労力を要したにちがいない広大な庭園に、どうして囲まれていたのだろうか？　それにもまして、なぜフレスコ画があるのか？

ナレーターがこの疑問を呈したとき、岩の西壁全体が暗闇の中から浮かびあがった——今日のものではなく、二千年前にかくもあったろうかと思われる姿がである。地上二〇〇メートルから上の岩幅全体におよぶ壁面が漆喰で平らに塗りつぶされ、その上に多数の美女の等身大の上半身が描かれていた。ある者は、横顔を見せ、ある者は真正面を向いていたが、どれもが同じ基本パターンに従っていた。

黄土色の肌、官能的な胸を見せた彼女らが身につけているものは、宝石だけか、あるいはほとんど透明な上衣だった。ある者は丈の高い手のこんだ冠りものを、ある者は明らかに王冠をかぶっていた。多くは、花の鉢を持つか、親指と人差し指で優雅に一輪の花をつまんでいた。約半数は仲間たちより肌が黒く、侍女たちらしかったが、冠りものや宝石類の精巧さでは、決してひけをとらなかった。

ここには、かつては二百人以上の姿が描かれていましたが、長い年月の雨風のために、上に張りだした岩棚に保護されていた二十人を除いて、すっかり消えてしまいました……。

映像が近づいてきた。カーリダーサの夢の最後の生き残りたちが、月並みではあるが不思議にぴったりと合う〈アニトラの踊り〉の音楽にのって、次々に暗闇の中から空中へ浮かび出てきた。風化や浸食、あるいは故意の破壊さえ加えられて、損傷は受けていたが、その美しさは長い年代を経《へ》ても少しも失われていなかった。色彩はいまなお鮮やかで、五十万回以上の西日を浴びたいまも色褪せてはいなかった。女神か、ただの女かはさておいて、彼女らは〈岩〉の伝説を生きのびさせてきたのである。

彼女たちが何者なのか、何を表現しているのか、なぜこんな近づきがたい場所に苦労して描きだされたのかは、誰にもわかりません。人口に膾炙《かいしゃ》している説は、彼女らは天女であり、カーリダーサがこれに全力を傾けたのは、奉仕する女神たちをも含めて地上に天国をつくりだそうとするためだったのだ、というものです。ことによると彼は、エジプトのファラオたちのように、自分を神王と信じこんでいたのかもしれません。ことによると、彼らのスフィンクスの姿を模して、これに宮殿への入口を守らせたのは、そのためだったのかもしれません。

ここで映像は、麓の小さな湖に映った岩の遠景に変わった。水が揺れ、ヤッカガラの姿はゆらめいて消えた。その姿がふたたび現われたとき、岩の頂きには壁や胸壁や塔といったものが、びっしりと立ち並んでいた。それは、はっきりとは見えなかった。まるで夢の中の映像のように、なんとなくぼやけていた。カーリダーサの天空の宮殿が、彼の名そのものまで抹殺しようとした者たちの手で破壊される前に、どんな姿をしていたのかは、永遠の謎なのである。

そして、彼は必ずやってくるとわかっている運命を待ちながら、ここに二十年近く住んでいました。彼の放ったスパイは、マルガーラが南部ヒンドスタンの王たちの援助を受けながら、根気よく軍勢を集めていることを、報告したにちがいありません。

そして、ついにマルガーラはやってきました。カーリダーサは岩の頂きに立って、北方から進攻軍が進撃してくるのを見ました。おそらく彼は、ここを攻め落とされることはないと信じていたでしょう。しかし、それを試してみようとはしなかったのです。というのは、彼は完全な大要塞を捨てて、両軍の対峙する中間の土地に、弟と相まみえるために出ていったのでした。この最後の会戦で二人がどんな言葉を交わしたかは、誰もが知りたいところでしょう。二人は抱擁してから別れたのだ、という者もいます。そうだったかもしれません。

それから、両軍は怒濤のようにぶつかりました。カーリダーサは自分の領土で、この土地をよく知っている者たちをひきいて戦っていましたから、最初のうち彼が勝利を得ることは疑いないように思えました。しかし、そのとき、よくあるような国の命運を決する不測の事態がおこったのです。

王の旗で美々しく飾られたカーリダーサの巨大な軍用象が、沼沢地を避けようとして向きを変えました。防衛軍の者たちは王が退却するのだと思いこんだのです。彼らの士気は崩れました。年代記によれば、彼らは唐箕《とうみ》に吹きとばされる籾殻《もみがら》のように散り散りになったということです。

カーリダーサは、戦場で自刃《じじん》していました。マルガーラは王位につきました。そして、ヤッカガラはジャングルの中に放棄され、千七百年の間、二度と発見されることはなかったのです。

5 望遠鏡を通して

ラジャシンハは、冗談と悲哀との混じった心境で、それを〃わたしの秘密の悪事〃と呼んでいた。ヤッカガラの頂上へ登らなくなってから、もう何年にもなっていた。その気になれば空からそこへ行くこともできたが、それでは同じ満足感は得られなかった。楽な道を選んだのでは、登りに際してのもっとも魅力ある建築上の細部を見落としてしまうことになるのだ。〈庭園〉から天空の宮殿までのカーリダーサの足跡をすっかりたどることなしには、彼の心を理解することはとうていできないのである。

だが、年をとりかけた人間にもかなりの満足感を与えることができる、別の道があった。数年前に、彼は小型で強力な二〇センチ望遠鏡を手に入れていた。これを使えば、自分が以前に何度も通ったことのある頂上への道をたどり返しながら、岩の西壁全体をさまよい歩くことができた。両眼式の接眼鏡をのぞくと、まるで花崗岩の絶壁に手が届くほど近くの空中に浮かんでいるようだった。

夕方近くなり、上に突き出て保護している岩の下側へ西日が届くようになると、ラジャシンハはフレスコ画を訪問して、官女たちに賛辞を捧げるのだった。彼女らのどれもが好きだったが、とくに気にいっているのもあった。時には、自分の知るもっとも古い語句を使って、心の中で語りかけることもあった——自分の知っている最古のタプロバニー語も、彼女らにとっては一千年も未来のものだということは、百も承知だったのだが。

生きた人間を眺め、彼らが岩をよじ登り、頂上で写真をとりあい、フレスコ画に見とれている様子を観察するのも、おもしろかった。彼らは、一人の姿の見えない（そして妬《ねた》ましい思いに駆られた）見物客が自分らと同席しており、無言の亡霊のようにすぐ横を楽々と動きまわり、彼らの表情や衣服をことこまかに見られるほど近くにいるとは、夢にも思わないのだ。望遠鏡は非常な高倍率だったから、ラジャシンハが読唇術を知っていたら、観光客たちの会話を盗み聞きすることもできたのである。

一種の〝のぞき〟かもしれないが、これはまったく罪のないものだった——しかも彼のささやかな〝悪事〟は、秘密とはとてもいえなかった。というのは、彼はこの楽しみを訪問客にも喜んで分かち与えたのである。望遠鏡はヤッカガラへの最善の手引きのひとつであったし、しばしばほかの有用な目的にも役立った。ラジャシンハは記念品を失敬しようとする企てを何度か番人に通報したし、〈岩〉に自分のイニシアルを刻もうとするところを捕まって仰天する観光客は再三だった。

望遠鏡を朝のぞくことは、めったになかった。その時間には太陽はヤッカガラの向こう側にあって、影になった西側の面はあまりよく見えないからだった。ましてや、夜が明けたばかりで、三世紀前にヨーロッパの植民者たちが持ちこんだ〝ベッド・ティー〟というすてきな土地の風習を楽しむ時間に自分が望遠鏡を使ったことは、記憶のかぎりではまったくなかった。ところが、いま、ヤッカガラのほぼ全景が見渡せる大きな展望窓から外を見ると、驚いたことに点のような人影が、空を背景になかばシルエットとなって、〈岩〉のてっぺんを動いているのだった。観光客たちは夜が明けてこんなにすぐ頂上へ登ることはない――番人はあと一時間しないとフレスコ画へのエレベーターの錠をはずさないのである。ラジャシンハは、こんな早起きをする者はいったい誰だろうと、ぼんやり考えた。

彼はベッドからころがり出ると、鮮やかな蠟染めのサロンを腰につけ、裸のままベランダへ出て、それから望遠鏡を支える頑丈なコンクリートの柱のところへいった。望遠鏡に新しい埃よけカバーをほんとうに作らなければと、もうこれで五十回目にもなる心づもりをしながら、彼はずんぐりした鏡筒を〈岩〉のほうへ向けた。

「そんなことだろうと思った！」彼は高倍率に切りかえながら、すっかり嬉しくなってつぶやいた。やはり、昨夜のショーは、当然のことながら、モーガンを感動させたのだ。工学者は、わずかな暇をぬすんで、カーリダーサの建築技師が自分に課せられた大仕事にどうこたえたかを、自分の眼で確かめているのだった。

そのうち、ラジャシンハは、ひどくぎょっとするようなことに気づいた。モーガンは、観光客で近づこうとする者はめったにいない、絶壁からわずか数センチの台地の縁すれすれのところを、活発に歩きまわっているのだった。〈象の玉座〉に坐って足を絶壁にたらすだけの勇気のある者さえ、多くはなかった。ところが、いま工学者は、無造作に腕をのばして彫刻された石造物につかまりながら、なんとそのそばにひざまずいており、しかも何もない空間に身をのりだして、下の岩の面を眺めているのだった。ヤッカガラ程度の登り慣れた高度でさえあまり落ち着いた気持でいられたことのないラジャシンハにとっては、とても見てはいられない光景だった。

自分の眼を疑いながら何分か眺めていた彼は、モーガンが高度の影響をまったく受けない稀有《けう》な人たちの一人にちがいないと判断した。いまでも優秀ではあるがときどき人をペテンにかけるのが好きなラジャシンハの記憶力は、彼に何かを思いださせようとしていた。昔、ナイアガラ瀑布を綱渡りし、しかも途中で立ちどまって料理を作ったフランス人がいたんじゃなかったかな？　証拠の記録が山ほどなかったとしたら、そんな話は絶対に信じなかったんだが。

それに、ほかにもこれに何か縁のあることが、モーガンその人に関係のある出来事があったぞ。いったいなんだったろう？　モーガン……モーガン……一週間前までは彼のことは何ひとつ知らなかったのだが……。

そうだ、あれだ。マスコミを一両日賑わした短期間の論争があって、あれがモーガンという名を聞いた最初だったにちがいない。

計画中だったジブラルタル橋の設計責任者が、びっくりするような新機軸を発表したのだった。すべての乗物は自動誘導になっているから、道路の端に手すりやガードレールをつけることにはまったくなんの意味もない。これを省略すれば何千トンかが浮くことになる、というものだった。もちろん、誰もがこれはまったく怖るべきアイデアだと考えた。仮に、ある車の誘導装置が故障して、乗物が縁のほうへ寄っていったら、どうなるのか？　設計責任者は答を用意していた。まずいことに、それが少々行きすぎだったのである。

仮に誘導装置が故障したとすれば、誰もが知るように、ブレーキが自動的に作動して、乗物は一〇〇メートルも行かずに停止するだろう。車が縁から転落する可能性が少しでもあるのは、いちばん外側の車線だけだろう。それがおこるには、誘導装置がセンサーもブレーキもいっぺんに故障することが必要であり、二十年に一度の確率だろう。

ここまではよかった。だが、技術部長がその後につけ加えた一言が、よけいだったのである。ことによると、彼はそれが公表されるとは思っていなかったのかもしれない。きっと冗談半分だったのだろう。とにかく、彼はその先を続けてこういったのである。もしそんな事故がほんとうにおこったら、車がこの美しい橋をだいなしにしないように、なるべく早く転落してくれたほうが、自分はありがたいのだ、と。

いうまでもなく、最終的に建設された〈橋〉は、外側の車線に沿って保護ケーブルが張ってあり、ラジャシンハの知るかぎりでは、地中海めがけて高飛びこみをやった者は、まだ誰もいなかった。それにしても、モーガンは、このヤッカガラで、向こうみずにも自分を重力の犠牲にしようと決意しているかに見えた。さもなければ、彼の行為はなんとも説明のしょうがなかったのである。

おや、何をしているんだろう？　彼は〈象の玉座〉の横にひざまずき、旧式の書物ぐらいの形状と大きさの小さな長方形の箱を手にしていた。ラジャシンハには、それがちらりとしか見えなかったし、工学者がそれを使っている様子は、なんともわけのわからないものだった。おそらく何かの分析装置と思われたが、モーガンがなぜヤッカガラの構成成分に関心があるのか、彼にはわからなかった。

ここに何かを建造しようというのか？　もちろん、許可されるはずもないし、こんな場所が何かの関心を呼ぶとは、ラジャシンハには想像がつかなかった。ありがたいことに、誇大妄想の王様は、いまでは品不足なのだ。ともかく、前夜の工学者の反応からみて、モーガンがタプロバニーに来るまでヤッカガラのことを知らなかったのは、絶対に確かだった。

そのとき――もっとも劇的で予期せぬ状況にあってさえ、いつも自分の自制力に誇りを持っていたラジャシンハが、思わず知らず恐怖の叫びをあげたのである。ヴァニーヴァー・モーガンは、絶壁の面から離れて、背後の何もない空間へ、平然と足を踏みだしたのだった。

6　芸術家

「ペルシャ人を連れてまいれ」せわしい息づかいが鎮《しず》まるとすぐに、カーリダーサはいった。フレスコ画から〈象の玉座〉へ戻ってくる登りはきついものではなかったし、きりたった岩の面を下る階段が壁で囲まれたいまでは、まったく安全になっていた。だが、体にはこたえた。これからあと何年のあいだ、人手を借りずにこの道が通えるだろうか、とカーリダーサは思った。奴隷たちにかつがせることはできるが、それでは王の威厳が損なわれるだろう。また、自分以外の者の眼が、彼の天上の宮廷の随員である百人の女神や、それに劣らず美しい百人の侍女たちを見ることは、我慢がならなかった。

とすれば、今後は、階段への入口には――彼の創造した自分専用の天国へ宮殿からおりる唯一の道には――昼夜を分かたずつねに衛兵を立たせておくことになるだろう。十年間の苦労のすえ、ついに夢がかなったのだ。あの山の上の嫉妬深い坊主どもがいかに逆宣伝しようとも、自分はついに神になったのだ。

タプロバニーの太陽に何年かさらされたいまも、フェルダーズの肌はローマ人のように白かった。今日、王の前に頭を垂れる彼は、いっそう蒼白く不安げな様子だった。カーリダーサは何か考えこみながら彼をじっと眺め、つねにない好意的な微笑を見せた。

「よくやったぞ、ペルシャ人」と彼はいった。「世界中に、これ以上のことができる芸術家がおるか？」

明らかに自尊心と慎重さとの間を迷いながら、フェルダーズはためらいがちに答えた。

「わたしは存じませぬ、陛下」

「して、報酬は充分であったかな？」

「申し分ございませんでした」

この返事は正確とはいいがたいな——とカーリダーサは思った。金や人手や遠い国でしか手に入らない高価な材料が足りないという訴えが、ひきもきらなかったのだ。だが、どうせ芸術家などには、経済のことや、王室の財政が宮殿やその周辺の恐るべき出費のために底をついていることなど、わかるはずもないのだ。

「ところで、ここでの仕事は終わったわけじゃが、これからなんとする？」

「陛下のお許しを得てイスファハンへ戻り、家族の者たちに再会いたしとうございます」

それはカーリダーサの予期していた答だったが、それにしても自分が下さなければならない決断が、心から残念だった。だが、ペルシャまでの長い道程にはほかの支配者たちがたくさんおり、ヤッカガラの巨匠をその強欲な指の間から滑りぬけさせることはあるまいと思えた。だが、西壁に描かれた女神たちは、永遠に唯一無二のものでなければならないのだ。

「それが問題なのじゃ」彼は、にべもなくいった。そして、フェルダーズは、この言葉にいちだんと蒼白になり、肩を落とした。王は何事をも弁明する必要はないのだが、これは芸術家同士の話なのだった。「そちは余が神になることを助けた。この噂は、もう多くの国に伝わっておる。そちが余の庇護を離れれば、ほかの者たちも同じ依頼をすることになろう」

芸術家は、しばらくの間、沈黙していた。聞こえる物音は、自分の通り道にこの思いがけない障害物を発見して苦情を申し立てる、風のうなりだけだった。やがてフェルダーズは、カーリダーサがほとんど聞きとれないほどの小さな声でいった。「では、この国を出てはならぬと？」

「出てもかまわぬし、そちが一生を過ごせるほどの富も与えよう。ただし、ほかのいかなる君主のためにも働かないという条件でじゃ」

「喜んでお約束いたしますとも」フェルダーズは、不穏当とも思えるほどの性急さで答えた。

カーリダーサは悲しげにくびを振った。「わしは芸術家の言葉を信じてはならぬことを学んだのじゃ」と彼はいった。「とくに、相手がわしの力の及ばぬところにいるときにはな。そこで、その約束を強制せねばならぬ」

カーリダーサにとって意外なことに、フェルダーズはもうそれほど不安げな様子ではなかった。彼はまるで何か重大な決意に到達して、やっと平静をとりもどしたかのようだった。

「わかりました」といいながら、彼は体をまっすぐにおこした。それから、まるでそこに国王が存在しないかのように、ゆっくりと王に背を向け、燃える太陽をまともに見つめた。

太陽はペルシャ人の神であることをカーリダーサは知っていたし、フェルダーズがつぶやいている言葉は彼の自国語による祈りにちがいなかった。世の中にはもっと悪い神を崇拝するやつもいるのだし、この男はまるでこの世の見おさめとでもいうようにあのまぶしい円盤を見つめている……。

「そやつを取り抑えよ！」と王は叫んだ。

衛兵はすばやく跳びかかったが、それは手遅れだった。眼がくらんでいるはずなのに、フェルダーズは正確に動いた。彼は三歩で胸壁に達し、それをのりこえた。自分が長い年月をかけて設計した庭園へ長い弧を描いて落下する間も彼は一言も発しなかったし、ヤッカガラの建築技師が自分の傑作の根元に到達したときにも、なんの反響も聞こえなかった。

カーリダーサは何日も悲しんでいたが、ペルシャ人の書いたイスファハンへの最後の手紙が途中で押収されたとき、その悲しみは怒りに変わった。何者かがフェルダーズに、仕事が終わったとき彼は盲にされるだろうと告げ口したのだが、それはとんでもない嘘だったのだ。少なからぬ者が身のあかしが立つ前に長い時間をかけて死んだが、噂の出所はとうとうつかめなかった。ペルシャ人がそんな嘘を信じたことは、彼の心を暗くした。芸術家同士のあいだで視力の恵みを奪おうとするようなまねをするはずがないことぐらい、わかってくれてもよさそうなものだったのに。

なぜなら、カーリダーサは残酷でもなければ感謝を知らない男でもなかったのだ。彼はフェルダーズに金を（少なくとも銀を）山のように持たせ、生涯の面倒を見る召使たちをつけて送りだしたことだろう。彼は二度と両手を使う必要がなかったろうし、しばらくすれば手がないことを気にもしなくなっていただろうに。

7　神王の宮殿

ヴァニーヴァー・モーガンはよく眠れなかったが、彼にしてみればそれはひどく異常なことだった。彼はいつも、自分の自意識とか、衝動や情緒の根源を深く見通すこととかに、誇りをもっていた。眠れないとすれば、その原因を知らなければならなかった。

夜明け前のかすかな光がホテルの寝室の天井に映るのを眺め、異国の鳥が鈴のようにさえずるのを聞きながら、彼はゆっくりと頭の整理にとりかかった。もし予期せぬ出来事に不意打ちされぬように人生をプランニングしてこなかったとしたら、自分が地球建設公社の上級技術者になることはなかったろう。偶然や運命のめぐりあわせを避けることは誰にもできないが、自分の経歴を（そして何よりも名声を）守るために、自分はできるかぎりの手をうってきた。自分の将来は、可能なかぎりにおいて安全が保障されているのだ。かりに自分が急死したとしても、コンピューター・バンクに記憶されたプログラムが、たいせつな夢を自分の死後も守ってくれることだろう。

昨日まで、ヤッカガラについて聞いたことはなかった。それどころか、探索の論理によって必然的にこの島に導かれる数週間前までは、タプロバニーそのものをさえ漠然としか意識していなかったのだ。本来なら、いまごろはもうここを離れていたはずなのに、実際には用件はまだ始まってもいない。予定が少々狂うことはなんでもなかった。彼を不安にさせたのは、自分の理解を超えた力に動かされているという感じだった。それでも、その畏怖の感覚には、懐しい余韻が感じられた。彼は以前にこの感覚を体験したことがあった。それは、子供の時分、キリビリ公園に行って、かつては取り壊されたハーバー・ブリッジの橋脚だった花崗岩の石柱のそばで、あの海に落ちた凧を揚げていたときだった。

あの一対の山のような柱は、少年時代を大きく占め、彼の運命を決めたのだった。たぶん、いずれにせよ工学者にはなっていたことだろう。だが、出生地のめぐりあわせが彼を橋の建造者に運命づけたのだ。かくして彼は、荒れ狂う地中海を三キロの下に見ながら、モロッコからスペインへ渡る最初の男になったのである——その勝利の瞬間に、はるかに壮大な目標が前途に控えているなどとは、夢にも思わずに。

もし眼の前に立ちはだかる仕事に成功すれば、彼の名は何世紀にもわたって残ることだろう。彼の頭脳、力倆、意志は、早くも大車輪で活動していた。無益に脇道へそれている暇はなかった。それでも彼は、まったく異質の文化に属していた二千年前の、建築工学技師の偉業に、魅せられてしまったのだ。また、カーリダーサそのものの謎もあった。ヤッカガラを建設した目的はなんだったのか？　この王は悪逆非道ではあったかもしれないが、それでも彼の性格には、何かモーガンの心の奥の琴線《きんせん》に触れるものがあったのである。

三十分で日の出になるだろう。ラジャシンハ大使との朝食まで、まだ二時間ある。時間は充分だ——それに二度と機会はないかもしれない。

モーガンは時間を無駄にする男ではなかった。スラックスとセーターを身につけるのには一分もかからなかったが、足ごしらえを入念に点検するのには、かなりの時間がかかった。本格的な山登りはもう何年もしていなかったが、丈夫で軽いブーツはいつも持ち歩いていた。彼の職業には、それがしばしば不可欠なのだった。自分の部屋のドアを閉めてから、急に思いついたことがあった。彼はしばらく廊下で決断しかねて立っていた。やがて、微笑すると肩をすくめた。何も不都合はあるまいし、何が幸いするかわからないのだ……。

あらためて部屋に戻ったモーガンは、スーツケースを開けて、電卓ほどの形状と大きさの小さな平たい箱を取りだした。電池の充電状態を調べ、補助手動装置を試してから、それを強靭な合成皮革のベルトについた鋼鉄のバックルに留めた。これで、カーリダーサの怨念の残る領域に足を踏み入れ、そこにこもる何かの悪霊と対決する準備は、すっかり整ったのだ。

モーガンが城塞の外側の防衛線をなす厚い城壁の切れ目を抜けてゆくとき、太陽が昇って、暖かいぬくもりを背中に注いだ。眼の前には、大きな濠の中に静まりかえった水が、両側に五〇〇メートルにわたってまっすぐ延び、そこには狭い石の橋がかかっていた。白鳥の小さな群れが、睡蓮の間を抜け、期待に満ちて近づいてきたが、彼が餌を持っていないことがわかると、羽毛を逆立てて散っていった。橋の向こう側には次の小さい城壁があり、彼はそれを通り抜ける狭い階段を上った。そこには〈庭園〉が拡がり、その向こうには〈岩〉の垂直な壁が聳えたっていた。

〈庭園〉の中心線に沿った噴水は、まるで同時にゆっくりと呼吸してでもいるように、けだるげなリズムで、いっせいに高く低く変わっていた。あたりには人っこ一人いなかった。この広々としたヤッカガラの中にいるのは、彼だけだった。カーリダーサの死から一九世紀の考古学者によって再発見されるまでの、ジャングルに埋もれていた千七百年のあいだでさえ、この要塞都市がこれ以上にわびしかったとは思えなかった。

モーガンは肌にしぶきのかかるのを感じながら噴水の列を通りすぎ、一度だけ足を止めて、溢水の流れていく、明らかに当時のままの見事に刻まれた石の排水溝に見入った。彼は、往時の水力技師たちが噴水をあげるための水をどうやって持ちあげたのか、また彼らが処理できた圧力差はどのくらいだったのか、と考えた。この高く立ちのぼる垂直の噴流は、はじめてそれを見る者たちにとっては、まったく驚くべきものであったにちがいないのだ。

このとき前方に花崗岩の急な階段が現われたが、その一段一段は不安なほど狭く、モーガンのブーツがやっとおさまるかどうかという程度だった。この驚くべき場所を建設した人々は、ほんとうにこんな小さな足をしていたのだろうか。それとも、友好的でない訪問者の意気を阻喪させるための建築家の策略なのだろうか？　兵士たちが、小人のために作られたような石段を踏んで、この六十度の斜面を攻めのぼるのは、たしかに難しいだろう。

小さな踊り場、それからまた同じような階段をのぼってゆくと、〈岩〉の下のほうの壁面に刻みこまれた、緩やかに上昇する長い通路に出た。もう周囲の平地より五〇メートル以上も登っていたが、滑らかに黄色い漆喰を塗った壁のために、眺望は完全に遮られていた。上の岩が大きく張りだしていて、狭い帯になった空が頭上に見えるだけだったから、まるでトンネルの中を歩いているのも同然だった。

壁の漆喰はまったく新しくて、傷んでもいないように見えた。石工たちが二千年前に仕事を終えたのだとは、とても信じられなかった。しかし、輝いて鏡のように平らな面のあちこちは、訪問者たちが例の不滅への努力を試みて刻みつけた文句で傷つけられていた。モーガンにわかるようなアルファベットで刻まれた文字はごくわずかであり、彼の気がついた最新の日付は一九三一年だった。おそらく、それ以後は、こうした芸術破壊行為を阻止するために、考古学局が介入したのだろう。引っ掻き文字の大部分は、なだらかに丸まったタプロバニー語だった。モーガンは、前夜の催し物の説明から、その多くが詩であって、紀元二世紀ないしは三世紀にまでさかのぼるものであることを思いだした。カーリダーサが死んでしばらくのあいだは、なおも残っていた呪われた王の伝説のために、ヤッカガラには観光地としての短い期間があったのだった。

石の通路をなかばほど行くと、頭上二〇メートルにある有名なフレスコ画へ上るための小さなエレベーターがあったが、そのドアにはまだ錠がかかっていた。彼はその画《え》を見ようとしてくびを伸ばしたが、岩の突きだした面に金属製の鳥の巣のようにしがみついている観光用展望ケージの床が、視野を遮っていた。観光客の中には、フレスコ画の眼もくらむような位置を一目見て、写真で我慢することに決める者もいるのだと、ラジャシンハが話していた。

モーガンは、ここへ来てはじめて、ヤッカガラの最大の謎のひとつの意味を認識することができた。それは、フレスコ画をどうやって描いたかではなくて（竹の足場を組めば、それは解決したはずだった）、なぜ描いたかという問題なのだ。完成したあとでは、これをまともに眺めることのできた者は、誰もいなかったはずなのだ。すぐ下の通路から見たのでは、画はどうにもならないほど歪んでしまう――また、〈岩〉の麓からでは、小さく判別不能な色の斑点でしかなかったろう。あるいは一部の意見のように、画はまったく宗教的または呪術的な目的を持っていたのかもしれない――ほとんど近寄りがたい洞穴の奥に発見される石器時代の絵画のように。

フレスコ画を見るには、係の者が来てエレベーターの錠を開けるまで待っていなければならなかった。ほかにも見るものはたくさんあるのだ。まだ山頂までの三分の一しか来ていないし、通路は〈岩〉の壁面にぴったりと寄り添いながら、なおも緩やかに昇っていた。

黄色い漆喰の高い壁は低い胸壁に変わり、周辺の土地がまた見えてきた。下には、〈庭園〉の全景が拡がり、その規模の広大さばかりでなく（ヴェルサイユとどちらが大きいだろう？）、巧みな設計、濠や外壁が外部の森を遮っている様子が、はじめてよくわかった。

カーリダーサの時代に、ここにどんな木や灌木や花が植えられていたかは、誰にもわからないが、人工の池や水路や歩道や噴水の位置は、いまでも彼が残したそのままのものなのだ。揺れ動く噴水を見下ろしていたモーガンは、前夜の解説にあった引用文をふと思いだした。

タプロバニーから楽園までは四〇リーグ。楽園の泉の音も聞こえよう。

彼はこの語句を心の中で味わった。〝楽園の泉〟。カーリダーサは、自分が神であるという主張を証明するために、神々にふさわしい庭園をこの地上に創造しようとしたのだろうか？　とすれば、僧侶たちが彼の所業を冒瀆として非難し、その建造物を呪ったのも当然である。

〈岩〉の西壁を端から端まで横切る長い通路もやっと終わって、また急な登りの階段が始まっていた——もっとも今度の一段一段は前よりもずっと広かった。だが、宮殿はまだずっと上のほうだった。階段は、明らかに人工のものである広い台地に終わっていたのである。そこには、かつて下界を睥睨《へいげい》し、それを見上げるすべての者の心に恐怖を吹きこんだ、巨大な獅子の怪物の残骸があった。岩の面から突き出ているのは、巨大なうずくまった獣の前足だった。その爪だけでも、人間の背丈の半分はあった。

そのほかは、さらに別の花崗岩の階段が、かつてこの怪物の頭であったにちがいない岩屑《がんせつ》の山を抜けて昇っているほかは、何も残っていなかった。廃墟と化していてさえ、そのありさまは身の毛もよだつ思いだった。国王の最後の城塞に近づこうとする者は、大きく開けた口の中をまず通らなければならなかったのである。

険しい（それどころか、やや前方に傾いた）絶壁をつたう最後の登りは、恐怖を抱く者たちに安心感を与えるためのガードレールを取りつけた、一連の鉄梯子が手がかりだった。だが、ここで出会うほんとうの危険はめまいではないと、モーガンは聞いていた。通常はおとなしいスズメバチの群れが岩の小さな穴に棲んでおり、訪問者たちがあまり騒がしいと、時には彼らを興奮させて、たいへんな結果を招くのである。

二千年前には、このヤッカガラの北面は壁と胸壁で囲まれていて、タプロバニーのスフィンクスにふさわしい背景をつくりだし、それらの壁の後ろには、頂上へ容易に達する通路として、階段が設けられていたにちがいない。いまは、歳月と風雨と人間の復讐の手とが、すべてを跡かたもなくしてしまっていた。あるのはただ、消え去った石組の基礎をかつて支えていた、無数の水平の刻み目や狭い岩棚のある、むきだしの岩ばかりだった。

登りは急に終わった。モーガンは、中央山地が地平線を分断している南方以外は一面に木々と田園に覆われた平坦な下界を下に見て、二〇〇メートルの高さに浮かぶ小さな島に立っていた。外の世界とはまったく隔絶しながらも、眼にうつるいっさいのものの支配者のような気分だった。ヨーロッパとアフリカにまたがる雲の中に立ったとき以来、これほどの天上の陶酔感を味わったことはなかった。これはまさに神王の住居であり、あたり一面にあるのはその宮殿の廃墟なのだった。

謎のような迷路をつくっている（どれも腰の高さ以上はない）崩れた壁、風化した煉瓦の山、花崗岩を敷きつめた歩道――それらが平坦な岩の頂きを絶壁の縁まですっかり覆っていた。貯水槽らしい巨大な孔が岩を深くくりぬいて作られているのも見えた。この場所は、補給が続くかぎり、一握りの意志強固な者たちの手で永久的に守ることができたろう。だが、仮にヤッカガラがほんとうに要塞だったのだとしても、その防備はついに試されることはなかった。カーリダーサと弟との宿命の最後の決戦は、外郭のはるか彼方で行なわれたのである。

モーガンは、かつて岩の頂きを占めていた宮殿の土台の間を、ほとんど時間のたつのも忘れて歩きまわった。いまに残る造営の跡に読みとれることを手がかりに、建築技師の心の中に入りこもうとした。ここになぜ歩道があるのか？――この途中で途切れた階段は、上の階へ続いていたのだろうか？――この柩《ひつぎ》のような形をした岩の窪みが浴槽だとすれば、水はどうやって入れ、どこから抜いたのだろう？　彼は調査に夢中で、雲ひとつない空から照りつける太陽がしだいに暑さを加えていることを、まったく意識していなかった。

はるか下界では、エメラルドグリーンの土地が目覚めはじめていた。小さな自動トラクターの群れが、鮮やかな色の甲虫のように、稲田へ向かって進んでいた。信じられないような光景だったが、使役用の象が転覆したバスを道へ押しあげていた――明らかにカーブでスピードを出しすぎて、道からとびだしたのだ。巨大な耳のすぐ後ろにちょこんと乗った象使いの甲高い声さえ聞こえていた。そして、観光客の行列が、ヤッカガラ・ホテルの方角から、〈庭園〉を抜けて軍隊蟻のように続いていた。孤独を楽しんでいられるのも、もうわずかだった。

もっとも、廃墟の探索はほとんど終わっていた――もちろん、詳しく調べれば一生かかっても足りなかったが。彼は、二〇〇メートルの断崖の突端にあって南天が一望できる、美しく彫刻された花崗岩の椅子で、しばらく寛いだ。

モーガンは、まだ朝の太陽にも消散していない青い霞になかば隠された、遠い山稜に視線を走らせた。ぼんやりと眺めていた彼は、突然、雲景の一部とばかり思っていたものが、まるで違うものであることに気がついた。そのかすんだ円錐は、風と水蒸気がつくりあげた束の間の姿などではなかったのである。低い仲間たちの上に聳えたったその山が完全な対称形であることは、疑う余地もなかった。

その正体を知った衝撃に、彼の心はしばし驚きと、理性を超えた畏怖に近いものに満たされた。ヤッカガラから霊山がこれほどはっきり見えるとは知らなかったのだ。だが、山はそこにあり、夜の闇の中からゆっくりと姿を現わし、新たな日を（そして、もし彼が志を遂げられれば、新たな未来を）迎えようとしていた。

彼はこの山の大きさも地質も、手にとるように知っていた。立体写真からその地図を作製し、人工衛星からそれを詳細に調べたのだった。だが、この眼ではじめて見るということは、それににわかな現実性を帯びさせた。いままでは、いっさいが理論上の存在だったのだ。それどころか、時にはそこまでいってもいなかった――モーガンは、夜明けの前のまだ暗い時刻、自分の全計画が途方もない空想であることが証明されて、名声をもたらすどころか世界の笑いものにされるという悪夢に、眠りを妨げられることがあったのだ。かつての同僚たちの中には〈橋〉を〝モーガンの愚挙〟と呼んだ者もいた。自分のいまの夢を、連中はなんというだろうか？

だが、自分はいままで、人間の設けた障害などで引きさがったことはない。自然こそがほんとうの相手だ――人を騙すこともなく、いつも正々堂々と戦うが、わずかな過失や手落ちも見逃さずに乗じてくる好ましい敵手だ。そして、いまその自然の諸力は、熟知はしていてもまだこの足で踏んだことのない、あの遠くの青い円錐形に凝集しているのだ。

カーリダーサがまさにこの場所からなんどとなくやっていたように、モーガンは肥沃な緑の平原の彼方を見つめながら、この仕事の困難さを評価し、作戦を考えていた。カーリダーサにとって、スリカンダは、共謀して自分に敵対する僧侶たちの力と神々の力との両者を象徴するものだった。いま、神々は去ったが、僧侶たちは残った。彼らは、モーガンの理解を超え、したがって慎重な配慮を要する何かを象徴するものだった。

下山すべき時刻だった。二度と遅刻することは、ことに自分自身の誤算によってそうなることは、許されなかった。坐っていた厚い石から立ちあがったとき、先ほどから心にひっかかっていたことが、ついに意識にのぼってきたのだった。こんなに美しく彫刻された象の支える豪華な椅子を、断崖の端すれすれのところに据えつけたのは、どうしてだろうか……。

モーガンは、こういう知的な謎ときには、いつも抵抗できなかった。深い谷底をのぞきこみながら、彼は工学者としての自分の心を、二千年前に死んだ同僚の心に一致させようとした。

8　マルガーラ

少年時代をともにした兄を今生《こんじょう》の別れに見おろしているマルガーラ王子の表情を読みとることは、もっとも近しい親友にもできなかった。戦場はもう静まりかえっており、負傷者たちの叫びさえ、薬草とかそれ以上に効き目のある剣とかによって、沈黙させられていた。長い時間がたってから、王子は傍らに立つ橙色の衣の人物のほうへ向いた。「彼を即位させたのはあなただ、ボーディダルマ師。ここで、もう一度だけ彼のためにつくしてやるがよい。彼が王にふさわしい葬儀を受けるよう取りはからってもらいたいのだ」

聖職者は、しばらく返事をしなかった。それから低い声で答えた。「彼はわれわれの寺を壊し、僧たちを追い払いました。彼が何かの神を信じていたものなら、それはシバでした」

マルガーラは歯をむきだして、マハナヤケが自分に残された年月のあいだにいやというほど見ることになる、怖ろしい微笑を洩らした。

「御坊《ごぼう》」と、王子は毒液の滴るような声でいった。「彼はパラヴァナ大王の第一子であり、タプロバニーの王座についた者であり、そして彼の犯した悪は彼とともに滅びたのだ。あなたが生きてふたたびスリカンダの土を踏むつもりでおられるなら、火葬のあと、遺骨が礼をもって埋葬されるように手配することだ」

マハナヤケ・テーロは、ほんのわずか頭を下げた。「かしこまりました――御意《ぎょい》のままに」

「それから、いまひとつ」と、マルガーラは、こんどは側近たちに向かっていった。「カーリダーサの噴水の評判は、ヒンドスタンにいてさえ聞こえていた。ラナプーラへ進軍する前に、一目見ておこう……」

カーリダーサにあれほどの歓びを与えた〈庭園〉の中心部からは、彼の火葬の煙が雲ひとつない空へ立ち昇って、四方から集まってきた猛禽たちを混乱させた。マルガーラは、ときどき襲ってくる記憶に悩まされながらも、自分の勝利の象徴が渦を描いて昇ってゆき、全土に新しい治世が始まったことを告げているのを眺めて、冷酷な満足感にひたっていた。

噴水の水は、太古からの対立関係を継続するかのように火に挑戦し、空高く跳びあがっては落ちてきて、鏡のような池の水面に波を立てた。だが、やがて、炎がその務めを完了するはるか前に貯水池は涸れはじめ、噴流は見るかげもない姿となって崩れおちた。それがふたたびカーリダーサの庭園の中に立ち昇るまでには、ローマ帝国が滅び、イスラムの軍勢がアフリカを席巻し、コペルニクスが地球を宇宙の中心から引きずりおろし、〈独立宣言〉が署名され、人類が月の上を歩くことになるだろう。

マルガーラは、火葬の火が最後にちょっと火の粉を散らして崩れるまで待っていた。最後の煙がヤッカガラのそそり立つ岩壁に漂ってゆくと、彼はその頂きの宮殿を仰いで、長いこと沈黙したまま、値ぶみするように見つめていた。

「なんぴとも神に挑戦してはならぬ」と、やがて彼はいった。「あれは破壊するがよい」

「すんでのことで心臓麻痺をおこすところでしたよ」ラジャシンハは、朝のコーヒーを注ぎながら非難するようにいった。「はじめは、何か反重力装置でも持っているんだと思いましてね——でも、いくらわたしだって、それが不可能なことぐらい知っています。どうやったんです？」

「どうもすみません」モーガンは、微笑しながら謝った。「あなたが見ていると知ったら、お断わりしておいたんですが——もっとも、はじめからそうする気だったわけじゃないんですがね。〈岩〉にちょっと登ってくるだけのつもりだったんですが、そこであの石の椅子に好奇心をそそられましてね。あれがなぜ断崖のぎりぎりにあるのか不思議に思って、調べはじめたんです」

「何も秘密はないんですよ。昔はあそこに床が外側へ突き出していて——たぶん木だったでしょうがね——頂上からフレスコ画まで下ってゆく階段があったんです。いまでも、それを岩の面に固定した溝が残っていますよ」

「わたしもそれは見ました」モーガンは、ちょっと残念そうにいった。「そんなものは、と

9 繊維

っくに誰かが見つけていると、気がつくべきでした」

二百五十年前にだ、とラジャシンハは思った。あの無茶で精力的なイギリス人、タプロバニーの初代の考古学局長だったアーノルド・レスブリッジ。彼は、あんたがやったのとまったく同じに、〈岩〉の壁面を降りていったんだ。いや、まったく同じというわけじゃ……。

ここでモーガンは、彼にあの奇蹟を演じさせた金属の箱をとりだした。目につく点といっては、何個かの押ボタンと小さな読出し《リード・アウト》パネルだけだった。それは、どこから見ても何かの簡単な通信装置としか思えなかったのである。

「これですよ」彼は誇らしげにいった。「わたしが一〇〇メートルの垂直歩行をやったのを見ておられたんですから、これがどういう働きをするか、充分に見当がつくでしょう」

「常識からいえば答はひとつですが、さすがの優秀な望遠鏡にも、その確証はできませんでした。あなたを支えるようなものは絶対に何も存在しなかったと誓っているところでしたよ」

「そんな実演をする気じゃなかったんですが、きっと効果満点だったことでしょうな。さて、わたしのお定まりの売りこみ文句なんですが――ちょっとこの輪に指をひっかけてください」

ラジャシンハは迷った。モーガンは小さな金属の（ふつうの結婚指輪の二倍ほどの）輪環を、まるで電流が通じてでもいるような様子で持っていたのである。

「感電するんじゃないですか？」と彼は訊ねた。

「感電はしませんが——たぶんびっくりするでしょうな。これを引っぱってごらんなさい」

ラジャシンハは、おそるおそる輪に指をかけた——そしてあやうくそれを取りおとすところだった。まるで生きているかのように思えたのである。輪はモーガンに——というより工学者が手にしている箱に近づこうとして、強い力を出していたのだった。そのとき、箱がかすかにブーンという音を立てると、ラジャシンハは自分の指が何か不可思議な力で前へ曳かれるのを感じた。磁力か、と彼は思った。もちろん違う。磁力はこんな挙動はしないものだ。自分の即席ではあるが信じがたい説明は、やはり正しかったのだ。それどころか、それに代わるような説明は絶対にありえなかった。二人はいままったくの綱曳きそのものをやっているのだ——それも眼に見えない綱で。

ラジャシンハがいかに瞳をこらしても、自分の指をひっかけた輪と、モーガンが獲物をたぐりこむ釣師よろしく操作している箱との間には、糸やワイヤは影も形もなかった。彼は見たところ何もない空間を探ろうとして、もう一方の手を伸ばしたが、工学者はすばやくそれを払いのけた。

「失礼！」と彼はいった。「誰でも、真相に気がつくと、そうするんですよ。ひどい怪我をすることもありましてね」

「じゃ、ほんとに眼に見えないワイヤがあるんですね。おもしろい——でも、何に使うんです？　隠し芸にはいいでしょうが」

モーガンは、相好《そうごう》をくずしていた。「そう早合点されるのも無理はありません。誰でもそうなんです。でも全然ちがうんですよ。この試作品があなたに見えないわけは、太さが数ミクロンしかないからなんです。蜘蛛の糸よりずっと細いんですから」

今度ばかりは使い古された表現がまったくぴったりだな、とラジャシンハは思った。「それは——とても信じられん。正体はなんです？」

「およそ二百年間にわたる固体物理学の成果ですよ。どんな御利益《ごりやく》があるかはともかく——これは連続擬一次元のダイアモンドの結晶なんです——もっとも実際には純粋の炭素ではありませんがね。正確に調整された量の微量元素が、いくらか入っているんです。結晶の生長速度に重力が影響しない人工衛星工場でしか、大量生産はできません」

「すばらしい」と、ラジャシンハは、ほとんど独り言のようにささやいた。彼は、自分の指がからんだ輪を軽く引っぱって、まだ張力が存在しているか、自分が夢を見ているのではないかを、確かめようとした。「これに各種の応用の道があることは、想像がつきますな。すてきなチーズ切りになるでしょう——」

モーガンは笑った。「これを使えば、数分のうちに一人で木を倒すこともできますよ。でも、取り扱いは慎重を要しますし、危険でさえあります。われわれは、それを繰りだしたり巻きこんだりするための特殊な装置を工夫しなければなりませんでした——これを〝スピナレット〟と呼んでいます。これは実演用に作られた動力式のやつです。このモーターは数百キログラムを持ちあげることができ、わたしはたえず新しい用途を発見しています。今日のちょっとした冒険も、何もはじめてというわけじゃないんです」

ラジャシンハは、そうするのが心残りのような気持で、輪から指をはずした。それは下へ落ちかけてから、途中で、何も支えていないように見えるのに前後に往復運動を始め、モーガンがボタンを押すとスピナレットがかすかな音を立ててそれを巻きこんだ。

「モーガン博士、何もこの最新の科学の驚異でわたしを感心させるために、ここまではるばるおいでになったわけじゃありますまい――もちろん感心はしましたけれど。これがわたしとどういう関係があるのか、うかがいたいものですな」

「非常に関係があるのですよ、大使」工学者のほうも急に真顔になり、形式ばった態度で答えた。「この材料に多くの応用の道があるだろうというお考えはまったくそのとおりで、われわれはその一部をいまやっと予感しはじめたところです。そして、そのひとつが、あなたの静かな小さな島を、いやおうなく世界の中心にしようとしているのです。いや――世界だけではない。太陽系全体の中心にです。この繊維によって、タプロバニーは、すべての惑星への踏み石となるでしょう。そして、たぶん、いつの日にか――星への踏み石に」

10　最高の橋

ポールとマクシーヌは、彼のもっとも古くからの親友のうちの二人だったが、ラジャシンハの知るかぎりでは、いまこの瞬間まで、二人は会ったこともなかったし、通信を交わしたことさえなかった。そうする理由も、あまりなかった。タプロバニー以外の土地の人間でサラト教授の名を聞いたことのある者は誰もいなかったが、マクシーヌ・デュヴォールのほうは、太陽系内のどこへ行っても、姿か声かで、たちまちそれと知られてしまうことだろう。

二人の客は図書室の坐り心地のよい寝椅子にもたれ、ラジャシンハは屋敷の中央コンソールに腰をおろしていた。彼らはそろって、動かずに立っている第四の人物を見つめていた。いや、まったく動かずに。この時代の日常の電子工学の奇蹟を何も知らない過去からの訪問者なら、ちょっと見ただけで、すばらしく精巧な蠟人形を見ているのだと決めこむかもしれない。しかし、もっと注意深く観察すれば、とまどうような二つの事実が明らかになるだろう。〝人形〟は透明で向こう側の明るい物がはっきり見えるくらいだったし、足は絨毯の数センチ上でぼやけていたのである。

「この男を知っているかね？」とラジャシンハは訊ねた。

「いままでに会ったことはないな」ポール・サラトは即座に答えた。「わたしをマハランバからひきずりもどすほどの重要人物なんだろうな。われわれは、〝舎利室〟を開ける直前だったんだぞ」

「わたしだって、サラディン湖のレースが始まろうという時に、三胴船《トリマラン》を降りなけりゃならなかったのよ」とマクシーヌ・デュヴォールがいった。彼女の有名なコントラルトの声には、サラト教授ほど面《つら》の皮の厚くない者なら、きれいに鼻っ柱をへし折るほどのいらだちがこもっていた。「それから、彼はもちろん知っているわ。タプロバニーからヒンドスタンへ橋をかけようっていうわけなの？」

ラジャシンハは笑った。「いや――あそこには、もう二世紀も何不足なく使われている道路が通っている。それから、きみたち二人をここまでひきずってきたことは、すまないと思っている――もっとも、マクシーヌ、きみはここに来るという約束を二十年間も果たさないでいるんだがね」

「そうね」と彼女は、ため息をついた。「でも、わたしは自分のスタジオの中にばかりいるもんだから、外には本物の世界があって、およそ五千人の親友と五千万人の親しい知り合いが住んでいるということを、ときどき忘れてしまうのよ」

「モーガン博士は、どっちの部類に入るんだね」

「彼には、会ったことがあるわ――そう、三回か四回ね。〈橋〉が完成したときに、特別インタビューをやったの。とても印象的な人物だったわ」

マクシーヌ・デュヴォールからすれば、これは誉め言葉というべきだな、とラジャシンハは思った。彼女は、もう三十余年というもの、この苦労の多い職業でおそらくもっとも尊敬されているメンバーであり、この分野でのありとあらゆる栄誉をかちとっていた。ピューリッツァー賞、グローバル・タイムズ賞、デイヴィッド・フロスト賞――こんなものは氷山の一角にすぎなかった。しかも、彼女は、コロンビア大学での電子工学ジャーナリズムに関するウォルター・クロンカイト記念教授を二年務めたあと、最近になって現役の仕事に戻ったばかりなのだ。

こうした経歴の中で彼女もかどがとれたが、才気が鈍ることはなかった。かつて、「女は赤ん坊を産む点で優れているのだから、自然はきっと男にも、何かそれを埋めあわせるだけの才能を与えたんでしょうね。でも、いまのところわたしには見当がつかないわ」という台詞《せりふ》を吐いた一時の戦闘的な狂信者ではなくなっていたが、つい先日も、大声で独り言をいって、討論会の気の毒な司会者を立往生させたばかりだった。「わたしはニュースウーマンだわよ――ニュースパースンじゃないわ」

彼女が女性であることには、なんの疑問もなかった。彼女は四度も結婚していたし、そのレムの選び方は有名だった。遠隔中継助手《レム》は、性別の如何《いかん》によらず、二十キログラムにのぼる重荷をものともせずに機敏に動きまわれるように、いつも若く体格のいい者がなっていた。それが、マクシーヌ・デュヴォールの場合には、必ず男っぽい美男子ぞろいときているのだ。彼女のレムはみんな雄羊《ラム》だというのは、仲間うちでの月並みな冗談だった。この冷やかしには、悪意はまったくこもっていなかった。というのは、職業上のもっとも激烈な競争相手でさえ、彼女に対する羨望と同じ程度に好意を抱いていたのである。

「レースのことは、すまなかったよ」ラジャシンハはいった。「だが、マーリン三世号はきみがいなくても楽々と勝つと思うね。この問題はそれよりかなり重要だと認めてくれるんじゃないだろうか……でも、モーガン自身に話してもらおう」

彼が投影器の〈一時停止〉ボタンを放すと、とまっていた映像はただちに動きはじめた。

「わたしの名はヴァニーヴァー・モーガン、地球建設公社陸地部門の技術部長です。わたしの最後の仕事はジブラルタル橋でした。いまわたしは、それとは比べものにならないほど野心的なことについて、お話ししたいと思います」

ラジャシンハは部屋を見まわした。思ったとおり、モーガンは彼らに興味を感じさせていた。

彼は椅子に深く腰をすえると、いまではよくわかってはいるものの、まだなかなか信じきれないでいる事業内容の説明がくりひろげられるのを待った。おかしなものだな、と彼は思った。われわれは表示映像の約束事をあっさり受けいれていて、傾斜や水平制御がひどく狂っていても、気にしないでいる。モーガンが同じ場所にいながら〝動いて〟いたり、外部の情景の遠近感がすっかり違っていても、現実感を損なうことはないのだ。

「宇宙時代に入ってもう二百年近くなります。われわれの文明は、その期間のなかば以上にわたって、いま地球をまわっている無数の人工衛星に全面的に依存してきました。世界の通信網、気象の予知や制御、陸地や海洋の資源銀行、郵便や情報のサービス——宇宙空間にあるそれらのシステムに何かがおこれば、われわれは暗黒時代に逆戻りすることでしょう。それがもたらす混乱の中で、病気と飢えのために人類の多数が滅びることでしょう。

また、地球の外に眼を転じれば、火星、水星、月に自立した植民地ができ、小惑星の無尽蔵の富を採掘していて、真の意味での惑星間貿易が開幕しつつあります。楽観論者の予測よりはやや時間がかかったとはいえ、空の征服がじつは宇宙の征服のささやかな序曲にすぎなかったことは、いまや明白であります。

だが、いまわれわれは根本的な課題、あらゆる未来の進歩の前に立ちふさがる障害に直面しています。何世代にもわたる研究が、ロケットを、これまでに考案されたもっとも信頼性のある推進方式にしたとはいえ——

(「自転車を忘れていやせんか?」とサラトがつぶやいた)

「——宇宙船はいまもはなはだしい低効率であります。そればかりか、環境への影響には恐るべきものがあります。接近回廊を管制しようとする多大の努力にもかかわらず、発進と再突入時の騒音は、幾百万の人々を悩ませております。上層大気に放出される排気生成物は気候変化を誘発し、それはきわめて重大な結果を招くかもしれません。二〇年代における紫外線の異常増加による皮膚癌の危機、そしてオゾン層の修復に要した化学物質の天文学的経費は、誰しも記憶に新しいところであります。

しかし、今世紀の終わりにおける輸送量の増加を推定するならば、地球から軌道への輸送総トン数は五〇パーセント近く増加するにちがいないことがわかります。われわれの生活様式に――おそらくわれわれの生存そのものに――耐えがたい負担をおよぼすことなしには、これを達成することは不可能です。しかも、ロケット技術者には、手の下しようがありません。彼らは、物理学の法則が定める性能の絶対的限界に、ほぼ到達してしまったのです。これに代わるべき道があるでしょうか？　人間は何世紀にもわたって、反重力あるいは〝スペースドライブ〟を夢みてきました。そういうものが可能だというかすかな手がかりでも発見した者は、まだ誰もいません。今日、われわれは、それが夢物語にすぎないと信じています。ところが、最初の人工衛星が打ちあげられたまさにその時代に、一人の大胆なロシアの工学者が、ロケットを時代遅れにするような方式を考えだしたのであります。ユーリ・アルツターノフの考えを真剣に検討する者が出るまでには、長い年月がかかりました。そして、われわれの技術が彼の構想に追いつくには、二世紀を要したのです」

この記録を再生するたびに感ずることだったが、ラジャシンハには、モーガンがここまできて急に生き生きとするように思えた。どうしてかは明らかだった。いまや彼は自分の専門領域に立っており、もはや不案内な専門技術の分野からの知識を受けうりしているのではなかったのだ。そしてラジャシンハは、さまざまな留保や危惧はありながらも、そうした熱意の幾分かに共感を感ぜずにはいられなかった。それは、近頃では自分の生活にめったに入りこんでこないような資質なのだった。

「いつでも晴れた夜に外へ出てみれば」とモーガンは続けた。「われわれの時代の日常的な驚異が眼に入ることでしょう——それは、昇りも沈みもせず、空にじっと静止している星ぼしです。われわれは——そしてわれわれの親たちも——そしてまたその親たちも——赤道上を地球の自転と同じ速さで動き、そのため同じ地点の上に永遠に止まっている同期衛星や宇宙ステーションを、長く見慣れてきました。

アルツターノフが抱いた疑問には、真の天才が示す子供のような閃きがありました。ただの利口な男なら、これは決して思いつかなかったでしょう——あるいは、荒唐無稽なこととして即座に捨ててしまったことでしょう。

天体力学の法則によって物体が空に静止していられるものなら、そこからケーブルを地上へ垂らし——地球と宇宙空間とを結ぶエレベーターができないだろうか？

この理屈はどこも間違っていませんでしたが、現実の問題たるや途方もないものでした。計算によれば、実在する材料にはどれも充分な強度がないことがわかりました。最高の鋼鉄でさえ、地球と同期軌道との間の三万六〇〇〇キロを繋ぐはるか手前で、自分の重みのために切れてしまうのです。

しかし、最良の鋼鉄といえども、理論上の強度の限界には遠く及ばないのです。顕微鏡的なレベルでは、はるかに破壊強度の高い材料が実験室で作りだされていました。もしこれが大量生産できれば、アルツターノフの夢は現実となり、宇宙輸送の経済は様相を一変するはずでした。

二〇世紀の末までには、超強度材料——超繊維——が実験室から生まれはじめました。だが、それらはきわめて高価であり、その重量の何倍もの金《きん》に相当する費用がかかりました。地球の宇宙向けの輸送をすべて賄《まかな》うだけのシステムを建造するためには、何百万トンもの材料が必要でした。そこで、夢は夢のままにとどまったのです。

数ヵ月前までは、そうでした。いまや宇宙空間の工場は、超繊維をほとんど無尽蔵に生産することができます。われわれはついに〝宇宙エレベーター〟を建造できるようになったのです――わたしはむしろ〝宇宙塔〟と呼びたいのですが。なぜなら、これは、ある意味では、大気圏を突きぬけて、はるかにはるかに彼方へ向かって聳えたつ〝塔〟なのですから……」

モーガンは、にわかに成仏した亡霊のように、消えていった。そのあとには、ゆっくりと自転するフットボール大の地球が現われた。その上に腕の幅ほど離れ、たえず赤道上の同じ位置を保って動いている、同期衛星の所在を示す点滅する星があった。

その星から二条の細い光線が、一本はまっすぐに地球へ、もう一本は正反対の宇宙空間へ向かって、伸びはじめた。

「橋を建造するときには」と、モーガンの肉体を離れた声が続けた。「両端から出発して、中央でいっしょになります。宇宙塔の場合には、これと正反対です。建造は、慎重な計画にもとづいて、同期衛星から同時に上と下へ向かって進行しなければなりません。要は、建造物の重心をつねに静止点に保つことなのです。そうでないと、それは別の軌道へ移動してゆき、ゆっくりと地球のまわりを漂流しはじめるでしょう」

降りてくる光線は、赤道に達した。同時に、外へ向かって伸びる線も停止した。

「全長は、少なくとも四万キロはあるにちがいありません――そして、大気圏の中を下ってゆく最後の一〇〇キロが、もっとも危険な部分になるかもしれません。塔はここでハリケーンの影響を受けるかもしれないのです。地面にしっかり固定されるまで、塔は安定した状態にはなりません。

さて、これでわれわれは、史上はじめての天への階段――星への掛け橋を持つことになります。安価な電力で駆動される単純なエレベーター方式が、騒々しく費用のかかるロケットに取ってかわり、ロケットは以後は宇宙空間での輸送という本来の仕事にだけ使用されるでしょう。これが宇宙塔の設計の一案です――」

自転する地球の映像は消え、カメラは塔へ向かって舞い降りると、外壁を通り抜けて、構造の断面を見せた。

「ごらんのように、これは同一の四本の管でできています――二本は〝上り〟、二本は〝下り〟です。地球と同期軌道を結ぶ、垂直な複々線の地下鉄あるいは鉄道とお考えください。乗客、貨物、燃料のためのカプセルは、時速数千キロで管を上下することになります。要所要所にある核融合発電所が、必要なエネルギーをすべて供給します。その九〇パーセントは回収されますので、乗客一人あたりの正味のコストは数ドルにすぎません。というのは、カプセルがふたたび地球に向かって落下するとき、そのモーターが電磁制動機として働き、発電するのです。これは再突入する宇宙船と違い、大気を加熱したり衝撃波音を発生したりして、エネルギーをすべて無駄にすることはありません。エネルギーはシステムの中に送り返されるのです。下り列車が上り列車に動力を与えるといってもいいでしょう。このため、もっとも控え目に見つもっても、このエレベーターはどんなロケットより百倍も効率がよくなるでしょう。

また、これが扱うことのできる輸送量には、ほとんど限界がありません。必要に応じて、新たな管を増設すればいいのです。毎日百万人が地球を訪問し――または地球から出てゆく時代が来たとしても、宇宙塔はそれに対処できるでしょう。なにしろ、われわれの大都市の地下鉄は、かつてはその程度の……」

ラジャシンハはボタンに触れて、話の途中でモーガンを沈黙させた。

「あとは、かなり技術的なことになる――彼は次に、塔が宇宙パチンコの役割をして、ロケット推力をまったく使わずに有効荷重を月や惑星へ投げとばせることを説明している。だが、きみたちはもう、だいたいの見当がつく程度には聞いたんじゃないかと思う」

「わたしは充分に胆をつぶしたよ」とサラト教授。「だが、いったい全体、これがわたしとどういう関係にあるというんだね。いや、そういえば、きみにしてもだ」

「ものには順序があるんだよ、ポール。マクシーヌ、何かいうことはあるかね」

「たぶん、あなたを勘弁してあげられそうね。これは、この十年間の――いや今世紀のかな――最大のニュースのひとつになりそうだわ。でも、なぜ急ぐの。おまけに、秘密だなんて」

「わたしにはわからんことが、いろいろ進行していて、そこできみたちに助けてもらいたいわけだ。モーガンは、いくつかの戦線で同時に作戦を展開しているらしい。彼はごく近い将来に発表を行なう計画でいるんだが、自分の足場に充分な確信が持てるまでは、行動したくないんだ。さっきの記録も、公共回線を通して送信しないという諒解のもとで、よこしたものだ。だからこそ、ここへ来てもらわねばならなかったんだよ」

「彼は、この会合のことは、知っているの？」

「もちろんだ。それどころか、マクシーヌ、わたしがきみと相談したいといったら、彼は大喜びだった。明らかに彼はきみを信頼しているし、味方になってほしいと思っている。それから、ポール、きみについては、秘密を六日間までは卒中もおこさずに守れる男だと保証したよ」

「充分な理由さえあればな」

「わかりかけてきた」とマクシーヌ・デュヴォール。「いくつか、腑におちない点があったんだけど、これで辻褄があってきたわ。まず第一に、これは宇宙計画でしょう。モーガンは陸地部門の技術部長よ」

「だから？」

「あなたが、そんなことをきくの、ヨーハン？　ロケット設計者や航空宇宙産業がこれを嗅ぎつけたときの、官僚的な暗闘を考えてごらんなさい。手始めだけにでも一兆ドルという事業がかかっているのよ。モーガンは、よほど気をつけないと、〝どうもありがとう――これからはわれわれがやるからね、ごきげんよう〟といわれることになるわ」

「それはわかるが、彼には充分な言い分があるんだ。なんといっても宇宙塔は建物であって、乗物じゃないんだから」

「弁護士が出てきたら、そうはならないわよ。上の階が地階より秒速十キロかそこら速く動いている建物なんて、そうざらにはないんだから」

「それも一理ありそうだな。ときに、塔が月に向かってぐんぐん伸びるという話にわたしがめまいを感じそうになったとき、モーガン博士はいったもんだ。〝それじゃ、塔が高くなってゆくというふうに考えないでください──橋が伸びてゆくと考えるんです〟。わたしはいままでも努力しているんだが、どうもあまりうまくいかないな」

「おお！」と、マクシーヌ・デュヴォールが突然いった。「あなたのジグソーパズルのもう一枚がそれよ。橋だわ」

「どういうことだね？」

「地球建設公社の会長、あの尊大なお馬鹿さんのコリンズ上院議員が、ジブラルタル橋に自分の名前をつけたがったことを知っていた？」

「知らなかったな。それで、いろいろ説明がつくぞ。でも、わたしは、どちらかといえばコリンズは好きだよ──何回か会っただけだが、彼は感じがよかったし、頭も冴えていた。現役の時代には、何か第一級の地熱工学をやってのけたんじゃなかったかね？」

「それは千年も昔の話よ。それに、彼の名声にとって、あなたはなんの脅威でもないんですもの、愛想よくできるわけだわ」

「〈橋〉は、そうなる運命からどうやって免れたんだね」

「公社の技術幹部の間で、ちょっとした宮廷革命があったのよ。もちろん、モーガンは絶対に関係していなかったけれども」

「だから、彼は手の内を見せないでいるわけだな！　だんだん彼を尊敬する気持が出てきたよ。だが、ここで彼は、どう扱っていいかわからない障害にぶつかったんだ。それがわかったのは、つい数日前だったが、彼はその場に完全に立往生してしまったんだ」

「ちょっと当てさせてね」とマクシーヌ。「いい頭の訓練になるわ――これが、みんなをだしぬいていられる秘訣なの。彼がなぜここへ来たかは、わかるわ。システムの地球端は赤道上でなけりゃならない。さもなければ垂直にならないものね。まるで、あの倒壊してしまったピサの斜塔のようなあんばいになるわ」

「どうも、わたしには……」サラト教授は、ぼんやりと腕を上下に振りながらいった。「あ、そうか……」彼の声はしだいに小さくなり、黙って考えこんだ。

「さて」と、マクシーヌが続けた。「赤道上で可能性のある地点は限られた数しかない――大部分は海じゃないの？――そしてタプロバニーは明らかにそのひとつである。それでも、アフリカや南アメリカにくらべて、どんな特別な利点があるかは、わたしにはわからないわ。それともモーガンは、見こみのある場所にかたっぱしから手を打っているわけ？」

「親愛なるマクシーヌ、例によってきみの演繹力《えんえきりょく》は驚くべきもんだ。筋はぴったりだよ――だが、その先は無理だな。モーガンは問題をわたしになんとかのみこませようとしたんだが、科学的な細部がすっかりわかったとは思えないよ。ともかく、アフリカと南アメリカは、宇宙エレベーターに向かないことが、わかっているんだ。なにやら、地表の重力場の中での不安定点と関係があるんだそうだ。タプロバニーだけが使える――それもまずいことには、タプロバニーのうちの一カ所だけだ。そこで、ポール、きみが登場することになる」

「ママダ?」サラト教授は、驚きのあまり、憤然としてタプロバニー語に逆戻りしながら叫んだ。

「そうだ、きみだ。モーガン博士にとって困ったことに、彼が手に入れなければならぬ場所は、控え目な表現でいえば、すでに先客がいることがわかったのだ。彼は、きみの親友のバッディーを立ち退《の》かせることについて、わたしの助言を求めているのさ」

こんどは、わけがわからなくなるのはマクシーヌの番だった。「だれですって?」と彼女は訊ねた。

サラトは、即座に答えた。「スリカンダ寺院の在任者、アナンダティッサ・ボーディダルマ・マハナヤケ・テーロ師」彼は、まるで連禱でも唱えるかのように、抑揚をつけていった。

「なるほど、そういうわけだったのか」

しばらく沈黙が続いた。それから、このうえもなく悪戯《いたずら》っぽい嬉しそうな表情が、タプロバニー大学の考古学に関する名誉教授、ポール・サラトの顔に現われたのである。

「わたしは、前から知りたかったんだ」と、彼は夢みるようにいった。「抗しがたい力が不動の物体に出会ったら、どうなるかをね」

11　ものいわぬ王女

来客たちが帰ったあと、ラジャシンハはひどく考えこんだ様子で図書室の窓の偏光を解除し、屋敷を取りまく木々やその向こうに聳えたつヤッカガラの岩壁を、長いこと見つめていた。彼はそのまま身じろぎもせずにいたが、ちょうど時計が四時を打ったとき、午後のお茶が届いて、彼を物思いからさめさせた。

「ラニ」と彼はいった。「ドラヴィンドラに、わたしの登山靴が見つかったら出しておくように頼んでくれないか。〈岩〉に登るんだから」

ラニは、たまげて盆を取りおとしそうな仕草をしてみせた。

「アイヨー、マハタヤ！」彼女はいかにもびっくり仰天したという素振りで叫んだ。「気でも狂ったんですか！　マクファースン先生がおっしゃったことを覚えているでしょう――」

「あのスコットランド人のやぶ医者は、いつもわたしの心電図を逆さまに読むのさ。どうせ、おまえとドラヴィンドラがいなくなったら、わたしにはなんの生きがいもありはしないんだ」

この発言はまったくの冗談ではなかったのだが、彼は即座に自分の甘えを恥じた。ラニは彼の心情を感じとって、眼に涙をあふれさせたのである。

彼女は顔をそむけて自分の気持を隠しながら、英語でいった。「だから、わたしはここに残ると申しあげましたのに――少なくともドラヴィンドラがはじめの一年を過ごすあいだは……」

「わかっているとも。だが、そんなことは思いもよらん。バークリーがわたしの最後に見たときと変わっていなければ、ドラヴィンドラには向こうでおまえが必要だろう（もっとも、わたしほどにではない、別の意味でだが、と彼は心の中でつけ加えた）。それに、おまえが自分で学位を取るかどうかは別としても、学長の妻としての訓練には、早すぎるということはないんだよ」

ラニは微笑んだ。「わたしが見たいくつかの怖ろしい実例からすると、その運命を喜んでいいのかどうか、わかりませんわ」彼女は、またタプロバニー語に戻った。「本気じゃないんでしょうね？」

「本気だとも。もちろん頂上までじゃない――フレスコ画まで行くだけさ。あそこへは、もう五年も行っていない。これ以上ぐずぐずしていれば……」その先をいう必要はなかった。

ラニは、しばらく黙って彼を見つめていたが、いいあらそっても無駄だと判断した。

「ドラヴィンドラにいいます」と彼女はいった。「それからジャヤにも――あなたを抱えおろすことになるといけませんから」

「よかろう――もっとも、そのためならドラヴィンドラ一人でも充分だと思うがね」

ラニは、誇らしさと嬉しさのいりまじった、こぼれるような微笑を見せた。このカップルは国からの割り当ての中でもっとも運のよかった例だなと、彼はやさしさをこめて考えた。そして、彼らのこの二年間の社会奉仕が、自分にとってと同じくらいに彼らにも楽しかったのだとよいがと思った。当節では、個人専用の奉仕者などというものは特権中の特権で、抜群の功績のあった者だけに与えられるものだった。ラジャシンハの知るかぎりでは、三人も奉仕者を与えられている私人は、ほかにはいなかったのである。

体力をたくわえておくために、彼は〈庭園〉の中を太陽動力三輪車に乗っていった。ドラヴィンドラとジャヤは、そのほうが速いといって、歩くほうを選んだ（そのとおりだったが、彼らは近道をとることができたのだ）。彼はなんども休んで一息いれながら、ゆっくりゆっくり登って、ついに〈鏡の壁〉が〈岩〉の壁面に沿って走っている〈下の廊下〉の通路に達した。

アフリカ諸国のひとつから来た一人の若い考古学者が、例によって物見高い観光客たちに囲まれながら、強力な斜光の助けを借りて、壁に刻まれた文字を調べていた。ラジャシンハは、新発見ができる可能性はほとんどないことを、彼女に注意してやりたい心境だった。ポール・サラトは二十年にわたって壁面をしらみつぶしに調べたのであり、三巻の『ヤッカガラの掻き文字』は（仮に古代タプロバニー語の刻文の解読にこれほど熟達した人間はほかにいないというだけの理由にせよ）、永久に越えられることのないような学問の金字塔だった。ラジャシンハは、当ポールがこのライフワークを始めたとき、二人はどちらも若かった。

時考古学科の碑文研究助手だった彼が、黄色い漆喰の上の解読不能に近い痕跡をたどって、頭上の岩の上の美女たちに捧げた詩を翻訳しているとき、自分はまさにこの地点に立っていたことを思いだした。これだけの年代を隔てたいまも、詩文はなお人の心の琴線に触れるものがあった。

　わたしは親衛隊長ティッサ。
　雄鹿の眼をした乙女たちに会いに五〇リーグを来た。
　だが、彼女らは話そうとしない。
　おまえたちに心はないのか？

　なんじらはここに、千年を留まれかし。
　神々の王が月に描いた
　うさぎのごとく。わたしはトゥパラマの寺院からきた
　僧マヒンダ。

　その願望は、なかば実現し、なかばかなえられなかった。岩の乙女たちは、聖職者の予想した時間の二倍にもわたってここに残り、彼の夢想だにしなかった時代にまで生きつづけた。だが、何人が残ったというのだ！　刻文のいくつかは〝五百人の黄金の肌の乙女たち〟と述

べているのだ。これにはかなりな詩的誇張があるとしても、当初のフレスコ画のうち、時間や人間の憎悪による破壊を免れたものが、その十分の一もなかったことは明らかなのだ。だが、残された二十は、その美を無数のフィルムやテープやクリスタルにおさめられ、いまや永遠のものとなったのである。

少なくとも彼女らは、傲岸にも自分の名を記す必要をまったく認めなかったひとつの刻文より、生きながらえたことは確かだった。

余は道を開けと命じた、
山腹に立つ美女たちを
旅人が見られるように。
余は王である。

自らも王家の名を受け継ぎ、おそらくは帝王の遺伝子の多くを宿しているラジャシンハは、長い年月の間にこの言葉をなんども思いだした。それは権力のはかなさ、野望の空しさを、あますところなく示している。〝余は王である〟。ああ、だが、どの王なのか？　千八百年前の当時にはまだほとんどすりへっていなかった、この花崗岩の敷石に立った君主は、きっと有能で聡明な人物だったろう。だが、その彼も、自分の名が身分のない臣下たちと選ぶことなく、まったく埋もれてしまう時が来ようとは、思いもよらなかったのだ。

いまその手がかりは、跡かたもなく消えてしまった。この不遜な詩文を刻みつけた可能性のある王は、少なくとも一ダースはいる。その治世が数年続いた者も、数週間だった者もいるが、ベッドの上で平和に死んだ者は、まことにわずかである。自分の名を記す必要を感じなかった王がマハティッサ二世か、バティカバヤか、ヴィジャヤクマラ三世か、ガジャバフカガマニか、チャンダムカシバか、モッガラナ一世か、キッティセナか、シリサムガボディか……それとも長い複雑をきわめたタプロバニーの歴史の中に記録も残らなかったそのほかの君主だったのかは、誰にも永遠にわからないことだろう。

小さなエレベーターを操作していた係員は、この高名な訪問者に仰天し、ラジャシンハをうやうやしく迎えた。ケージが一五メートルはたっぷりある高さを昇ってゆく間、かつては自分もこんなものは馬鹿にして、たったいまドラヴィンドラとジャヤがあふれる若さで脇目もふらずに駆けあがっている、ラセン階段を使ったことを思いだした。

エレベーターはカチッと音を立てて止まり、彼は絶壁の面から突きだして設けられた小さな鋼鉄の床へ出た。足もとと後方には一〇〇メートルにわたって何もない空間が拡がっていたが、太い金網が充分に保護の役目をしていた。永遠の波を打つ岩の下面に寄りそった一ダースの人間が乗れるほどの広さのケージからは、堅く決意した自殺者でも這いだすことはできなかった。

岩の面が浅くへこんで雨風から守られているこの天然の窪みに、王の天上の廷臣たちの生き残りがいた。ラジャシンハは無言で彼女らに相対し、それから公式案内人がすすめてくれた椅子に喜んで腰をおろした。

「すまんが」と彼は静かにいった。「十分間だけ一人にしてほしいのだが。ジャヤ——ドラヴィンドラ——観光客たちが近づかないようにできるか、やってみてくれんか」

付き添いたちは心配そうに彼を見た。フレスコ画をたえず見張ることになっている案内人も同じだった。だが、例によってラジャシンハ大使は、大声をあげることもなしに自分の意志を通したのだった。

「アユー・ボウアン」やっと一人になると、彼は、ものいわぬ姿に向かって挨拶した。「長い間ごぶさたして、すまなかったね」

彼はつつましく返事を待ったが、彼女たちは過去二十世紀の間の賛美者たちに対してと同じように、知らん顔をしていた。ラジャシンハは、驚きもしなかった。彼女らの冷淡さには慣れっこになっていた。それどころか、魅力が増しさえしたのである。

「困ったことがあるのだよ、おまえたち」と彼は続けた。「おまえたちは、カーリダーサの時代から、さまざまなタプロバニーの侵略者たちが来ては去るのを眺めてきた。ジャングルがヤッカガラのまわりに潮のようにあふれ、それから斧や鋤《すき》の前に退いていったのを見てきた。だが、その歳月のあいだに、ほんとうに変わったものは、何もなかったのだ。自然は小さなタプロバニーに思いやりがあったし、歴史だってそうだった。われわれをそっとしておいてくれたのだ……。

いま、何世紀にもおよんだ静けさは終わろうとしている。われわれの国土は世界の——多数の惑星の——中心になるかもしれんのだよ。おまえたちがずっと眺めてきたあの南の大きな山が、宇宙への鍵になるかもしれぬ。もしそうなれば、われわれの知っていたタプロバニー、われわれの愛したタプロバニーは消滅するだろう。

たぶん、わたしにできることは、たいしてないだろう——だが、それを援助したり妨害したりする力は、わたしにも少しはあるのだ。わたしにはまだ多くの友人があるし、その気にさえなれば、この夢を——悪夢かもしれんが——少なくともわたしの死後にまで遅らせることはできる。そうすべきだろうか？　それとも、あの男の真の目的がなんであれ、それを助けてやるべきだろうか？」

彼は自分の好きな一人——まともに見つめても眼をそらさない唯一の相手のほうに向いた。ほかの乙女たちは、遠くに瞳をこらしているか、自分が手にした花をじっと眺めているのだった。だが、若い時分から好きだったその乙女は、ある角度から見ると、自分の視線を受けとめるように思えたのである。

「ああ、カルーナ！　おまえにそんな質問をするのは気の毒だったな。空の向こうに現実にある世界とか、人間がそこへ到達しようとする欲望とかが、おまえたちにどうしてわかるだろう。おまえたちもかつては女神だったとはいえ、カーリダーサの天界は、しょせんは幻影だったのだからな。まあいい、おまえたちがどんな不思議な未来を見るにせよ、わたしはそこにはいないだろう。わたしたちは長いつきあいだった——おまえたちの尺度ではそうではないとしても、わたしの尺度でいえばそうだった。わたしに許されるかぎり、屋敷からおまえたちを眺めつづけることにしよう。だが、わたしたちが会うのは、これが最後になるだろう。ごきげんよう——そして、美女たち、長いことわたしに喜びを与えてくれてありがとう。後から来る者たちに、よろしく伝えておくれ」

それでも、エレベーターを無視してラセン階段を下ってゆくラジャシンハには、別れの気分はまったくなかった。それどころか、自分がかなり若返ったような気持だった（それに、なんといっても七十二歳ぐらいでは、ほんとうの老人ではないのだ）。ドラヴィンドラとジャヤが彼の足どりの軽さに気づいたことは、二人が顔を輝かせた様子からわかった。

ことによると、自分は隠遁生活が少々退屈になってきたのかもしれない。ことによると、自分もタプロバニーも、もやもやを吹きとばす新鮮な空気が必要になっているのかもしれない——ちょうどモンスーンが、数カ月も重く垂れこめた空が続いた後で、生命を蘇らせるように。

モーガンが成功すると否とにかかわらず、彼の事業は想像をかきたて、魂をゆりうごかすものだ。カーリダーサならば、きっと羨み——そして賛同することだろう。

第二部　寺　院

さまざまな宗教が、誰が真理の所有者であるかについて、たがいに論争しているが、われわれの見解によれば、宗教の真理などというものは、まったく無視してよいものである。……もし人類の進化の中に宗教の位置を与えるとすれば、それは永続的な獲得物というよりは、文明社会の個人が子供から大人への途上で通過せねばならぬ神経症に相応するものであるように思われるのである。

（フロイト『続精神分析入門』一九三二年）

人間はもちろん神を自分の姿に似せて作りましたが、それ以外の道はあったのでしょうか？　地球以外の惑星が研究できるようになるまでは地質学の真の理解が不可能であったように、説得力ある神学というものは知性ある地球外生物との接触を待たねばなりません。われわれの研究が人間の宗教にだけ向けられるかぎり、比較宗教学などという学問はありえないのであります。

（比較宗教学教授エル・ハジ・モハメッド・ベン・セリムのブリガム・ヤング大学における就任演説、一九九八年）

われわれは、次の設問への答を、少なからぬ不安をもって待たねばなりません。（a）〝両親〟がゼロ、一、二、またはそれ以上の生物が、もし宗教的概念を持つとすると、それはどんなものであるか？（b）宗教的信条は、発育期に直接の親たちと密接な接触を保つ生物のあいだにのみ見いだしうるものなのであるか？宗教が、もっぱら猿、イルカ、象、犬などに類似する知的生物のあいだにのみおこり、地球外コンピューター、白蟻、魚、亀、社会的アメーバの中にはおこらないことが明らかになるとしますと、われわれはある種の不快な結論をひきださねばならないでしょう。……ことによると、愛も宗教も哺乳類の中にだけ、しかもほぼ類似の理由によって生じるものなのかもしれません。このことは、その病理学からも示唆《しさ》されるところです。宗教的狂信と病的異常との関連に疑いを持つ者は、『魔女への鉄槌《マレウス・マレフィカルム》』もしくはハックスリーの『ルーダンの悪魔』に、じっくりと鋭い眼を注ぐべきであります。

（同上）

「宗教は栄養失調の副産物である」というチャールズ・ウィリス博士の有名な言葉（一九七〇年、ハワイ）は、それ自体としては、グレゴリー・ベートソンのやや露骨でぶっきらぼうな反論にくらべてはるかに有益というわけではない。ウィリス博士の明らかに意味するところは、（1）自発的と否とを問わず飢餓状態によりひきおこされる幻覚は、宗教的幻視と解釈されやすい、（2）この人生における飢餓は、（おそらくは不可欠な）心理的生存機構として、その代償としての来世という信仰を助長する……。

……いわゆる意識拡大性薬剤への探究が、脳に自然に生成する〝催信仰性〟物質の発見に到達することによって、それらの薬剤がまさに反対の作用を持つことを証明したのは、まったく運命の皮肉の一例である。いかなる信仰のきわめて熱烈な信者であろうとも、二‐四‐七‐オルソパラテオザミンの慎重な投与によって、ほかのいかなる信仰にも改宗させられるという発見は、おそらく宗教がこれまでに経験したもっとも破壊的な打撃だったろう。

いうまでもなく、スターグライダーの到来を迎えるまでは……。

（R・ゲイバー『宗教の薬理学的基礎』ミスカトニック大学出版局、二〇六九年）

12 スターグライダー

そんなことがおこるだろうとは百年にもわたって予測されてきたし、虚報も数々あった。それでいながら、とうとうそれがおこったとき、人類はびっくりしたのだった。

アルファ・ケンタウリの方角から来たその電波信号はきわめて強力で、最初は通常の商用回線に対する雑音として探知されたほどだった。このことは、何十年にもわたって宇宙からの知的な通信を探し求めてきた電波天文学者たち全員の立場を、ひどくぐあいの悪いものにした――とくに、彼らは、アルファ、ベータおよびプロクシマのケンタウルス三重星系を真剣な考慮に値しないものとして、ずっと以前に放擲《ほうてき》していたから、なおさらのことだった。

南半球を走査できるすべての電波望遠鏡は、ただちにケンタウルス座に集中された。数時間もしないうちに、さらに驚くべき発見がおこなわれた。信号はケンタウルス座などから来たのではなくて、そこから二分の一度だけずれた場所からだった。しかも、それは動いていたのである。

それが真相への最初の手がかりだった。そのことが確認されたとき、人類のあらゆる日常活動は停止した。

信号の出力が大きいことは、もう意外ではなかった。発信源はすでに太陽系のずっと中まで入りこんで、秒速六百キロで太陽の方向に進んでいたのだ。長らく待っていた、長らく怖れていた宇宙からの訪問者が、ついに到着したのである……。

ところが、侵入者は、たんに、「わたしはここにいるぞ!」と知らせる同一のパルス系列を発信するだけで、外惑星を通過しながらも、三十日間にわたってなんの行動も見せなかった。自分に向けられた信号に応答しようともしなかったし、彗星のような自然な軌道を修正しようともしなかった。ずっと大きな速度から減速してきたのでないとすれば、ケンタウルス座からの旅は二千年もかかったにちがいなかった。ある者は、このことが訪問者は自動宇宙探測機であることを示唆しているとして安心したが、ほかの者は本物の生きた地球外生物が乗っていないことに幻滅を感じて失望した。

ありとあらゆる可能性が、すべての情報伝達媒体の中で、また人類のすべての議会の中で、うんざりするほど議論された。慈悲深い神の到着から、吸血蝙蝠《こうもり》の侵略にいたるまで、SFに使われてきたあらゆる筋書が発掘され、まじめに分析された。ロイズ・オブ・ロンドンは、(一文も受けとれない可能性をも含めて)あらゆる可能な未来に対して備える人々から、相当な額の保険金を集めた。

その後、異星からの客が木星の軌道を通過するころ、人類の計器はいくつかの事実を明らかにしはじめた。最初の発見は、一時的な恐慌状態をひきおこした。その物体は直径五〇〇キロ、つまり小さな衛星の大きさだったのである。やっぱり、ことによると、これは移動する惑星であって、侵略軍を乗せているのかも……。

さらに精密な観測が行なわれて、侵入者の実質的な本体はさしわたしわずか数メートルであることが明らかにされると、この恐怖は消えた。それを取りまく五〇〇キロの光背は、まったくおなじみのもの――薄っぺらでゆっくり回転する放物面反射鏡、つまり天文学者たちの電波望遠鏡衛星に酷似したものだったのである。おそらくこれは、訪問者が遠い基地と接触を保つためのアンテナと思われた。そして、いまこの瞬間にも、太陽系を走査し人類のあらゆるラジオ、テレビ、データ伝送を傍受して得た発見が、これを通して送り届けられていることは明らかだった。

続いて、もうひとつの驚きが待っていた。その小惑星サイズのアンテナは、アルファ・ケンタウリにではなくて、天のまったく別の場所に向いていたのである。ケンタウルス系は機体の出発地ではなくて、ひとつ前の寄港地にすぎないように思えてきたのだった。

天文学者たちがまだこのことについて考えこんでいるころ、彼らは千載一遇の幸運に恵まれた。火星の外側での定期巡回をしていた太陽系気象探査機がにわかに沈黙し、一分後にまた送信機能を回復したのだった。記録を吟味すると、装置が強い放射線によって、しばらく機能を喪失したことがわかった。探査機は訪問客のビームをまともに横切ったのだった――とすれば、そのビームが厳密にどこを向いているかを計算するのは、苦もないことだった。

その方向には、五十二光年先のところに、きわめてかすかな（そしておそらくきわめて古い）赤色矮星が――銀河系の壮麗な巨星たちが燃えつきた後も数十億年にわたって平穏に輝いていると思われる、例の小さくつつましい太陽のひとつが——あるだけだった。その星を注意深く調べたことのある電波望遠鏡はなかった。いまや、近づいてくる訪問者から手を抜ける望遠鏡はすべて、その出発地と推測される星に集中された。

そして、果たせるかな、そこからは一センチ波帯域に鋭く調整された信号が発せられていたのである。建造者たちは、数千年前に送りだした機体と、いまも接触を保っているのだった。だが、そこでいま受信しているはずの通信は、半世紀も前のものなのだ。

やがて火星の軌道の内側に入った訪問者は、人類の存在に気づいていることを、考えうるもっとも劇的かつ明白な形ではじめて示したのだった。相手は標準の三〇七五線数のテレビ画像を送信しはじめ、そこへ堅苦しくはあるが流暢な英語と標準中国語によるビデオ・テキストを挿入したのである。最初の宇宙の会話が始まった——しかもいままでなんども想像されてきたように数十年の遅れを伴いながらではなくて、わずか数分の遅れでだった。

13 夜明けの影

晴れた月のない夜、モーガンはラナプーラのホテルを午前四時に出発した。彼にはこの時刻の選び方があまりありがたくはなかったが、いっさいの手筈を整えてくれたサラト教授は、その甲斐《かい》は充分にあるはずだと保証した。「頂上で夜明けを迎えるのでなければ」と彼はいった。「スリカンダがわかったとはいえませんな。それに、バッディー——いや、マハ・テーロは、それ以外のどんな時刻にも、訪問客には会わんのです。彼は、弥次馬《やじうま》を尻ごみさせるには、これがいちばんいい方法だというんですよ」というわけで、モーガンは、せいいっぱいの快活な態度で同意したのだった。

さらに悪いことに、タプロバニー人の運転手は、明らかに乗客の人柄について完全な輪郭を組み立てようという魂胆から、少々一方的ではあるが活発な会話をしきりに続けた。それがまたじつに率直で気のいい調子だったので、腹を立てる気はとてもおこらなかったが、モーガンはできることなら口をききたくなかったのである。

彼はそれに、運転手がそんなことより、いま暗闇に近い中を走りぬけている無数の急カーブにもっと注意を払ってくれればいいのにと、時によっては本気で思った。ことによると、車が山麓の丘を昇る途中でどうやら通り抜けている絶壁や谷底が、自分によく見えないことは、かえって幸いかもしれない。この道路は一九世紀の軍事技術の賜物《たまもの》だった──内陸の誇り高き山岳民との最後の決戦に際して建設された、最後の植民地支配の産物だった。だが、これは自動運転に切りかえられないままになっており、モーガンは目的地まで生きていられるだろうかと思うのだった。

そのとき、突如として、恐怖も睡眠不足の苛だたしさも、ふっとんでいた。

「あれですよ！」車が丘の中腹をまわったとき、運転手が誇らしげにいった。

スリカンダの山体は、近づいている夜明けの気配をまだ少しも見せていない暗闇の中に、まったく没していた。山がそこにあることは、星空の下でジグザグに曲がりながらまるで魔法のように空に垂れさがった、細い光の帯が示していた。これはただ世界最長の階段を昇る参詣者《さんけいしゃ》たちを導くために二百年前に設けられた灯明《とうみょう》を見ているだけなのだということは、モーガンも知っていたが、論理も重力も超越したその光景は、まるで自分自身の夢の予感を見ているようだった。自分の生まれるはるか昔に、自分にはほとんど想像もつかない賢者たちによって霊感を与えられた人々は、自分が完成させたいと思っている事業を始めていたのだった。彼らは、まったく文字どおりに、星への最初の素朴な階段を築きあげていたのである。

モーガンは、眠けもさめて、その光の帯が近づき、無数のまたたく数珠玉《じゅずだま》の首飾りに変わってゆくのを眺めていた。いまは山そのものも、空のなかばを蔽う黒い三角形となって見えていた。その黙然とうずくまった姿には、どこか無気味なところがあった。そこはまさしく自分の目的を看破している神々の住みかであって、自分に一撃を加えようと満を持しているのだ、とさえ思えそうだった。

ケーブルカーの終端駅に着いて、意外にも（まだ午前五時というのに）小さな待合室に少なくとも百人の人々が動きまわっているのを見たとき、こんな不吉な思いもすっかり消えていた。モーガンは自分とおしゃべりな運転手とに、いまは何よりの熱いコーヒーを注文した――ほっとしたことに、運転手には上までついて来る気はまったくなかった。「もう少なくとも二十回は行きましたからね」彼は、やや大げさにうんざりした様子を見せながらいった。「お客さんが降りてくるまで、車の中で寝ていますよ」

モーガンは切符を買って、ざっと目で勘定をし、三回目か四回目には乗れるだろうと見当をつけた。サラトに教わったとおり、ポケットに保温外套をつっこんできてよかったと思った。高度二キロしかないというのに、もうひどく寒かったのである。ここより三キロ高い頂上では、凍《こご》えそうになるにちがいなかった。

ひっそりして眠そうな訪問者の列に加わって少しずつ前へ進みながら、モーガンは、カメラを持っていないのは自分だけだという興味深い事実に気がついた。ほんものの参詣者たちは、どこにいるのだろう？　そのとき、彼らがこんなところに来るわけがないことを思いだした。天国だか涅槃《ねはん》だか、ともかく信者たちが求めているものに達するには、安易な道はないのである。功徳は、機械の助けによってではなく、もっぱら自分の努力によってのみ得られるのだ。興味深い教義だし、多くの真理を含んでもいる。だが、同時に、機械だけが目的を達成できる場合もあるのだ。

やっと座席の番がまわってくると、訪問者たちはケーブルがひどくきしむ音を聞きながら出発した。モーガンは、ここでも予知というような不可思議な感覚に襲われた。自分が計画しているエレベーターは、おそらく二〇世紀にさかのぼると思われるこの原始的なシステムの一万倍以上の高さに、積荷を持ちあげることになるだろう。それでも、基本的な原理はとにかく似たようなものなのだ。

揺れるケーブルカーの外は、灯《ともしび》のついた階段の一部が見えてくるとき以外は、真暗闇だった。階段にはまったく人けがなく、過去三千年にわたってこの山を営々と登っていった無数の人々の後を継ぐ者は、誰もいないかのようだった。だが、ここでモーガンは、歩いて登ってゆく者は、明け方に間にあうように、もうずっと上のほうにいるにちがいないと、気がついた。下部の斜面などは何時間も前に通ってしまったのだろう。

四キロの高さまで昇ると乗り換えになって、乗客はもうひとつのケーブルカー駅まで、ちょっと歩かなければならなかったが、そのための時間はわずかなものだった。ここまでくると、モーガンは心の底から外套を持ってきてよかったと思い、その金属被覆した生地で体をしっかりとくるんだ。足もとには霜がおりていて、彼は早くも稀薄な空気の中で呼吸をはずませていた。小さな駅に酸素ボンベが棚に並び、その使用法が目につくように掲示されているのを見ても、彼は少しも驚かなかった。

そしていま、ケーブルカーが最後の昇りを始めたとき、近づいてくる昼の光の最初の気配が、ついに見えてきた。東天の星の光はまだ少しも衰えを見せず、とくに金星はいちだんと明るく光っていたが、いくつかの薄く高い雲が、近寄る暁《あかつき》の光にかすかに光りはじめていたのである。モーガンは心配そうに時計を見て、時間に間にあうだろうかと思った。日の出にはまだ三十分もあることを知って、彼はほっとした。

乗客の一人が、果てしなく続く階段を急に指さした。いまや急速に険しくなってゆく山の斜面を右へ左へ折れ曲がりながら続く階段の一部が、ときどき下のほうに見えていた。いまはそこにも人の姿があった。数十人の男女が、夢を見ているようなゆっくりした足どりで、果てしのない階段を喘《あえ》ぎ喘ぎ登っていた。眼に入ってくるその数は刻々と増していった。彼らは何時間登りつづけているのだろうか、とモーガンは思った。きっと夜どおしだろうし、ことによるともっと前からだろう——参詣者の多くは相当な年配だし、一日に登りきることは無理だろうと思われたのである。これほど多数の者がいまも信仰を持っていることに、彼は驚いた。

そのすぐあとで、彼ははじめて僧侶を見た——背の高い、黄色の衣を着た姿は、脇目もふらず、剃った頭の上に浮かんでいる乗物をまったく黙殺して、メトロノームのように規則正しい足どりで歩いていた。彼は自然の力を黙殺することもできるらしかった——右腕と肩は凍るような風に対してむきだしになっていたのである。

ケーブルカーは、終端駅に近づくにつれて速度をゆるめた。やがて短時間の停車をすると、寒さにかじかんだ乗客を降ろし、ふたたび長い下りを始めた。モーガンは、山の西面に掘った円形の小さな窪みにうずくまっている二、三百人の人々といっしょになった。彼らはそろって暗闇の中を見つめていたが、そこには光の帯が谷底へ向かって曲がりくねっているほかは、何も見えなかった。階段の最後の部分には、何人かの取り残された者たちが、信仰の力で疲れと闘いながら、最後の頑張りを見せていた。

モーガンは、もう一度、時計を見た。あと十分だった。いままでに、これほど多数の沈黙した人々の中にいたことはなかった。カメラをふりまわす旅行者と敬虔《けいけん》な参詣者とは、いまやひとつの目的に結ばれていた。天候は申し分なかった。まもなく、誰もが、この旅が無駄だったかどうかを知ることになるのだ。

そのとき、まだ頭上一〇〇メートルの闇の中に包まれている寺院から、妙《たえ》なる梵鐘《ぼんしょう》の音が聞こえてきた。同時に、あの信じがたい階段に並んだ灯が、いっせいに消された。これで、山に隠された日の出を背にして立つ彼らにも、はるか下界の雲に昼の始まりがかすかに光っているのが見えるようになった。だが、巨大な山容は、近づく夜明けをまだ遮っていた。太陽の光が夜の最後の砦を迂回するにつれて、スリカンダの両側が刻々と明るくなっていった。そのとき、辛抱強く待っていた群衆の中から、低い感嘆のささやきが洩れた。

ついいましがたまで、そこには何もなかった。ところが、突如としてそこには、タプロバニーの国土のなかばに達する、完全に対称な濃青色の鮮明な三角形が現われたのである。山は信者たちを忘れていなかった。その雲海に横たわる有名な影は、それぞれの信者が思い思いに解釈する象徴だった。

その直線的な完璧さは、たんなる光と影の幻影ではなくて、逆さまになったピラミッドといったような、何か実質的なものにさえ見えた。その周囲の明るさが増し、太陽からの最初の光線が山腹をかすめて射すと、それは対照的にますます暗さと濃さを増すようにさえ思えた。しかし、わずかな間だけそれを生みだしている薄い雲の層を通して、モーガンは目覚めはじめた国土の湖や丘や森をかすかに識別することができたのである。

　太陽が山の後ろ側にまっすぐ昇ってゆくにつれて、あのかすんだ三角形の頂点はものすごい速さで近づいてきているにちがいなかったが、モーガンにはなんの動きも感じられなかった。時間はとまったように思えた。これは、刻々とすぎてゆく時間をまったく意識しない、彼の人生の中でも稀有な瞬間のひとつだった。山の影が雲の上に刻まれるように、彼の魂には永遠の影が刻まれたのだった。

　いまそれは急速に薄れてゆき、汚れが水に散るように、暗闇は空から消えていった。下界で亡霊のようにちらついていた風景は、現実のものに固まっていった。地平線までの途中で、太陽の光線がどこかの建物の東側の窓にあたって、光が閃いた。そのさらに向こうには（眼の錯覚でないとすれば）周囲を取り巻く海のかすかな黒い帯さえ見分けることができた。

　タプロバニーに、新しい一日がやってきたのだ。

　訪問者たちは、少しずつ散っていった。ある者はケーブルカーの終端駅に戻ってゆき、もっと元気のいい者たちは、登りよりも降《くだ》りのほうが楽だとばかり思いこんで、階段のほうへ向かっていった。彼らの大部分は、下のほうの駅でまたケーブルカーに乗れることを、助かったと思うことだろう。麓まで全部を歩きとおす者は、まずあるまい。

モーガンだけは、多くの者の好奇心に満ちた視線を浴びながら、僧院と山の絶頂に通じる短い石段を登りつづけた。滑らかに漆喰を塗った外壁（それはいま太陽の最初の光線に柔らかく映えはじめていた）に達したころにはひどい息切れで、しばらくは厚い戸板にほっとして寄りかかっていた。

誰かが見張っていたにちがいない。自分の到着を知らせる呼《よ》び鈴《りん》か何かの合図を探し当てる前に、戸は音もなく開き、そこへ出迎えた黄衣の僧は、手を合わせて彼に挨拶した。

「アユー・ボウアン、モーガン博士。マハナヤケ・テーロがお待ちしています」

14　スターグライダーの教育

『スターグライダー事項索引』初版〔二〇七一年〕からの抜粋

今日のわれわれは、一般にスターグライダーと呼ばれる恒星間宇宙探測機が、六万年前にプログラミングされた一般的命令に従って作動しながらも、完全な自律性を持っていることを知っている。それは、恒星間を巡航しながら、五〇〇キロメートルのアンテナを使って比較的ゆっくりした速度で基地へ情報を送り、（詩人リューエリン・アプ・キムルーの創造した美しい名前を借用するなら）〈スターホルム〉から折りおりの最新情報を受け取るのである。

しかし、ひとつの太陽系を通過しているあいだは、太陽のエネルギーが利用できるので、その情報伝達速度は桁はずれに増大する。同時に、たぶん幼稚な表現ではあろうが、〝電池の充電〟も行なうのである。そして、恒星から恒星への方向転換には（われわれの初期の〈パイオニア〉や〈ボイジャー〉のように）天体の重力場を利用するので、機械の故障や宇宙での事故によって機能停止しないかぎり、いつまでも作動しつづけることになる。ケンタウルス座は十一番目の寄港地だった。われわれの太陽を彗星のようにまわったあと、その新しいコースは十二光年先の鯨座タウ星にぴったり向いていた。もしそこに誰かがいるとすれば、それは紀元八一〇〇年を過ぎたころに、次の会話を開始しようとしているだろう……。

……なぜなら、〈スターグライダー〉は使節と探検者との両方の機能を兼ねそなえているのである。千年がかりの旅路のひとつの終わりに工学的な文化が発見されると、それは原住民と親しくなり、恒星間交易の唯一可能な形態である情報交換を始めるのだ。そして、スターグライダーは、彼らの太陽系を短期間で通過してふたたび終わりなき旅へ向かう前に、故郷の惑星の位置を教えるのだが、そこでは銀河系電話交換局の新加入者から直接の通話がかかるのをいまや遅しと待ちかまえているのである。

われわれの場合は、相手から星図などを送信される前にその親太陽をつきとめ、そこへ最初の送信を送ってさえいたという点で、いささかの誇りを持っていいだろう。あとは、返事がくるのを百四年間待つだけである。隣家がこれほど近くにあるとは、なんという信じがたい幸運だろうか。

そもそもの最初の通信のときから、スターグライダーが数千語の基礎的な英語と中国語の意味を理解していたことは明らかだった。それは、テレビ、ラジオ、特にビデオ・テキスト放送サービスの解析から演繹されたものだった。だが、近接中に傍受したものは、人類文化の全分野からみれば、きわめて典型的ならざるサンプルだった。高度の科学はあまり入っていなかったし、高等数学はそれ以上に少なかった——そして、文学、音楽、視覚芸術の乱雑なコレクション。

したがって、スターグライダーの知識には、独学の天才によくあるように、大きな穴がぽっかり開いていた。教育不足よりは教えすぎのほうがましだという理念にもとづいて、接触が成立するやいなや、スターグライダーには『オックスフォード英語辞典』、『中国語大辞典』（ローマ字版）、『地球百科事典《エンサイクロペディア・テラエ》』が提供された。それをデジタル通信するには、わずか五十分間ほどしか要しなかったが、その直後にスターグライダーが四時間近くも沈黙していたということは（これは通信中断の最長時間だった）、特筆に値することである。接触が再開されると、相手の語彙《ごい》数は格段に拡がっており、九九パーセント以上の場合についてチューリング・テストにゆうゆうと合格するほどのものになっていた——ということは、受信された通信にもとづいてスターグライダーが機械であるか高度の知性を持つ人間であるかを判定することはできないわけだった。

もっとも、時には本性を暴露することもあった——たとえば、多義的な語の誤用、対話の中の感情的要素の欠如——などなど。これはまさに予想されたことだった。地球の高級なコンピューター（これには、必要なら、建造者の感情を組みこむことができるのだが）と違って、スターグライダーの感情や欲求はおそらくまったく異質の種属のものであり、したがって一般に人間には理解できないものなのだろう。

そして、もちろん、その逆も成立する。スターグライダーは、「直角三角形の斜辺の平方はほかの二辺の平方の和に等しい」という命題がどういう意味であるかを、正確かつ完全に理解できた。だが、キーツが次のように書いたとき、作者の心に何があったかについては、ほとんど見当もつかなかったのである。

荒涼たる仙境で、危難に満ちた海の
泡に向かって開いた魔法の窓辺を魅惑した……（ジョン・キーツ「ナイチンゲールに寄せる歌」より）

それよりわからないのは

きみを夏の日にたとえようか。
きみはそれ以上に美しく優しい……（ウィリアム・シェイクスピア「ソネット第十八番」より）

にもかかわらず、この欠陥が是正されることを期待して、スターグライダーには何千時間もの音楽、劇、人間そのほかの地球の生物の描写が提供された。その場合、共通の諒解のもとに、ある程度の検閲が実施された。人類の暴力や戦争への性向は否定すべくもなかったが（『百科事典』に気がついても、いまさら手遅れだった）、慎重に選ばれた若干の実例だけが送信されたのである。そして、スターグライダーが無事に圏外へ去ってしまうまでは、テレビ放送網の通常の番組はつねになく穏やかなものだった。

何世紀もの間——いや、おそらくスターグライダーが次の目標に到達するまで——哲学者たちは、相手が人間のあり方や課題をどこまで理解したかについて、論じつづけることだろう。だが、ひとつの点では、重大な意見の違いはなかった。スターグライダーが太陽系を通過した百日間は、宇宙、その起原、またその中での自分たちの位置づけについての人類の見方を、根本的に変えてしまったのである。

スターグライダーが去ったあと、人類の文明は絶対にもとには戻らないだろう。

15　ボーディダルマ

複雑な蓮華《れんげ》の紋様を刻んだ重い扉が背後でかすかな音を立てて閉まったとき、モーガンは別世界に足を踏みいれたような心地だった。かつて何かの偉大な宗教の聖地だった場所に立つことは、何もこれがはじめてではなかった。ノートルダム、ハギア・ソフィア、ストーンヘンジ、パルテノン、カルナック、セントポール、そのほか少なくとも一ダースの重要な寺院やモスクを見てきた。だが、それらはどれも過去の化石した遺物であって、芸術や技術のすぐれた作品ではあっても、現代の思想とはなんの関係もないものと見なしていた。それらを創造し支えてきた信仰はすべて消滅してしまい、一部だけが二二世紀にかなり入っても生き残っていただけだったのである。

だが、ここでは、時間は静止しているかに思えた。歴史の嵐は、この人里離れた信仰の砦を揺るがすこともなく、吹きすぎていったのだった。僧侶たちは、三千年来やってきたように、いまも祈り、瞑想し、夜明けを眺めていた。

おびただしい数の参詣者の足に磨かれてすりへった中庭の敷石を歩きながら、にわかにモーガンは、まるで彼らしくもない迷いを感じた。自分は、進歩の名において、古い高貴な何か、自分にはどうしても充分には理解できない何かを、滅ぼそうとしているのではないだろうか。

　僧院の壁から突き出た鐘楼に吊られている大きな青銅の梵鐘を見たモーガンは、急に立ちどまった。工学者としての本能は、重量が五トン以下ではないと即座に見てとったが、明らかに非常に古いものだった。いったい、どうやって……？

　僧侶は彼の好奇心に気づき、物わかりのいい微笑を浮かべた。

「二千年前のものです」と彼はいった。「カーリダーサ破戒王からの寄進でしたが、拒否しないほうが得策だと考えたのです。伝説によれば、山の上まで持ちあげるのには十年の歳月と百人の人命を要したといわれています」

「この梵鐘は、いつ使われるのですか」モーガンは、この話をじっと考えてから訊ねた。

「不愉快な因縁があることから、この梵鐘は変事のときにだけ鳴らされるのです。わたしは鳴るのを聞いたことがありませんし、いま生きている人間で聞いた者は誰一人いません。これは、かつて、二〇一七年の大地震のときに、人間の手を借りずに鳴りました。また、その前は、一五二二年にイベリアの侵略者が仏歯寺を焼き払い、仏舎利を奪ったときでした」

「では、たいへんな労力をかけたのに――使われていないのですね？」

「おそらく過去二千年のあいだに、十数回でしょう。これには、まだカーリダーサの悪縁がこもっているのです」

　これは宗教としては結構かもしれないが、健全な経済政策とはとてもいえないな、とモーガンは思わずにいられなかった。そして、どれだけ多くの僧が、禁じられた鐘の音の知られざる音色を自分で聞こうとして、これをそっと軽くたたいてみるという誘惑に負けたことだろうと、罰あたりにも考えたのである。

彼らは巨大な丸い岩を通りすぎていたが、これには上にある金色の小屋まで短い石段がついていた。モーガンは、ここが山の絶頂であることを思いだした。この堂に納められているといわれるものがなんであるかは知っていたが、僧はまたもや解説の労をとったのだった。「足跡ですよ」と彼はいった。「回教徒は、アダムのものだと信じていました。エデンの園から追放されたとき、ここに立ったのです。ヒンズー教徒は、シバかサーマンのものとしていました。でも、仏教徒にとっては、もちろん釈尊の足跡でした」

「過去形をお使いですが」モーガンは、できるだけ何げない口調でいった。「いまの信仰では、どうなっているのですか？」

返事をする僧の顔は、なんの感情も見せなかった。「釈迦は、あなたやわたしと同じ人間でした。岩のへこみは——それもひどく固い岩ですがね——長さ二メートルもあるのですよ」

それで問題は落着したらしかったし、開いた扉に終わる短い回廊を案内されてゆく間、モーガンにはそれ以上の質問は思いつかなかった。僧はノックしたが、返答を待つことなく訪問客に中へ入るように手ぶりをした。

モーガンは、マハナヤケ・テーロが敷物の上に足を組んで坐り、おそらくは香のかおりと読経《どきよう》する寺僧たちに囲まれているものと、なかば予期していた。たしかに冷たい空気にはかすかに香のかおりが漂ってはいたが、スリカンダ寺の住職は、標準型の表示装置と記憶装置が備わったきわめてあたりまえの事務机の向こう側に坐っていたのである。部屋の中で唯一の変わったものといえば、片隅の台座に安置された、実物大よりやや大きめの仏頭だった。それが現物であるか、それともたんなる投影であるかは、判別がつかなかった。

型どおりの道具立てにもかかわらず、この僧院の院主をほかのタイプの実業家と勘違いする可能性は、ほとんどなかった。お定まりの黄衣がなかったとしても、マハナヤケ・テーロには、当節ではきわめて稀有な別の二つの特徴が備わっていた。彼は、頭にまったく毛がなく、おまけに眼鏡をかけていたのである。

どちらも故意にしていることだな、とモーガンは推察した。禿頭は容易に治癒できるのだから、あの輝く象牙色のドームは、剃るか脱毛したものにちがいない。それに、歴史的な資料や演劇の中でなくて眼鏡を最後に見たのはいつだったか、彼にはどうしても思いだせなかった。

その組み合わせは魅惑的であると同時に、人を落ち着かない気分にさせた。マハナヤケ・テーロの年齢を推定することは、ほとんど不可能だった。円熟した四十歳から年のわりに若く見える八十歳までの間のどことでもいえそうだった。そしてレンズは透明だとはいっても、その向こう側の意志や感情を、なんとなく覆い隠していた。

「アユー・ボウアン、モーガン博士」聖職者は、訪問客に唯一の空いた椅子をすすめながらいった。「こちらは秘書のパーラカルマ師です。彼にメモをとらせてもよろしいでしょうな」

「かまいませんとも」モーガンは、小さな部屋のもう一人の占有者に頭をさげながらいった。彼は若いほうの僧侶が長い髪と堂々たる鬚をたくわえていることに気がついた。きっと頭を剃るかどうかは勝手なのだろう。

「さて、モーガン博士」とマハナヤケ・テーロは続けた。「あなたはわれわれの山をほしいとおっしゃる」

「恐縮ですがそうなんです、ええと——尊師。少なくとも、その一部をなんですが」

「この広い世界の中にあって——この数ヘクタールをですかな？」

「その選択を下したのは、わたしたちではなくて、〝自然〟なんです。地球終端駅は赤道上にあって、しかも空気の密度が低くなって風力がおさえられるように、できるかぎりの高度が必要なのです」

「アフリカや南米なら、もっと高い赤道上の山があるじゃありませんか」

また、そのことか、とモーガンは心の中でうめいた。彼は苦い経験から、いかに理解力と関心を持つ相手でも、素人にこの問題を理解させるのはほとんど不可能なことを悟っていたし、この僧侶たちが相手では、ますます楽ではなさそうだった。仮に地球が完全な対称体で、重力場にでこぼこがないものでありさえすれば……。

「嘘ではありません」と彼は力をこめていった。「わたしたちは、あらゆる候補地を検討しました。コトパクシ山、ケニア山、それに南緯三度ではありますがキリマンジャロでも、ひとつの致命的な欠陥さえなければ充分に間にあうはずでした。じつは、人工衛星は、静止軌道に打ちあげられても、いつも同じ地点の上に留まってはいないのです。詳細は省きますが、重力の不均等のために赤道に沿ってゆっくり移動するのです。そこで、同期衛星や宇宙ステーションはどれも、同じ位置を保たせるためには噴射を加える必要があります。幸い、量はごく小さなものです。しかし、何百万トン、とくにそれが何万キロメートルもの細長い棒の形をしているということになると、たえず押し戻しつづけるというわけにはいきません。また、その必要もないのです。わたしたちにとって幸いなことに――」

「――わたしたちにとっては不幸にも」とマハナヤケ・テーロが口をはさみ、モーガンはあやうく言葉につまりそうになった。

「――同期軌道には二カ所だけ安定な点があります。そこに置かれた衛星はそのまま留まっていて、移動してゆきません。眼に見えない谷の底に行きついたようなものです。安定点のひとつは太平洋上にあって、わたしたちの役には立ちません。もうひとつはわれわれの真上にあるのです」

「まさか数キロぐらいどちらかに寄っていたところで、どうということはありますまい。タプロバニーには、ほかにも山があるんですぞ」

「スリカンダの標高のなかば以上に達するものはありません――それでは危険な風力の圏内に入ってしまうのです。たしかに、赤道直下では、ハリケーンはあまり多くありません。でも、構造のちょうどいちばん弱い部分を危険にさらす程度にはおこるのです」

「風は制御できますよ」

若い秘書が議論に加わったのはこれが最初だったが、モーガンは興味をそそられて彼を眺めた。

「ある程度まではできます。もちろん、その点はモンスーン制御部と相談しました。彼らは絶対確実な保証は——とくにモンスーンが相手では——問題外だというのです。彼らが保証できる最高の確率は五十分の一です。一兆ドルの計画にとって、これでは不足なのです」

パーラカルマ師は議論したい気分になったらしかった。

「カタストロフの理論という、今日では忘れられかけている数学の分野がありますが、これなら気象学をほんものの精密科学にすることもできます。疑いもなく——」

「お断わりしておいたほうがいいでしょう」とマハナヤケ・テーロが穏やかに口をはさんだ。「この人は、以前、天文学の研究ではかなり名が通っていたのです。チョウム・ゴールドバーグ博士のことは、お聞きおよびと思うが」

モーガンは、足もとにぽっかり穴が開いたような気がした。それならそうと、誰かがいってくれればいいのに！　そのとき彼は、確かにサラト教授が眼に笑いを浮かべながらいったのを思いだした。

「バッディーの私設秘書には注意なさるように——ひどく頭のいい男ですから」

パーラカルマ師、じつはチョウム・ゴールドバーグ博士に、明らかに敵意のある表情で見つめられながら、モーガンは自分の顔が赤くなっているだろうかと思った。それでは、自分はこの何くわぬ顔をした僧侶たちに、軌道の不安定性を説明しようとしたわけだ。おそらく、マハナヤケ・テーロは、この問題について自分の説明よりもずっと詳しい予備知識を授けられていたにちがいないのだ。

そして彼は、ゴールドバーグ博士の問題をめぐって世界の科学者が真二つに割れていることを、覚えていた……彼は狂っていると確信する者たちと、まだ判断をしかねている者たちと。というのは、彼は天体物理学の分野でもっとも前途有望な若手の一人だったのだが、五年前にこう宣言したのである。「スターグライダーがあらゆる既成宗教を完膚なきまでに壊滅させたいまこそ、われわれははじめて神という概念に真剣な注意を払うことができる」

そして、この言葉を最後に、彼は公衆の前から姿を消したのだった。

16 スターグライダーとの会話

スターグライダーが太陽系を通過しているあいだに発せられた無数の質問のうち、その回答がもっとも真剣に待たれていたのは、ほかの星ぼしに住む生物とその文明に関するものだった。一部の予想に反して、自動探測機は快くそれに答えた。もっとも、その問題についての自分の最新の知識は一世紀前に受信したものだが、というただし書きつきではあったが。

単一の種属によって地球上に生みだされた文化の幅の広大さを考えれば、あらゆるタイプの生物が出現しうると思われる星ぼしの間に、それ以上に大きな多様性があるだろうということは明らかだった。ほかの惑星上の生物の、数千時間にわたる興味津々《しんしん》たる（しばしば理解を超え、時には怖るべき）実態は、そのことを疑問の余地なく示した。

にもかかわらず、スターホルム人たちは（おそらく唯一の可能な客観的基準として）工学的レベルにもとづく文化のおおまかな分類をなんとかやりとげていた。（1）石器。（2）金属、火。（3）文字、手細工、船。（4）蒸気力、基礎的な科学。（5）原子力、宇宙飛行。こんなぐあいにほぼ定義される等級の中で、人類は五番目にあたることを知るのは、興味深いことだった。

六万年前にスターグライダーが任務に出発したときには、その建造者はまだいまの人類と同じ第五の範疇《はんちゅう》だった。いま彼らは、物質を完全にエネルギーに転換し、すべての元素を工業的規模で変換する能力を特徴とする、第六の範疇に進級していた。

「すると、第七級もあるのか」という質問がただちにスターグライダーに発せられた。その答は、ただ一言「肯定」だった。それ以上の内容をせがまれると、探測機は説明した。「わたしは、上位の文化の技術を下位のものに話すことを許されていない」地球でもっとも独創性のある法律的頭脳たちによってさまざまな誘導的質問が考案されたが、最終的な通信の瞬間にいたるまで、事態は変わらなかった。

というのは、このころになると、スターグライダーの実力は、地球の論理学者以上になってきていたのである。これは、ある程度までは、シカゴ大学哲学科の責任だった。彼らは、ひどい自信過剰の発作をおこして、『神学大全』の全文をこっそり送信したのだが、それがとんでもないことになったのである……。

二〇六九年六月二日GMT（グリニッジ標準時）一九時三四分　通信一九四六　系列2
スターグライダーから地球へ

二〇六九年六月二日GMT一八時四二分付の貴下の通信一四五系列3の要請に従って、聖トマス・アクィナスの論証を解析した。本文の大半は無内容にして乱雑な雑音であり、情報が含まれていないようであるが、以下のプリントアウトには、二〇六九年五月二九日GMT〇二時五一分付の貴下の参照数学四三による記号論理で表現した一九二の虚偽を列挙する。

虚偽1……（以下に七五頁のプリントアウト）

通信時刻が示すように、スターグライダーが聖トマスを粉砕するためには、一時間も要しなかった。この解析をめぐって、哲学者たちは、以後数十年間にわたって議論を続けたが、発見した誤まりは二つだけだった。それすらも、用語についての誤解によるともいえるものだったのである。

スターグライダーがこの仕事のためにどの程度の処理回路を割り当てたかがわかれば、非常に興味深かったろう。残念ながら、探測機が巡航モードに切りかえて接触を絶つまでに、その質問に気がついた者は誰もいなかったのである。それまでには、もっと意気消沈させるような通信が送られてきていた……。

二〇六九年六月四日GMT〇七時五九分　通信九〇五六　系列2

スターグライダーから地球へ

貴下たちの宗教的儀式と、わたしに送信されたスポーツおよび文化的行事における外見上同一の挙動とを、明確に区別することは不可能である。とくに一九六五年のビートルズ、二〇四六年のサッカーのワールドカップ決勝戦、二〇五六年のヨハン・セバスチャン・クローンズの引退公演に留意されたい。

二〇六九年六月五日GMT二〇時三八分　通信四六七五　系列2
スターグライダーから地球へ

この問題に関するわたしの最新情報は百七十五年前のものであるが、貴下のいうところを正しく理解できたとすれば、返答は次のとおりである。貴下が宗教的と呼ぶタイプの行動は、既知の一級文化一五のうち三、二級文化二八のうち六、三級文化一四のうち五、四級文化一〇のうち二、五級文化一七四のうち三に出現している。われわれの得ている五級文化の実例が格段に多いのは、この種の文化だけが天文学的距離を隔てて探知しうるからであることは、ご理解いただけよう。

二〇六九年六月六日GMT一二時〇九分　通信五八九七　系列2
スターグライダーから地球へ

宗教的活動を行なう五級文化は、すべて二人の親による繁殖形式を持ち、その仔は一生のかなりの部分を家族集団の中で過ごすのではないかという、貴下の推定は正しい。いかにしてこの結論に到達したのか？

スターグライダーから地球へ
二〇六九年六月八日GMT一五時三七分　通信六九四三　系列2

貴下が神と呼ぶ仮説は、論理のみによる反証は不可能とはいえ、以下の理由により不必要なものである。

もし宇宙が、神と呼ばれる実体が創造したものとして〝説明〟できると仮定すれば、神は明らかに自己の創造物よりも高次の有機体でなければならぬ。かくして、貴下は当初の課題の大きさを倍加するにとどまらず、発散的無限後退への第一歩を踏みだすことになる。ウィリアム・オブ・オッカムは、貴下たちの一四世紀というごく最近の時期に、実体は不必要に増加させるべきでないと指摘した。したがって、わたしには、なぜこの議論が続くのか理解できない。

スターグライダーから地球へ
二〇六九年六月一一日GMT〇六時三四分　通信八九六四　系列2

スターホルムは、四百五十六年前に、宇宙の起原が発見されたがわたしにはそれを理解するのに適切な回路が備わっていない、と通告してきた。これ以上の情報のためには、直接の交信をされたい。

わたしはいまから巡航モードに切りかえるので、接触を絶たねばならない。ごきげんよう。

多数の見解によれば、無数の通信の中でももっともよく知られたこの最後のものは、スターグライダーにユーモアの感覚があることを証明するものだった。なぜなら、これほどの哲学的な爆弾を爆発させるのを最後の瞬間まで待っていた理由は、それ以外に考えられないのである。それとも、そもそもの会話全体がすべて慎重な計画の一部であって、おそらく百四年後に届くであろうスターホルムからの直接の通信に対して、人類に適切な心の準備をさせておくためのものだったのだろうか？

スターグライダーが、厖大《ぼうだい》な知識の蓄積のみならず、人類の保持するいっさいのものより何世紀も先んじた技術の宝庫を秘めたまま太陽系を去ろうとしていることから、その追跡を提案した者もいた。現存する宇宙船がスターグライダーに追いつき——しかも、その途方もない速度と合致した後でふたたび地球に戻ってこれないことは事実だが、そういうものが建造できないはずはないのだ。

しかし、慎重な意見が多数を制した。自動宇宙探測機といえども、乗りこんでくる者たちへのきわめて有効な防衛手段を（最後の策としての自爆能力を含めて）持っていないものでもないのだ。だが、もっとも説得的な論拠は、スターグライダーの建造者が〃わずか〃五十二光年しか離れていないということだった。スターグライダーを出発させてからの一千年の間に、彼らの宇宙航行能力は途方もない進歩をしたにちがいない。もし人間が何か気に障《さわ》ることをしたら、彼らは少々腹を立てて、ほんの数百年のうちにやってこないともかぎらないのだ。

一方、スターグライダーは、人類文化にほかの無数の影響を与えただけでなく、すでにかなり進行していた過程を、その絶頂に到達させた。外見上は知性を持つ者たちが、何世紀にもわたって自己の頭脳を錯乱させてきた、何十億語という敬虔なたわ言に、終止符を打ったのである。

17 パーラカルマ

大急ぎで自分の発言を総ざらいしてみたモーガンは、へまなことはしていないと判断した。それどころか、マハナヤケ・テーロは、パーラカルマ師の本名を明らかにしたことで、戦術上の優位を失ったのかもしれないのである。もっとも、これは格別の秘密というわけでもなかった。彼はたぶん、モーガンがもう知っていると思ったのだろう。

このとき、むしろ歓迎すべき邪魔が入り、二人の若い侍僧が、一人は小さな皿に盛った米飯、果物、それに薄いパンケーキのようなものを載せた盆を捧げ、もう一人がお定まりの茶の仕《し》度《たく》を携えてそれに続きながら、事務室の中に入ってきた。肉らしいものは何もなかった。長い夜の後でモーガンは卵がいくつかほしいところだったが、これも禁じられているのだろうと推測した。いやそのいい方は強すぎる。サラトが、絶対というものを認めない宗団は、何事も禁じてはいないといっていた。だが、彼らには精密な目盛りのついた許容基準があって、生命（潜在的な生命さえも含めて）を奪うことはひどく低い位置にあるのだった。

モーガンが、いろいろな献立（大部分はまるで知らないものだったが）の試食をはじめながら、マハナヤケ・テーロのほうを不審げに見ると、相手はくびを振った。

「われわれは昼前には食事をしません。精神の働きは朝の時間のうちがいちばん冴えていますから、物質的なことに乱されるべきではないのです」

すばらしい味のパパイヤをかじりながら、モーガンは、この簡潔な言明にこめられた哲学的な断絶を思った。彼にとっては空腹こそまさに高度の精神の働きを乱し、それを完全に阻害するものだった。つねに健康に恵まれた彼は、精神と肉体とを分離しようと企てたことはなく、そんな努力を必要とする理由も思いつかなかった。

モーガンがこの食べつけない朝食をとっているあいだ、マハナヤケ・テーロは中座をしてコンソールのキーボードに向かうと、何分間か眼のくらむような速さで指をおどらせた。表示装置はこちらからまる見えだったので、モーガンは遠慮して眼をそらせなければならなかった。当然の結果として、彼の眼は仏頭に向いた。それは、たぶん実物らしかった。台座がかすかな影を背後の壁におとしていたのである。しかし、それでも決定的な証拠にはならなかった。台座は間違いなく本物であっても、仏頭はその上に正確に焦点を結ばせた投影かもしれない。その方式は、よくあるものだった。

そこにあるのは、モナ・リザのように、見る者の気持を反映すると同時に、自分自身のみごとさをも主張する芸術作品だった。だが、ラ・ジョコンダは、何を見ているかは誰にもわからないとしても、眼を開いていた。仏陀の眼はまったく無表情であり、人がその中で魂を失うかもしれないし宇宙を発見するかもしれないような、空白の深みだった。

その唇には、モナ・リザよりもいっそう茫漠とした微笑が浮かんでいた。だが、ほんとうに微笑なのだろうか、それとも照明の生みだす幻影にすぎないのだろうか？　それは早くも消えてしまい、その後には超人間的な平安の表情が残っていた。モーガンは、その引きこまれるような容貌から眼を引き離すことができず、コンソールから出てくるプリントアウトの聞きなれたカサカサいう音が彼をやっと現実に引き戻した——これが現実ならばだが……。

「ここに来られた記念にと思いましてな」とマハナヤケ・テーロがいった。

さしだされた紙を受けとってみると、意外にもそれは古記録に使われているような羊皮紙であって、数時間使われてから棄てられる運命にあるふつうの薄い紙ではなかった。彼には一字も読めなかった。左下隅にある目立たない文字数字式の参照符号のほかは、いっさいが華麗な渦巻文字で書かれており、それが筆記体のタプロバニー文字であることは、もう彼にもわかっていた。

「どうも、ごていねいに」彼は、せいいっぱいの皮肉をこめていった。「これはなんです？」彼には充分な心あたりがあった。法的な文書というものは、言語（あるいは時代）がどうであろうと、親戚のような類似性があるものなのである。

「ラヴィンドラ王とマハ・サーンガとの間で交わされた、あなたがたの暦でいうと紀元八五四年ヴェーサーカ（釈迦の誕生・成道・入滅の日付にあたるとされる祭日）を日付とする協定の写しです。寺の土地の所有権を——永久的に——明示しています。この文書に述べられている権利は、侵略者たちでさえ認めました」

「カレドニア人とオランダ人はそうだったようですね。だがイベリア人は認めなかった」

マハナヤケ・テーロがモーガンの予備知識の周到さに驚いたとしても、そんなそぶりはおくびにも出さなかった。

「彼らは、とくに別の宗教がからんだ場合には、法と秩序を尊重するような者たちでは、まったくありませんでした。力は正義という彼らの哲学は、あなたのお気に召さんと思いますがね」

モーガンは、ややこわばった微笑を浮かべ、「もちろんですとも」と答えた。だが、どこに線が引けるのか。巨大組織の重大な利害がかかっている場合には、月並みな道徳などはしばしば二の次になるのだ。まもなく、人間と機械とを問わず、地球上の最高の法律的頭脳がこの地点に集中されるだろう。それでも適切な解決法が見つからないとなれば、きわめて不愉快な状況になるかもしれない――自分は英雄どころか悪者となるのだ。

「八五四年の協定を引きあいに出されたので申しますが、ここに述べてあるのは、寺院の境界の内部、つまり塀によって明確に規定される土地についてだけですね」

「そのとおり。しかし、それは山頂全部を含んでいます」

「あなたがたは、この地球の外側の地所には、支配権は持っておられない」

「われわれは、すべての不動産所有者と同じ権利を持っています。もし隣人たちが不法妨害を引き起こせば、法的救済を求めるでしょう。この種の問題がおこったのは、何も今回がはじめてではありません」

「存じています。ケーブルカー施設に関連してですね」

マハナヤケ・テーロの唇に、かすかな笑みが浮かんだ。「よくお調べですな」と彼はいった。「さよう、われわれは多くの理由で、あれに激しく反対しました――もっとも、できてしまったいまとなっては、しばしば非常なおかげを蒙《こうむ》っていることは認めますがね」彼は、ちょっと考えこんだが、それからつけ加えた。「多少の問題がありましたが、われわれは共存してきました。気まぐれな見物人や観光客は展望台までで満足しています。もちろん本物の参詣者ならば、いつでも喜んで山頂に迎えますが」

「では、おそらくこの件では、ある程度の調整が可能だと思いますよ。われわれにとって、数百メートルの高度差は問題になりません。ケーブルカーの終端駅のように、山頂にはまったく手を触れることなく、別の平地を削りだしてもいいのです」

二人の僧侶にいつまでも凝視されつづけたモーガンは、ひどく居心地の悪い気分だった。彼らがこの提案をばかばかしいと思うことはまず間違いなかったが、物事の順序としては、提案せざるをえなかったのである。

「じつに変わったユーモアの感覚をお持ちですな、モーガン博士」マハナヤケ・テーロは、ややあって返事をした。「この途方もない仕掛けをここに建てられたのでは、山の尊厳や、われわれが三千年にわたって求めてきた隔離状態はどうなるのですかな？　この聖地へ、しばしば健康を――生命をさえ――犠牲にしてやってくるあの無数の人々の信仰を裏切れというのですか？」

「お気持はよくわかります」とモーガンは答えた（だが、それは嘘だろうか？）。「もちろん喧噪は最小限にするように全力をつくします。管理施設はすべての山の内部に設けるつもりです。外に出てくるのはエレベーターだけですが、少し離れればまったく見えないでしょう。全体としての山の形はまったく変わりません。先ほど見せていただいた、あの有名な影も、ほとんど変わりはないでしょう」

マハナヤケ・テーロは、確認を求めるかのように、仲間のほうを向いた。パーラカルマ師は、モーガンをじっと見ていった。「音はどうです?」

まずい、とモーガンは思った——最大の弱点だ。有効荷重は山から時速数百キロで飛びだすことになる——地上の設備によって大きな速度が与えられるほど、空から吊るされた塔にかかる負荷は小さくなるのである。もちろん、乗客は〇・五G程度以上に耐えることはできないが、それでもカプセルは音速の何分の一かで飛びだすのだ。

「いくらかは空気力学的な音響が出るでしょう」とモーガンは認めた。「だが、大飛行場のそばよりははるかに小さなものです」

「それはありがたい」とマハナヤケ・テーロがいった。皮肉であることは間違いなかったが、その声に揶揄《やゆ》するような口調は微塵《みじん》もなかった。彼は超然たる平静さを見せているのか、あるいは訪問客の反応を試しているかのどちらかだった。これに対して、若いほうの僧侶は、怒りを隠そうともしなかった。

「もう長いあいだ」と、彼は憤然としていった。「われわれは再突入する宇宙船のおこす騒音に抗議しつづけています。こんどは、衝撃波をわれわれの……われわれの裏庭でおこそうというんですか」

「われわれの操業は超音速にはなりません。この高度では」モーガンは、きっぱりと答えた。

「それに塔の構造が音のエネルギーの大部分を吸収するでしょう。それどころか」と、彼は急に思いついた利点を強調しようとしてつけ加えた。「長い眼で見れば、われわれの仕事は再突入時の轟音をなくす役に立つでしょう。実際には、山は前よりも静かな場所になります」

「そうでしょうとも。ときどきの衝撃音の代わりに、絶え間ない轟音を聞かされることになるわけだ」

この相手とは、いくら話しても無駄だな、とモーガンは思った。ところが、自分はマハナヤケ・テーロこそが最大の障害と予想していたのだ……。

ときには話題をまったく転換することが有効なこともある。彼は神学の危険な泥沼に、おそるおそる足を踏み入れてみることに決めた。

「われわれがやろうとしていることには」と、彼は力をこめていった。「望ましい面もあるのではありませんか？　目的は違っているとはいえ、われわれの最終的な結果には、多くの共通点があります。われわれが建造したいと思っているものは、あなたがたの階段の延長にすぎません。そういってよければ、われわれはそれをさらに延長して――天国にまで届かせるのです」

一瞬、パーラカルマ師は、この厚顔さに面くらったようだった。彼が立ちなおる前に、院主が淀みなく答えた。「おもしろい考え方ですね――しかしわれわれの哲学は天国を信じません。救いが存在するとすれば、それはこの地上でのみ見出されるのであって、わたしはときどき、あなたがたがしきりに地上を離れたがるのを不思議に思うのです。バベルの塔の物語をご存じですか」

「ある程度は」

「古いキリスト教の聖書でお読みになるといい――創世記第一一章です。あれも天に到達しようとする土木事業でした。意思疎通の困難が原因で失敗したのです」

「われわれにも困難はおこるでしょうが、そういう問題が生ずるとは思いませんな」

だが、パーラカルマ師を見つめるモーガンは、それほどの確信は持てなかった。ここにある意思疎通の断絶は、ある意味ではホモ・サピエンスとスターグライダーとの間よりも大きいように思えた。両者は同じ言語を話しているとはいえ、そこに存在する理解不能の谷間は、絶対に橋渡しのできないものかもしれなかったのだ。

「失礼ながら」と、マハナヤケは泰然自若《たいぜんじじゃく》とした丁重《ていちょう》さで続けた。「公園森林局とは、うまくいっているのですか」

「彼らはきわめて協力的でした」

「当然でしょうな。彼らはたえず予算不足ですから、新しい収入源はなんでも歓迎でしょう。ケーブル施設は思いがけぬ儲けものでしたし、あなたの事業からは、もちろん、もっと大きなものを期待しているでしょう」

「それは間違いありません。それに彼らは、これが環境公害を何もひきおこさないという事実を承認したのです」

「もし倒壊したとしたら？」

モーガンは、高僧とまともに眼をあわせた。

「倒壊はしません」彼は、いま二つの大陸を結んでいる逆さの虹を建設した男の持つ、すべての権威をこめていった。

だが、この種の問題に絶対確実は不可能であることを彼は知っていたし、妥協を知らぬパーラカルマも知っているにちがいなかった。この教訓は、二百二年前の一九四〇年一一月七日に、どんな工学者にも決して忘れることのできないような形で、周知徹底されたのだった。モーガンは悪夢に悩まされることはほとんどなかったが、これはその数少ないひとつだった。いまこの瞬間にも、地球建設公社のコンピューターは、その悪夢を払い清めようとしているのだった。

だが、この世のあらゆる計算能力を総動員しようとも、彼が予測していない問題――すなわちまだ生まれていない悪夢への保証はないのだった。

18 金色の蝶

モーガンは、輝く日光や四方から跳びこんでくる壮大な眺望も知らぬげに、車が低地にたどりつく前にぐっすり眠りこんでいた。無数の急カーブにも、彼の眼を開けさせておくだけの力はなかった――だが急ブレーキがかかり体が安全ベルトに押しつけられたとき、彼はパッチリ目を覚ましていた。

しばらくなにがなにやらわからぬままに、彼は自分がまだ夢を見ているにちがいないと思った。なかば開いた窓を静かに吹き抜けるそよ風は、トルコ風呂から洩れてくるかのように生暖かく湿っていた。ところが、車は、一寸先も見えない猛吹雪としか思えないものの中に、停止していたのである。

モーガンは、まばたきし眼を細めてから、それを現実に向かって見開いた。金色の雪を見るのは、これがはじめてだった……。

蝶の密集した群れが道路を横切り、東へ向かって切れ目のない決然たる移動をしているのだった。何匹かは車の中に吸いこまれ、モーガンが追いだしてやるまでは、気が狂ったように飛びまわっていた。もっと多数の蝶がフロントガラスに張りついていた。運転手は、明らかに取っておきのタプロバニー語で罵りながら外へ出ると、ガラスをきれいに拭いた。それがすむころには、群れはまばらになって、遅れたわずかな蝶があちこちに残っているだけだった。

「伝説のことを聞いたことはあるかね？」と、彼は乗客のほうを振り返りながらいった。

「いや」と、モーガンは、そっけなくいった。中断された眠りに戻ることで頭がいっぱいの彼は、そんなことにはまったく関心がなかった。

「金色の蝶――あれはカーリダーサの兵隊たちの霊魂なのさ――ヤッカガラで全滅した軍隊の」

モーガンは気のない声を出して、運転手に謎が通じてくれればいいがと思った。だが、相手は情容赦もなく続けた。

「毎年、いまごろになると、やつらは山へ向かって飛んでいって、麓のほうでみんな死んじまうんだ。ときにはケーブルの中途で出会うこともあるが、やつらにはそこまでがせいぜいなのさ。ヴィハーラにとっては幸いだがね」

「ヴィハーラ？」モーガンは眠そうな声で訊ねた。

「お寺さね。やつらがあそこまで行きつけば、カーリダーサが勝ったことになって、坊さんたちは出ていかにゃならんのさ。それがご託宣だ――ラナプーラ博物館にある石の板に刻んであるよ。見せてあげてもいいがね」

「またこんどな」モーガンは、クッションのきいた座席に深く体を埋めながら、あわてていいった。だが、またうつらうつらとするまでには、何キロもが通り過ぎていた。運転手が呼びおこした心象には、何か心にまとわりついて離れないものがあったのである。

これから数カ月にわたって、彼はそれをしばしば思いだすことになる——目が覚めていて、緊張や危機を迎えた瞬間に。彼はふたたびあの金色の吹雪の中に埋まり、呪われた無数の蝶が、山とそれが象徴するいっさいのものへの果敢な攻撃に力を使いつくすのを見るのである。

自分の戦いがまだ序の口にさしかかったばかりのいまでさえ、その心象は、ひやりとするほどよく似ているのだった。

19 サラディン湖の岸で

コンピューターによる歴史的可能性シミュレーションのほぼすべてが、トゥールの戦闘（紀元七三二年）は人類にとっての決定的な不幸のひとつであったことを、示唆しています。もしカール・マルテルが敗北していれば、イスラムは彼らを分裂させていた内部対立を解決して、ヨーロッパの征服にとりかかったかもしれません。そうなれば、何世紀ものキリスト教による暗黒時代は避けられ、産業革命は千年近くも早まり、いまごろは遠い惑星どころではなくて近くの恒星にまで到達していたことでしょう……。

……だが、運命はそうならずに、マホメットの軍隊はアフリカへ引きかえしました。イスラムは、魅力的な化石として二〇世紀末まで生き残りました。そして、突如として、石油の中に消滅し……。

（二〇八九年ロンドンでのトインビー生誕二百年記念シンポジウムにおける会長挨拶）

「聞いたかね?」とシーク・ファルーク・アブドゥラはいった。「いまわたしはサハラ艦隊司令長官に就任しているんだよ」

「意外ではありませんな、大統領」モーガンは青く光る広大なサラディン湖をじっと眺めながら答えた。「もし海軍の機密でなければですが、船はどれだけあるのですか」

「いまのところ十隻だ。最大のやつは赤新月《レッド・クレセント》が使っている三〇メートルのホバークラフトだがね。週末はもっぱら下手くそな船乗りの救助さ。ここの連中は、まだ水の上はあまり得意じゃないんでね——あの間の抜けた船のまわし方を見たまえ! とにかく、ラクダから船へ切りかえるのに二百年じゃとても足りんのだよ」

「その間にキャデラックとロールスロイスがあったじゃありませんか。あれで、きっと過渡期の困難はやわらげられているはずですがね」

「あれはいまでも使っているさ。ひいひいじいさんのシルバー・ゴーストは、いまも新品同様だよ。だが、正直なところをいうがね——この土地の風に対抗しようとして事故をおこすのは、訪問客なんだ。われわれは動力船に決めている。それに、来年には、この湖の最大深度七八メートルに到達する性能を持った潜航艇を、手に入れようと思っているんだよ」

「なんのためにです?」

「いまごろになってから、エルグ(サハラ砂漠の大砂丘列)は考古学の宝庫だったというもんでね。もちろん、満水する前には誰も問題にしなかったのさ」

北アフリカ自治共和国の大統領をせきたててみても、なんの役にも立たなかったし、モーガンはそんなことをしないだけの分別を持っていた。憲法になんと書いてあるかに関係なく、シーク・アブドゥラは、地球上のほとんどいかなる個人とくらべても、強大な権力と富を支配していた。もっと重要なことに、彼はそのどちらの使い道も心得ていたのである。

彼は、危険を冒すことを怖れない家系の出身で、それを後悔するような要因もめったにひきおこさなかった。彼の最初にしてもっとも有名な賭は（半世紀近くにおよぶ全アラブ世界の憎しみを買ったのだが）、そのありあまるオイル・ダラーをイスラエルの科学と工学に投資したことだった。この先見の明のある行動は、やがて紅海からの採鉱、砂漠の征服、そしてずっとあとではジブラルタル橋を生みだすことになったのである。

「いうまでもないがね、ヴァン」と、やがてシークはいった。「きみの新しい事業に、わたしがどれほど魅力を感じていることか。それに、〈橋〉が建造されているあいだに、われわれが力をあわせて切り抜けてきたことを考えれば、きみがこれをやりとげることはわかっている――財源があればだ」

「ありがとうございます」

「だが、若干の質問がある。どうして中間点ステーションをおくのか、またそれがなぜ二万五〇〇〇キロの高度なのかというところが、まだよくわからんのだ」

「いくつか理由があります。その辺には中央発電所を置かねばならないので、どっちみちかなり大規模な工事が必要になります。それから、かなり窮屈な車室に閉じこめられて七時間というのは長すぎますし、行程を二つに分ければいろいろ好都合なことに気がついたのです。

車の中で乗客に食事させる必要もありません――ステーションで食事したり足を伸ばしたりできるのです。車輛設計の効率をよくすることもできます――流線型にするのは下の区間のカプセルだけでよくなります。上の区間のものは、ずっと単純で軽いものにできます。中間点ステーションは、乗り換え地点だけでなく、運行および制御センターとしての役もします――それに、いずれは、それ自身が重要な観光名所や行楽地になると、われわれは信じています」

「だがここは中間点じゃないぞ！　静止軌道までの距離の――ええと――三分の二近くになる」

「そうです。中間点は一万八〇〇〇キロで、二万五〇〇〇キロではありません。でも、これには別の理由があるんです――安全ですよ。仮に上の区間が切断されたとしても、中間点ステーションは地球に墜落してはこないのです」

「なぜだね？」

「ステーションは、安定な軌道を維持するのに充分なだけの運動量を持っています。もちろん、地球へ向かって落下はしますが、つねに大気圏の外側に留まります。ですから、まったく安全で、十時間の長円軌道をまわる宇宙ステーションになるだけのことです。これは、一日に二回、最初の位置に戻ってきて、結局は再連結できるのです。少なくとも、理屈の上では……」

「だが、実際にはどうかね？」

「ああ、できると確信していますよ。もちろん、ステーションの人員や機材を助けることもできます。しかし、低い高度に設置した場合には、その選択さえできなくなるのです。二万五〇〇〇キロという限界より下の場所から落ちた物は、何によらず、大気圏に突入して、五時間ないしそれ以内のうちに燃えつきてしまいます」

「地球‐中間点区間の乗客に、このことを宣伝するつもりかね？」

「お客さんたちは眺望に見とれて、そんな心配をする暇もないといいんですがね」

「まるで展望用エレベーターのような口ぶりだね」

「いけませんか？　もっとも、いま地球上でいちばん高い展望用の乗物といったところで、わずか三キロ昇るだけですがね。ここでわれわれが論じているものは、その一万倍くらいの高さがあるんですよ」

かなりの沈黙が続き、シーク・アブドゥラは、このことをじっと咀嚼《そしやく》していた。

「惜しいことをしたもんだな」と、ややあって彼はいった。「〈橋〉の支柱を使えば、五キロの展望用の乗物ができるところだったが」

「最初の設計には入っていましたが、平凡な理由で、つまり費用節約のために、やめたんですよ」

「失敗だったかな。元はとれたかもしれんのに。それから、たったいま思いついたんだが、この超繊維とやらいうものが当時使えていれば、〈橋〉は半分の費用で建造できていたんだろう」

「あなたに嘘は申しますまい、大統領。五分の一以下です。でも、建設は二十年以上遅れていたことでしょうから、あなたは損をしていないわけです」

「このことは財政担当者たちと相談せねばならんな。彼らの中には、いまだにあれが賢明な策だったかどうか納得しておらん者もいるのだよ。交通量は予想を上まわっているというのにだぞ。だが、わたしは彼らに、金がすべてではないと、いいつづけておるんだよ――共和国には、経済的にだけではなく、心理的にも文化的にも〈橋〉が必要だったのだ。あそこを通る者たちの一八パーセントは、橋がそこにあるからそうしているのであって、ほかになんの理由もないということを、知っていたかね。彼らは、それからまたまっすぐに帰ってくる。往復の通行料金を払わねばならんのにだ」

「ずっと以前に」と、モーガンは、にこりともせずにいった。「同じようなことを申しあげたような気がしますがね。あなたを説得するのは骨が折れましたよ」

「そのとおりだ。きみがよく例にひいたのがシドニー・オペラ・ハウスだったのを覚えているよ。あれが、威信の点ではもちろん、現金ででも元をとったということを、きみはよく指摘したもんだ」

「それから、ピラミッドを忘れてはいけませんよ」

シークは笑った。「きみはあれをなんといったかな。人類の歴史で最善の投資か」

「そうですとも。四千年たった今日でも、まだ観光収入をあげているんですから」

「しかし、公平な比較とはいいがたいな。維持費は〈橋〉とはくらべものにならんし、きみの提案する〈塔〉から見ればなおさらのことだ」

「〈塔〉は、ピラミッドよりも永持ちするかもしれませんよ。はるかに穏やかな環境にあるんですから」

「それはまたじつに気宇壮大な見解だな。きみは、これが何千年も働きつづけると、ほんとうに信じるのかね」

「もちろん、当初の形のままでじゃありません。が、本質的には、そのとおりです。未来にどんな技術的進歩がおころうと、宇宙に到達するのにこれ以上の効率的かつ経済的な方法があろうとは思いませんね。これは新たなひとつの橋なんだと考えてください。ただし、こんどは星への、あるいは少なくとも惑星への橋なのです」

「そして、こんどもきみは、われわれにその資金を援助してほしいという。われわれは、あと二十年は、この前の橋の返済を続けることになるのにだ。きみの宇宙エレベーターは、われわれの領土にあるわけでもないし、われわれに直接の重要性があるとも思えんのだがね」

「でもわたしはあると思いますよ、大統領。あなたの共和国は地球経済の一環であって、宇宙輸送のコストは、いまや経済発展を抑える要素のひとつになっています。五〇年代か六〇年代についての予測をごらんになったことがあれば……」

「見た、見た。非常に興味深い。だが、われわれは必ずしも貧しくないとはいっても、必要な資金の何分の一かを調達することだって不可能だぞ。だって、これは世界総生産の何年分かを、そっくりのみこんでしまうだろうからな」

「そして、そのあとは永久に、十五年ごとに元がとれるでしょう」

「もしきみの見つもりが正しければな」

「〈橋〉のときには、見つもりどおりでしたよ。でも、もちろん、おっしゃるとおりですし、北アフリカ自治共和国に最初のきっかけ以上のことを期待しているわけじゃありません。あなたが関心を示してくだされば、ほかからの援助を得ることも、それだけ楽になるというものです」

「たとえば、どんな？」

「世界銀行。惑星の銀行。連邦政府」

「それで、きみ自身の雇用主である地球建設公社のほうは、どうなのかね。ほんとうのところ、何を企んでいるんだ、ヴァン？」

そらきた、とモーガンは、安堵のため息をつくような気持で思った。彼は、いまこそ信頼できる人物と――けちな官僚的陰謀には巻きこまれないほどの大物でありながら、彼らの微妙な特質まで充分に知りつくしている人物と、胸襟《きょうきん》を開いて語ることができるのだった。

「この仕事の大半は、自分の私的な時間を使ってやってきました――今日だって休暇を使って来ているのです。そういえば、〈橋〉の出だしのときだって、いまと同じでした。一度などは中止しろと公式に命令されたということは、お話ししましたっけ……この十五年間で、わたしも少しは利口になりましたよ」

「この報告には相当なコンピューター時間が必要だったはずだ。金は誰が出した？」

「ああ、わたしにはかなりな額の自由になる資金があるんです。それに、わたしのスタッフは、いつでも他の連中には理解できない研究をやっています。ほんとうのところ、もう何カ月間も、ごく小さなチームに、このアイデアを検討させてきたのです。彼らはすっかり夢中になって、自分の私的な時間まであらかたこれに使ってしまったほどでした。でも、ここまでくれば、旗色《きしょく》を鮮明にするか、計画を放棄するか、決めなければなりません」

「おたくの尊敬すべき会長は、このことを知っているのかね？」

モーガンは、あまりおかしくもない顔つきで微笑した。

「もちろん知りませんし、すっかりお膳立てが整うまでは、知らせたくもありません」

「事情は、ある程度わかるよ」と大統領は、相手の先を越すようにいった。「そのひとつは、コリンズ上院議員が発案者だということにならないようにするためだろう」

「そうはなりませんよ――このアイデアは二百年前のものなんですから。しかし、彼をはじめ多くの連中が入ってくれれば、計画が遅れることになりかねません。わたしは自分が生きているうちに実現させたいんですよ」

「それに、もちろん、きみが主役になるつもりだな……よし、われわれに具体的には何をしてほしいんだ」

「これはほんの一案なんですよ、大統領――もっといい考えがおありかもしれません。国際合弁企業を設立するんです――これには、たぶんジブラルタル橋開発公社、スエズ・パナマ運河公団、イギリス海峡会社、ベーリングダム公団が含まれるでしょう。それから、これがすっかりまとまったところで、準備調査をする形で地球建設公社に話をもちかけるのです。この段階では、投資額は問題にならない程度でしょう」

「というと?」

「百万以下です。とくにわたしがもう九〇パーセントの仕事はすましていますから」

「それから?」

「そのあとはですね、大統領、あなたの後援を得ながら、臨機応変にやってゆけます。わたしは地球建設公社に残るかもしれませんし、辞職して合併企業に――〈アストロエンジニアリング〉とでも呼びましょうか――参加するかもしれません。いっさいは状況の如何にかかるでしょう。わたしは事業にとって最善と思うことをやります」

「それは妥当な手順のようだな。われわれの間で何か計画が立てられると思うよ」

「ありがとうございます、大統領」モーガンは、心の底からの心情をこめて答えた。「ですが、ひとつだけ、すぐにも――ことによると国際合弁企業を設立する前にでも――取り組まねばならない、やっかいな障害があるんです。われわれは世界司法裁判所へ出かけて、地球でもっとも貴重な不動産に対する支配権を確立しなければならないのです」

20 踊る橋

即時通話と迅速な世界交通のこの時代にあっても、自分のオフィスと呼べる場所があることは好都合だった。何もかもが電子のパターンに記憶させられるわけではないからだ。いまでも、本物の旧式の書物とか、職業上の認定書とか、賞状や勲章とか、工学模型とか、材料のサンプルとか、計画の（コンピューターのものほど正確ではなくても、きわめて装飾的な）見取り図とか、いうまでもなく、高級官僚の誰もが外界の現実からの衝撃をやわらげるのに必要な敷きつめの絨毯とかいった品々が存在しているのだ。

一カ月に平均十日の割合で顔を出すモーガンの事務所は、ナイロビにある広大な地球建設公社本部の六階、すなわち〈陸地部門〉の階にあった。下の階は〈海洋部門〉、上の階は〈管理部門〉つまりコリンズ会長の領域だった。素朴な象徴主義という気まぐれに駆られた設計者は、最上階を〈宇宙部門〉にあてていた。屋上には、いつも調子が狂いっぱなしの三〇センチ望遠鏡を備えた天文台さえあった。というのは、望遠鏡はオフィスのパーティーのときにしか使用されず、それもまったく天文学的でない目的に頻繁に使われるのだった。わずか一キロ離れたトリプラネタリー・ホテルの上のほうの階が、人気のある目標だった。そこには、しばしば（少なくとも挙動の点で）きわめて変わった生物が収容されるのである。

モーガンは（一方は人間の、一方は電子工学的な）秘書の両方とたえず接触を保っていたから、北アフリカ自治共和国からの短時間の空の旅の後でオフィスに入っていったときも、思いがけないことはまったく予想していなかった。一時代前の基準からすれば、彼の組織は驚くほど小さかった。彼の直接の管理下にあるのは、三百人足らずの男女にすぎなかった。だが、彼らの駆使する計算および情報処理能力は、地球全体の人間全部を合わせても及びもつかないほどのものだった。

「ところで、シークとの話はどうなったね？」二人きりになるのを待ちかねたように、彼の補佐役で長年の友人であるウォーレン・キングズリーが訊ねた。

「そうだな。交渉は成立したと思うよ。だが、わたしはまだ、こんなくだらないことに妨げられているというのが信じられないんだがね。法律部門はなんといっている？」

「われわれはどうしても世界司法裁判所の決定を手に入れねばならん。もし裁判所が、これが圧倒的な公共の利益の問題であるということに同意すれば、わが尊敬すべき友人たちは引越さねばならないことになる……もっとも、彼らが頑強に抵抗しようとすれば、面倒なことになるがね。場合によっては、彼らが決心するのを助けるために、小さな地震を届けてやることが必要になるかもしれないよ」

モーガンが世界テクトニクス会議の一員であることは、彼とキングズリーとの間で長いあいだの冗談のたねだった。だが、世界テクトニクス会議は（たぶん幸いにも）地震の制御管理の手段は発見できなかったし、今後ともそのことは期待されていなかった。会議が達成したと思っていることは、せいぜい、地震を予測して、それが大損害をひきおこす前に、そのエネルギーを無事に発散させることだった。現在でさえ、その成功の実績は、七五パーセントを大きくは出なかったのである。

「いい考えだ」とモーガンはいった。「考えておこう。さて、もうひとつの問題のほうはどうだね」

「準備はできている。いま見るかね?」

「よし——最悪のやつを見ようじゃないか」

オフィスの窓は暗くなり、光った線の格子《こうし》が部屋の中央に現われた。

「これを見ろ、ヴァン」とキングズリーがいった。「これは問題のモデルだ」

文字と数字の列が空中に出現した——速度、有効荷重、加速度、通過時間——モーガンは一目でそれを頭に入れた。緯度と経度の輪で囲まれた地球が、絨毯のすぐ上に浮かんでいた。そして、それから人間の背丈を少し越すぐらいの高さまで伸びているのは、宇宙塔を表わす光の線だった。

「正常な速度の五百倍。横のスケールは五十倍に拡大。始めるぞ」

何か眼に見えない力が、光の線を引っぱって、垂直からずらしはじめた。その擾乱《じょうらん》は、毎秒数百万回というコンピューターの計算を通して地球の重力場を上昇する有効荷重を代表しながら、上へ移動した。

「変位はどれだけだ?」モーガンは、シミュレーションの細部を追おうとして瞳をこらしながら訊ねた。

「いまは約二〇〇メートル。三〇〇になるのは――」

線は切れた。毎時数千キロという実際の速さを表現するゆっくりしたスローモーションの動きで、切断した塔の二つの部分は曲線を描いて離れはじめた――一方は地球へ反《そ》り返《かえ》り、一方は宇宙空間のほうへ跳ね上って……。だがモーガンは、コンピューターの心の中にだけ存在する、この想像上の大事故を、もう完全には意識していなかった。いまそれと二重うつしになって見えているのは、長年にわたって彼の心を悩ませてきた現実の事件だった。

彼は二世紀前のそのフィルムを少なくとも五十回は見たし、一部は一こま一こまを調べて、あらゆる細部をそらで覚えていた。なにしろそれは、少なくとも平時では、もっとも高くついた映画フィルムだった。ワシントン州にとって、それは一分につき数百万ドルの出費だったのである。

そこには、海峡をまたいで、細く（あまりにも細く！）優雅な橋が、かかっていた。交通はなかったが、途中に運転者が乗り捨てた一台の車があった。それもそのはず、橋は工学の歴史にいまだかつてなかったような動きを見せていた。

何千トンという金属がこんな空中バレエを演ずることができるとは、不可能なことのように思えた。橋が鋼鉄ではなくてゴムでできているといわれたほうが、もっと信じやすかっただろう。振幅数メートルの大きくゆっくりしたうねりが、橋の全長にわたって伝わってゆき、支柱の間に吊られた道路は、怒った蛇のように前後にねじれた。海峡を吹く風は、美しくも運命づけられた建造物の固有振動数に合致しながら、人間の耳には達しないはるかに低い音を奏でていた。ねじれ振動は数時間かかって大きさを増していったが、最後の時がいつ来るかは、誰にもわからなかった。すでに長々と続いている断末魔の喘ぎは、不運な設計者に下された最後の宣告のしるしだった。

突然、支えのケーブルが切れ、兇暴な鋼鉄の鞭のように跳ねあがった。橋はねじれ、回転し、構造物の断片を四散させながら、海へ落下した。ふつうの速度で映写されているにもかかわらず、最後の劇的な破壊は、まるで高速度撮影されたもののように見えた。事故の規模のあまりの巨大さに、人間の感覚に比較すべき基準がないのだった。現実には、おそらく五秒間ぐらいのものだったろう。その時間がすぎると、タコマ海峡橋は技術史の中に確固不動の地位を得たのだった。それから二百年たったいま、モーガンの部屋の壁には、その最後の瞬間の写真が〝われわれのできのよくなかった製作物の一例〟という表題つきで掲げられていた。

モーガンにとって、これは冗談ではなく、予期せぬことがどこでおこるかわからないという、不断の警告だった。ジブラルタル橋を設計したとき、彼はタコマ海峡事故のフォン・カルマンによる古典的な解析を注意深く調べ、この過去におけるもっとも高価な失策のひとつから学べるかぎりのものを学んだのだった。大西洋から吹きつける最悪の強風にさらされたときでさえ、橋は中心線から一〇〇メートル（まさに計算どおりに）動きはしたものの、重大な振動はひとつもおこらなかった。

だが、宇宙エレベーターは未知への大きな飛躍であって、何か不愉快な不測の事態がおこるのは、確実といってよかった。大気圏区間の風力を見つもることは容易だったが、有効荷重の停止や始動からひきおこされる振動とか、さらにこれだけ巨大な構造ともなれば、太陽や月の潮汐《ちょうせき》作用による振動さえも計算に入れる必要があった。しかも、個別的にだけでなく全部が同時に作用したときのことも、そしていわゆる〝最大仮想事故〟の解析となれば、時たまおこる地震が事態を複雑にすることも、考えに入れなければならないかもしれないのだ。

「この毎時数トンの有効荷重というモデルでは、すべてのシミュレーションが同じ結果をはじきだすんだ。振動が大きくなっていって、ついに五〇〇キロあたりの個所に切断がおこる。減衰を思いきって大きくせにゃなるまいよ」

「そいつを怖れていたんだ。どれだけ必要だね？」

「あと十メガトン」

モーガンは、この数字に陰鬱な満足感を感じた。自分の工学者としての直感と意識下の不可思議な能力とを使って推測したものに、きわめて近かったのである。これで、コンピューターが、それを確証したわけだ。軌道上の〝アンカー〟質量を、一千万トン増やさなければならないのだ。

地球上の機械力の尺度から見てさえ、これだけの質量は決して小さいものではなかった。それは、さしわたし約二〇〇メートルの岩の塊りに相当した。モーガンは、突然、タプロバニーの空に聳えるヤッカガラの、最後に見た姿を思い浮かべた。あれを宇宙空間へ四万キロ持ちあげることを考えてみろ！　幸い、その必要はなさそうだった。少なくとも二つ、これに代わる方策があったのである。

モーガンは、いつも部下に自由に考えさせる習わしだった。これは責任を確立する唯一のやり方だった。これで彼の負担はぐっと軽減されたし、多くの場合、スタッフたちは、自分が見逃したかもしれない解決法に到達するのだった。

「どうすればいいかね、ウォーレン」彼は穏やかに訊ねた。

「月面の貨物打ち揚げ機を使って十メガトンの月の岩を発射してもいい。時間も金もかかる仕事だろうし、おまけにそいつを受けとめて、最終的な軌道に誘導するという、宇宙空間での大仕事がひかえている。それに、心理的な問題もあるだろうし――」

「うん、それはわかる。サン・ルイス・ドミンゴの二の舞いはやりたくないからな――」

サン・ルイスとは、月から低い軌道にある宇宙ステーションに向けた、加工処理ずみ金属の貨物が、目標をそれて落下した、南米の（幸いにも小さな）村落のことだった。ターミナル誘導が故障して、最初の人工隕石孔と、二百五十人の死者という大事故をひきおこしたのだった。それからというもの、惑星〝地球〟の住民は、宇宙の射撃演習にひどく神経質になっていた。

「もっとずっといい方法は、小惑星をつかまえることだ。いま、おあつらえむきの軌道をとっているやつを見つけようとして、網を張っているところだが、有望な候補が三つ見つかっている。ほんとうにほしいのは炭素を含んだやつなんだがね——これだと、処理工場を建設した暁には、原料に利用できる。一石二鳥だ」

「それにしては大きな〝石〟だが、たぶん最上のアイデアだろう。月面打ち揚げ機のほうはやめとけ——十トンの百万発分じゃ何年もかかるだろうし、中にはそれるやつが出てくるに決まっているからな。充分な大きさの小惑星が見つからなけりゃ、足りない分の質量はエレベーター自身であげることもできるさ——もっとも、できることなら、そんなエネルギーの無駄使いはしたくないもんだが」

「それが、いちばん安あがりかもしれないぞ。最近の核融合発電所の効率からいったら、一トンを軌道まで持ちあげるには二十ドル分の電気で充分だろう」

「その数字は確かか？」

「エネルギー本部からの確かな引用さ」

モーガンは、しばらく黙っていたが、それから口を開いた。「航空宇宙技術者たちは、心からわたしを憎むだろうな」パーラカルマ師にも劣らぬほどに、と彼は心の中でつけ加えた。いや——それは正当ではない。仏門の真の帰依者《きえしゃ》には、憎しみなどという感情は、もう持ちえないのだ。かつてのチョウム・ゴールドバーグ博士の眼にあったものは、たんなる和解不能な対立でしかなかったのだ。だが、それとても、同じくらいに危険かもしれないのである。

21 判決

ポール・サラトの迷惑な特技のひとつは突如として電話をかけてくることで、それは事情に応じて上機嫌だったり不機嫌だったりするのだが、いつも判で押したように、「ニュースを聞いたか？」という言葉で始まるのだった。ラジャシンハは、しばしば、「うん――それがどうした」という万能の答をしてやろうかという誘惑に駆られたものだったが、ポールの無邪気な楽しみを奪うような無慈悲な気持にはとてもなれないのだった。

「こんどはなんだね？」彼は、あまり乗り気でない調子で答えた。

「マクシーヌが、〈グローバル・ツー〉で、コリンズ上院議員と話している。わがモーガンは苦境に立っているようだよ。あとで電話する」

ポールの興奮した映像はスクリーンから消え、ラジャシンハが中央ニュース・チャンネルのスイッチを入れると、数秒後にマクシーヌ・デュヴォールの姿に変わった。彼女はおなじみの自分のスタジオに坐って、地球建設公社会長と話しており、相手のほうは、おそらくゼスチャーだろうが、憤激をやっとこらえているといった風情に見えた。

「――コリンズ上院議員、これで世界司法裁判所の裁定が下ったわけですが――」

ラジャシンハは、その番組全部を録画に切りかえながらつぶやいた。「判決は金曜まで出ないと思っていたが」音声を小さくしてアリストートルとの個人用回線を作動させたとき、彼は大声をあげた。「なんと、今日は金曜だぞ！」

例によって、アリは即座に応答した。

「おはよう、ラジャ。なんの御用ですか」

人間の声門を通ることなく、美しくも感情を欠いたその声は、彼が会話を交わしてきた四十年間に少しも変わっていなかった。自分が死んで何十年、いや何世紀たっても、アリはやはり、自分に話してきたようにほかの者たちに話していることだろう（そういえば、いまこの瞬間にも、アリはどれだけ多数の会話を交わしているのだろうか？）、かつては、ラジャシンハも、その思いに気を滅入らせたことがあった。いまは、そんなことは、どうでもよかった。彼はアリストートルの不死性を羨んではいなかったのだ。

「おはよう、アリ。〈アストロエンジニアリング社〉対〈スリカンダ寺院〉の訴訟についての世界司法裁判所の裁定を知りたいんだ。要点だけでいい――全文のプリントアウトは後でくれ」

「決定1。寺院敷地の借地権は、二〇八五年の成文化により、タプロバニー法および世界法のもとで永久的に確定している。全員一致による決定。

決定2。問題の宇宙塔建設に付随する騒音、振動、および歴史的ならびに文化的重要性に対する影響は私的不法妨害を構成し、不法行為法に基づく差止命令を相当とする。この段階において、公共の利益は、争点に影響するに足るほどの重要性はない。四対二、保留一による決定」

「ありがとう、アリ――全文は取り消しだ――もう必要ない。さようなら」

さて、これでおしまいか、思っていたとおりにな。しかし、彼は、ほっとすべきか、がっかりすべきか、心を決しかねていた。

過去に深く根をおろしている彼としては、古い伝統がたいせつにされ、保護されていることが嬉しかった。人類の血まみれの歴史から学びとられたことがひとつあるとすれば、それは個々の人間こそが大事だということだった。その信条がいかに奇矯なものであるにせよ、それがより広い、しかし同じ程度に正当な利益と矛盾しないかぎり、保護されなければならないのだ。古代の詩人がなんとかいっていたな。「国家などというものは存在しない」(H・W・オーデンの詩「一九三九年九月一日」より)か。たぶん、これは少し行きすぎだろう。だが、反対の極端よりはましだ。

同時に、ラジャシンハは、少々残念な気もしていた。彼は、モーガンの途方もない事業は、タプロバニーが(そして、あるいは全世界も。もっとも、そんなことは、いまでは彼の責任ではなかったが)快い自己充足的な衰亡へと落ちこんでゆくのを救うために、まさに必要なものだと、なかば信じかけていた(これはたんに必然性に順応しているだけなのだろうか)。

いま法廷は、ほかならぬその道を、少なくとも幾年にもわたって閉ざしてしまったのだ。

彼はこの問題をマクシーヌがなんといっているだろうかと思い、あとまわしにしていた録画再生へ切りかえた。ニュース解説チャンネルであり、ときに〝ニュースキャスターの国〟と呼ばれる〈グローバル・ツー〉では、コリンズ上院議員がますます調子に乗ってきていた。

「――明らかに自分の権限を越え、自分の部局の能力をこれに関連のない計画に利用するものだ」

「しかし、上院議員、それはあまりにも形式主義的じゃありませんか？　わたしが理解するかぎりでは、超繊維は〝建設〟を目的として、とくに橋のために開発されたものです。しかも、これは一種の橋じゃありませんか？　モーガン博士がそういう喩《たと》えを使ったのを聞いたことがあります。もっとも、彼は〝塔〟とも呼んでいますが」

「さあ、きみのほうが形式主義的じゃないのかね、マクシーヌ。わたしは宇宙エレベーターという名前のほうを取るね。それに、超繊維のことについていえば、きみの話はまったく違っている。これは二百年にわたる航空宇宙工学の研究の成果なんだ。最後の大飛躍がわたしの――ええ――組織の陸地部門でおこったという事実は、これとは関係のないことだ。もっとも、わたしの科学者たちが関係したということは、誇りに思うがね」

「この事業全体がそっくり宇宙部門に移されるべきだと、お考えですか」

「どういう事業だね？　これは、たんなる設計研究にすぎん――地球建設公社の中でつねに行なわれている何百という作業のひとつだ。わたしはその一部たりとも聞いたことはないし、また聞きたいとも思わん――なんらかの重要な決定が下されるべき時までは」

「これは、そういう場合ではないとおっしゃる？」

「断じて違う。わたしのところの宇宙輸送専門家は、推定される交通量の増加は、すべて彼らの手で処理できるといっておる——少なくとも予見可能な未来については」

「具体的には？」

「あと二十年間だ」

「その先は、どうなりますか？　モーガン博士によれば、〈塔〉の建造にはそのくらいかかるそうですよ。それが間にあわなかったとしたら？」

「そのときは、ほかの方法を考えるさ。わたしの部下たちは、あらゆる可能性を追究しておる、宇宙エレベーターが正解であるとは、決して断言できないのだ」

「それでも、アイデアは基本的に筋が通っているわけですか？」

「そのようだな。まだまだ検討が必要だが」

「それでは、もちろん、モーガン博士がこの仕事に先鞭《せんべん》をつけたことに、感謝すべきですね」

「モーガン博士には、この上なく敬意を表しているよ。彼は、世界で、といっていけなければ、わたしの組織の中で最高の工学者の一人だ」

「上院議員、それではわたしの質問の答にはなっていないと思いますが」

「よろしい。モーガン博士がこの問題に注意を喚起してくれたことには、大いに感謝している。だが、彼のやり方には賛成できない。はっきりいえば、彼はわたしの手を縛ろうとしたのだ」

「どういうふうに?」

「わたしの組織――彼の組織の外部で行動することによって、忠誠度の欠如を明らかにした。彼の駆けひきの結果として世界司法裁判所が不利な裁定を下し、それは必然的に多くの好意的でない論評を誘発することになった。この状況にかんがみて――きわめて残念ではあるが――彼に辞表の提出を求めるほかはあるまい」

「ありがとうございました、コリンズ上院議員。いつもながら、お話しできて楽しゅうございました」

「かわいい嘘つきめ」といいながらスイッチを切ると、ラジャシンハは先ほどから点滅している電話をとった。

「すっかり聞いたか?」とサラト教授はいった。「これでヴァニーヴァー・モーガン博士もおしまいだな」

ラジャシンハは、旧友の顔を何秒間かじっと見つめた。

「きみはいつも早合点する癖があるな、ポール。いくら賭けるかね?」

第三部　梵　鐘

22　背教者

宇宙を理解しようとする空しい企てに絶望した賢者デーヴァダーサは、ついに憤然として宣言した。

「〝神〟という語を含むすべての言明は虚偽である」

彼にもっとも重んじられている弟子のソマシリが、即座に問い返した。「わたしがいま口にしている言葉は〝神〟という語を含んでいます。おお師父よ、その単純な言明が虚偽になりうるとは、どうしてですか」

デーヴァダーサは、この問題をしばし熟考した。それから彼は、こんどは誰の眼にも満足げな様子で答えた。

「〝神〟という語を含まない言明のみが、真実でありうる」

飢えたマングースが粟《あわ》の実を飲みこめるかどうかというほどの時間をおいただけで、ソマシリは問い返した。「もしこの言明をそれ自身にあてはめれば、おお尊師よ、それは真実ではありえません。なぜなら、それは〝神〟という語を含んでいますから。しかし、もしそれが真実でなければ――」

ここにおいて、デーヴァダーサは托鉢《たくはつ》用の鉢をソマシリの頭にたたきつけた。かくして彼は禅の真の開祖と讃えられるべきなのである。

（未発見の『クラヴァームサ』の断片より）

もう階段が太陽の強い日射しに照りつけられてはいない午後遅く、パーラカルマ師は下山を始めた。日暮れまでには、いちばん上の参詣者休憩所まで行けるだろう。そして、翌日には、人間の世界に戻っているのだ。

マハ・テーロは助言も引きとめもせず、また同門者が去ることを悲しんでいたにしても、それを顔には出さなかった。彼はただ、「諸行無常」と唱えただけで、合掌して祝福を与えた。

かつてチョウム・ゴールドバーグ博士であり、いまふたたびそうなると思われるパーラカルマ師には、自分の動機をすっかり説明することは非常に困難であったろう。〝正しい行動″と口でいうのは、たやすい。だが、それを発見することは、容易ではなかった。

スリカンダ大寺院で彼は心の平安を得た――だが、それだけでは充分でなかったのである。科学の素養のある彼には、絶対者に対する宗門の曖昧な態度を受けいれているだけでは、もう満足できなかった。しまいには、そのような無頓着さはまったくの否定よりも悪い、とさえ思えるようになったのだった。

もし律法学者の遺伝子などというものがあるとしたら、ゴールドバーグ博士こそはそれを持つ人間だった。ゴールドバーグ（パーラカルマ）は、多くの先人たちと同じく、クルト・ゲーデルが二〇世紀初頭に爆発させた″決定不能な命題″の発見という爆弾にもめげずに、数学を通して神を求めてきた。深遠かつ美しくも単純なオイラーの式

$$e^{\pi i}+1=0$$

のダイナミックな非対称性に思いをめぐらすとき、宇宙が何かの広大無辺な知性の創造物ではないかと考えずにいられる者が存在するとは、彼には理解できないことだった。

十年近く誰にも反駁《はんばく》できなかったような新宇宙論を提出して一躍有名になったゴールドバーグは、アインシュタインかヌゴヤの再来と広く賞賛されたものだった。彼はまた、この極度に専門化した時代にありながら、これ以上の新発見はない死んだ学問と久しく思われてきた空気力学と水力学の分野で、目ざましい前進をやってのけたのである。

そして、活動力の絶頂にあったとき、彼は、パスカルと似てはいるがそれほどの病的な背景を伴わない形での、宗教的転換を体験した。それから十年間、彼は自らを目立たない黄色の世界に没し、そのずば抜けた頭脳を教典と哲学の問題に集中することで満足してきた。彼はこの期間のことを後悔してはいなかったし、ここで自分が宗門を捨てたような気もしなかった。おそらく、いつかこの大階段がふたたび彼を迎える日も来ることだろう。だが、彼の天与の才能がふたたび自己主張を始めたのである。なすべき仕事が山ほどあり、それにはスリカンダでは（もっとも、その点からいえば、地球全体を探しても）手に入らない道具が必要だった。

いまでは、ヴァニーヴァー・モーガンにあまり敵意を感じてはいなかった。しかし、工学者は、自分ではそれと知らずに火花を点じてしまったのだ。不器用なやり方ながら、彼もまた絶対者の道具なのだ。それにしても、寺院は、万難を排して守らねばならなかった。運命の歯車が自分をこの平安に戻すかどうかは知らず、パーラカルマは、その点については断乎たる決意を固めていた。

かくしてパーラカルマ師は、人間の運命を変える掟を山上からもたらす第二のモーゼのように、かつて自分から捨て去った世界へと降りていったのである。周囲の土地や空の美しさは、彼の眼に入らなかった。なぜなら、頭の中に展開する無数の方程式として彼だけが見ることのできるものにくらべれば、それはまるで小さなことだったのである。

23 ムーンドーザー

「モーガン博士、あなたの不運は」と車椅子の男がいった。「不適当な惑星にいることですな」

「同じことは」と、モーガンは、訪問客の生命維持装置をわざとらしく見ながら、いいかえした。「あなたにもいえそうだと、思わざるをえませんがね」

ナロードニー・マルスの副頭取（投資担当）は、おもしろそうに笑った。

「少なくともわたしがここにいるのは一週間だけです──それから人間味のある月の重力へ逆戻りですよ。ええ、どうしても必要なら、わたしだって歩けますとも。でも、そうしたくはありませんがね」

「うかがってよろしければ、そもそもどうして地球に来られたのですかな」

「なるべく来ないようにしているのですが、ときにはその場所にいなければならないこともあるものでしてね。一般に信じられているほど、何もかもリモートでは片づかんのですよ。もちろん、ご存じでしょうがね」

モーガンはうなずいた。それはまったく事実だった。彼は、自分の事業のひとつの中で、何かの材料の手触り、足もとの岩や土の感触、ジャングルの匂い、顔にかかるしぶきの感覚といったものが決定的な役割を演じた場合の例を、いろいろと思いだしていた。いつかは、こんな感覚さえも、電子工学的に伝達できるようになるかもしれない――事実、すでに実験的な規模では、莫大な費用を投じて、原始的な形で行なわれている。だが、現実というものには代用品などないのだ。模造品には注意が必要なのである。

「もしも特にわたしに会うために地球に来られたのなら」とモーガンは答えた。「まことに光栄です。しかし、火星での仕事を提供しようというお考えなら、時間の無駄ですよ。わたしは何年もごぶさたしていた友人や親戚に会って隠退生活を楽しんでいますし、新しい職につく気は毛頭ありませんのでね」

「それは意外ですな。なんといっても、あなたはまだ五十二歳じゃありませんか。どうやって時間をすごすおつもりです？」

「わけありませんよ。一ダースもある計画のどれひとつでも余生は過ごせます。わたしは、ローマ人、ギリシャ人、インカ族といった古代の技術者たちにずっと魅力を感じていましたが、研究する暇がありませんでしたのでね。地球大学からは設計学についての講義をしてほしいといわれています。現代構造論についての教科書も依頼されています。わたしは、動荷重を補正するのに風や地震のような能動的な要素を使うアイデアも開発してみたい――わたしはいまでも世界テクトニクス会議の顧問ですからね。それから、地球建設公社の運営についての論文も書いているところです」

「誰の要請でです？　まさかコリンズ上院議員じゃありますまいな」

「いいえ」と、モーガンは苦笑いしながらいった。「わたしはただ、その――役に立つだろうと思いましてね。それに、気分を鎮めるのにもいいものですから」

「そうでしょうとも。しかし、そういうお仕事は、ほんとうの意味で創造的とはいえませんな。いずれは鼻についてくるでしょう――この美しいノルウェーの風景のように。湖や樅《もみ》の木を眺めるのにも飽きるように、書いたり話したりするのにも飽きがくるでしょう。モーガン博士、あなたは自分自身の宇宙を作りあげること以外には、決して満足できないタイプの人間ですよ」

モーガンは返事しなかった。その予言は、ぎょっとするほど的を射ていたのだった。

「きっと同意なさるでしょう。わたしの銀行が宇宙エレベーター計画に真剣な関心を持っていると申しあげたら、どんなものでしょう」

「信じかねますな。わたしが話をもちかけたときには、結構な計画だがこの段階で投資できる金はないといっていましたからね。使える資金は、もっぱら火星の開発のために必要だというんです。例によって例のごとしですよ――喜んで援助しましょう、援助が必要でなくなったときに、というわけです」

「一年前にはそうでした。いまでは少し考えが変わったのです。われわれは、あなたに宇宙エレベーターを建造していただきたい――ただし、地球にではなく、火星にです。興味がおありですか？」

「場合によっては。先をどうぞ」

「利点を考えてごらんなさい。重力は三分の一にすぎませんから、関与する力もこれに対応して小さくなります。同期軌道も近くなって、ここでの高度の半分以下です。そこで、当初から技術上の問題がいちじるしく軽減されます。わたしのほうの連中は、火星での建造コストは地球の十分の一以下ですむと見つもっています」

「それは充分に考えられますな。検討してみなければわかりませんが」

「しかも、これはまだ序の口にすぎません。火星は大気が稀薄とはいえ、かなりの強風が吹きますが、山々はその高度を完全に超えています。こちらのスリカンダは標高五キロにすぎません。われわれのモンス・パヴォニスは二一キロで、しかもまさに赤道上にあります。それればかりか、山頂に長期借地権を持つ火星人の僧侶などはいないのです……それから、火星が宇宙エレベーターにおあつらえむきだという理由は、もうひとつあります。ダイモスの位置は静止軌道よりわずか三〇〇〇キロ外側にあるだけなのです。ですから、アンカーが必要なまさにその場所に、はじめから数百万メガトンが鎮座していることになります」

「それは同期化に関して興味深い課題を提供することになるでしょうが、おっしゃることはわかります。これだけの検討をやった人たちに会いたいものですな」

「即刻というわけにはまいりませんね。彼らはみんな火星にいるのです。向こうへ行かねばなりますまいよ」

「そうしたいところですが、まだいくつか質問があるのです」

「どうぞ」

「地球には、あなたもご存じなはずのさまざまな理由で、エレベーターがどうしても必要なのです。ところが、火星はそんなものがなくてもやっていけると、わたしには思えるのですがね。われわれにくらべて宇宙交通量は数分の一ですし、予想される成長率もずっと低い。率直にいって、あまり理屈にあっているとは思えんのです」

「あなたが、いつそれを訊ねるだろうかと思っていましたよ」

「ははあ、それで答は？」

「エオス計画のことをご存じですか」

「聞いていないと思いますがね」

「エオス――〝暁〟という意味のギリシャ語ですが――火星を若返らせる計画です」

「ああ、もちろんそれは知っています。たしか極冠を溶かすことが計画されているんじゃありませんか」

「そのとおりです。あれだけの水と二酸化炭素を液体化できれば、いろいろなことがおこるでしょう。大気密度が増加して、人間が戸外で宇宙服なしに働けるようになります。事業が進めば、空気を呼吸可能なものにすることさえできるかもしれません。流水や小さな海――そして何よりも植物――慎重に計画された最初の生物相です。数世紀のうちに火星が第二のエデンの園になるかもしれませんよ。火星は、現在の技術で改造できる太陽系唯一の惑星なのです。金星は永久に気温が高すぎるでしょうからね」

「それで、エレベーターがこれにどう関係するのです？」

「数百万トンの設備を軌道へ揚げねばならないのです。火星を暖める唯一の現実的な方法は、さしわたし数百キロという太陽反射鏡によるしかありません。しかも、それを恒久的に必要とするでしょう――はじめは極冠を溶かすため、そのあとは快適な気温を維持するために」

「そういった資材は、あなたがたの小惑星の鉱山から持ってこれないのですか」

「もちろん、一部はできます。しかし、この目的のために最適の鏡はナトリウムで作られるのですが、これは宇宙空間にはごく少ないのです。われわれはそれをタルシスの岩塩鉱床から手に入れなければなりません――じつに幸いにも、パヴォニスのすぐ麓なんですがね」

「それで、これだけのことに、どのくらいの期間がかかるんです？」

「とくに困難がおこらなければ、第一段階は五十年で完了できます。たぶん、あなたの百歳の誕生日までにはね――保険経理士はあなたがそれまで生きる確率は三九パーセントだといっています」

モーガンは笑った。

「調査が徹底していること、驚くばかりですな」

「細部に気を配らずには、火星で生き残ることはできますまいよ」

「さて、わたしは乗り気ではありますが、まだまだはっきりさせたいことが山ほどあります。たとえば資金ですが――」

「それはわたしの仕事ですよ、モーガン博士。わたしは銀行屋です。あなたは工学者です」

「そのとおり。あなたには技術の知識も相当におありのようだし、わたしは経済のことを——しばしば苦い経験によって——覚えねばなりませんでした。こういう事業に加わるかどうかを考慮すること自体のためにも、前もって詳細な予算の内訳が知りたいのです——」

「それは、ごらんにいれられますよ——」

「——しかも、そんなことは手始めにすぎんのです。半ダースもの分野にまたがる厖大な研究がこれから必要であることが、おわかりになっていないかもしれない——超繊維材料の大量生産、安定性と制御の問題——一晩中だって続けられますよ」

「その必要はありますまい。わたしのほうの技術者は、あなたの論文をすっかり読んでいます。彼らが提案しているのは小規模な実験なのです——技術上の問題の多くに決着をつけ、基本的な考え方の正しいことを証明する——」

「その点に疑問はありません」

「同感です。しかし、ちょっとした実地の証明がどれだけ大きな影響を及ぼすかは、驚くべきものがあります。そこで、われわれがお願いしたいのは、こういうことです。一本のワイヤと数キログラムの有効荷量という、可能な最小限のシステムを設計する。それを、同期軌道から地球へ——そう、地球へ、です——おろす。それがここでうまくゆくものなら、火星ではやすやすたるものでしょう。それから、ロケットがまさに時代遅れになったことを示すために、それを使って何かを上昇させる。実験はかなり安あがりですむでしょうし、これによって必要不可欠な情報の入手や基本的な訓練ができます——それに、われわれの見地からすれば、何年にもわたる議論をしないですませられます。われわれは地球政府や太陽系基金やそのほかの惑星間銀行へ行って、ただその実験を指摘すればよいのです」

「まったく、すっかりお膳立てができあがっているんですな。いつまでにお返事をすればいいのですか」

「率直にいえば、約五秒以内です。しかし、この問題は明らかに一刻を争うわけではありません。必要なだけお待ちしますよ」

「わかりました。設計研究や原価分析、そのほかお手持ちの材料を置いていってください。それに眼をとおしてから、わたしの結論を――そう、遅くとも一週間以内にお知らせしましょう」

「ありがとう。これがわたしの番号です。いつでも連絡はとれます」

モーガンは銀行家の身分証明書をコミュニケーターの記憶スロットに差しこんで、表示装置に〝記録完了〟と出るのを確認した。だがカードを返すまでに彼の心はもう決まっていたのである。

火星人の解析に基本的な欠陥がないかぎり（しかも彼は、解析が完璧であることに、大金を賭けてもいい心境だった）、隠退生活は終わるのだ。彼はときどき、自分が比較的小さな決断をするときにはしばしば長い時間をかけて真剣に考えるのに、人生の大きな転換点にぶつかったときには一瞬も躊躇したことがないのを、おもしろく思うのだった。彼はつねに何をすべきかを心得ており、それはめったに間違わなかったのである。

とはいうものの、いまのところは、まだ海のものとも山のものとも知れない事業に、知的にも感情的にも過大の期待をかけないほうがよかった。銀行家がオスロとガガーリンを経てポート・トランキリティーへ戻る最初の一歩を滑り出ていったあと、モーガンは長い北国の夜に予定していた仕事のどれにも没頭することができなかった。彼の心は、突如として一変した未来のあらゆる側面を移り動きながら、千々に乱れていた。

何分か落ち着きなく歩きまわったすえ、彼は机に坐りこんで、簡単に取り消せる約束を皮切りに、いわば逆に並べた優先順序の表を作りはじめた。しかし、しばらくすると、そういう日常的な仕事に集中するのは不可能なことがわかった。心の奥底で何かが彼を悩ませ、彼の注意をひこうとしていた。心をそれに集中しようとすると、それはよく知っているのに度忘れした言葉のように、たちまちすり抜けてしまうのだった。

モーガンは、じれったさにため息をつきながら机を離れ、ホテルの西面に沿って設けられたベランダへ出ていった。ひどく寒かったが、風はまったくなく、氷点下の気温も不快というよりは刺激になった。空は一面の星で、黄色い三日月がその影の映るフィヨルドのほうへ沈みかけていたが、海面は黒く動かずに、磨いた黒檀《こくたん》の板かとも思えるほどだった。

三十年前、彼は、ほとんど同じこの場所に、いまでは顔さえもはっきりとは思いだせない娘といっしょに立っていた。二人とも最初の学位を得たお祝いをしていたが、じつをいえば、二人に共通していたものは、それがすべてだったのである。何も真剣な恋愛というわけではなかった。二人は若かったし、道づれになったことをおたがいに楽しんでいた――それで充分だったのだ。それでも、その消えかかった思い出が、この自分の人生の決定的瞬間に、なぜか彼をトロルシャーヴン・フィヨルドに戻ってこさせたのだ。もしあの二十二歳の若い学生が、三十年後に自分の足跡がこの快楽の思い出の地に戻ってくると知っていたら、なんと思ったことだろうか。

モーガンの回想には郷愁や自己憐憫の片鱗もなく、あるのはただ一種のもの悲しいおかしさだけだった。彼は、自分とイングリッドが通常の一年間の仮契約すら考慮することなしに仲良く別れたことを、一瞬たりとも後悔したことはなかった。彼女はその後、ほかの三人の男を少々不幸にしてから月委員会に職を見つけ、モーガンは彼女の消息を失った。おそらく、彼女はいまでも、自分の金髪とほとんど同じ色をしている、あの輝く鎌形の上にいるのだろう。

過去はそれくらいにして、モーガンは心を未来へ向けた。火星はどこだろう？　彼は、それが今夜見えるかどうかさえ知らないことを、気恥ずかしく思った。黄道に沿って月から眩しい光の金星へ、さらにその先へと眼を走らせたが、その宝石をちりばめたような一面の星の中に、彼があの赤い惑星だと確信をもって判別できるはずの星は見当たらなかった。遠からぬ未来に、自分が（月の軌道より向こうへ旅行したことのない自分が！）この眼であの壮大な深紅の風景を眺め、小さな月たちが眼の前で満ち欠けを繰り返してゆくのを見るかもしれないのだと考えると、胸がわくわくする思いだった。

その刹那、夢は破れた。モーガンは、一瞬、棒立ちになり、それから絢爛たる夜空も忘れてホテルの中へ駆けこんだ。

部屋に汎用コンソールはなかったから、必要な情報を得るにはロビーへ降りていかなければならなかった。折悪《おりあ》しくボックスは老婦人に占領され、彼女は探していることを見つけるのにひどく手間どっていたので、モーガンはもう少しでドアを拳でたたくところだった。だが、ぐずぐずしていた相手はやっと小声で謝りながら出てゆき、モーガンは全人類の蓄積した芸術と知識に向かいあった。

学生時代、彼は、独創的なほど残酷な審判が用意したリストの中のあまり知られていない情報事項を、時計と競争で探しだして、検索選手権に優勝したことが、なんどかあった。(「大学野球で第二位のホームラン数が記録された日の世界最小の国の首府の降雨量はいくらだったか?」というのが、特に懐しく思いだされるものだった)。彼の腕前は年ごとに進歩してきたし、いまの質問はまったくそのものズバリだった。表示装置には、実際に必要なものよりはるかに詳しい情報が、三十秒で現われた。

モーガンはスクリーンを一分間見つめてから、当惑と驚きにくびを振った。

「連中がこれを見落とすはずがない!」と彼はつぶやいた。「だが、どんな対策があるだろう」

彼は〈プリントアウト〉ボタンを押して、詳しく検討するために、薄い紙片を部屋に持ち帰った。問題は途方もなく明々白々だから、自分が同じくらいに明白な解決法を見落としていて、この問題を持ちだせば笑いものになるのではなかろうか。しかし、それを避ける方法はあるはずがないのだ……。

彼は時計を見た。もう真夜中過ぎだ。だが、これはただちに決着をつけなければならない問題だった。

ありがたいことに、銀行家はまだ〈通話謝絶〉のボタンを押してはいなかった。彼はちょっとびっくりした様子で即座に応答した。

「おやすみ中だったら申しわけありません」モーガンは、それほど本心からでもなくいった。

「いえ――いまガガーリンに着陸したばかりで。何事ですか？」

「秒速二キロで動いている約十テラトンのことですよ。内側の月のフォボスです。あれは、十一時間ごとにエレベーターを通過する宇宙ブルドーザーなんです。正確な確率は計算していませんが、数日間に一度の衝突は不可避です」

回路の向こう側では、長い沈黙が続いた。それから銀行家はいった。「それはわたしでも気がついてよさそうなものでした。だから、明らかに、誰かが答を持っていますよ。ひょっとすると、フォボスを動かさなければならないかもしれませんね」

「不可能ですよ。質量が大きすぎます」

「火星に電話しなければ。目下のところ、時間のずれは十二分です。一時間以内にはなんらかの返事がもらえるはずです」

そうあってほしいもんだ、とモーガンは心の中でつぶやいた。それに、いい答でありますように……つまり、自分がほんとうにこの仕事をやりたいと思っているのならだが。

24　神の指

デンドロビウム・マカルシアエは、ふつう南西のモンスーンの到来とともに咲くのだが、この年は早かった。蘭の温室の中に立って、複雑な紫とピンクの花を観賞していたヨーハン・ラジャシンハは、この前のシーズンのとき、最初の花を調べているうちに、豪雨で半時間も閉じこめられたことを思いだした。

彼は心配そうに空を見上げた。いや、雨のおそれはほとんどない。外はうららかな天気で、薄く高い雲の帯が烈しい日の光をやわらげていた。だが、あれはなんだろう……。

ラジャシンハは、そんなものを、いままで見たことがなかった。ほぼ真上の空で、並行した雲の筋が、円形の擾乱によって乱されていた。それは小さな、さしわたし数キロしかないサイクロンの嵐のように見えたが、ラジャシンハは、まるで別のものを——平らに削った板の木目を貫く節穴を連想していた。彼は最愛の蘭のほうは断念して、その現象をもっとよく見るために外へ出た。こうして見ると、小さな旋風は空をゆっくりと移動しており、それが通過した経路には雲の筋がねじくれて明瞭な跡ができていた。

神の指が天からのびて、雲の中に溝を刻んでいるのだとでも思えそうな光景だった。気象制御の基本を理解しているラジャシンハでも、いまやこれほどの精度が可能だとは、夢にも思っていなかった。だが彼は、自分が四十年近く前、この進歩のために一役買ったことに、ささやかな誇りを感ずることができた。

残存する超大国を説得して、(喩えをそこまで拡張してよければだが)〝剣を打ちかえて鋤とする〟最後のもっとも劇的な実例として、彼らに軌道要塞を放棄させ、それを地球気象局の管理にゆだねさせるのは、容易なことではなかった。かつて人類を脅かしたレーザーは、いまではそのビームを、大気の慎重に選ばれた部分や、地球の僻地にあって熱を吸収している目標地域に向けるのだった。それに含まれるエネルギーは、いちばん小さな暴風とくらべても、問題にならないほどのものだった。だが、その点では、雪崩の引金になる落石や、連鎖反応を開始させる一個の中性子の場合でも、同じことなのである。

それ以上のこととなると、ラジャシンハには、モニター衛星のネットワークや、その電子頭脳の中に地球大気や地表や海の完全なモデルをおさめたコンピューターが関与しているということ以外には、詳しい技術的なことはわからなかった。小さなサイクロンが意味ありげに西へ移動し、ついに〈庭園〉の城壁のすぐ内側にある優雅な椰子の並木の向こうへ消えてゆくのを眺めながら、彼は自分が何かの進んだ技術の驚異に怖れおののき、茫然として見とれている野蛮人のように思えたのだった。

それから彼は、人工の天国に乗って世界を駆けめぐっている、姿の見えない技術者や科学者のほうを見上げた。

「まったくたいしたものだ」と彼はいった。「だが、自分のやっていることを、充分に承知していてほしいものだな」

25 軌道のルーレット

「わたしが見ようともしなかったあの専門的補遺のどこかにそれがあるだろうとは」と、銀行家は沈んだ声でいった。「察しがついてもよさそうなものでした。もう報告をすっかりお読みになったわけですから、答を教えていただきたいものですな。あなたがこの問題をもちだされてからというもの、気が休まるときはありませんでしたよ」

「太陽のように明白ですよ」とモーガンは答えた。「わたしだって考えついていてしかるべきでした」

それに、結局は考えついていたろう、と彼はかなりの確信をもってつぶやいた。彼はもう一度、コンピューターのシミュレーションを、あらためて心に思い浮かべた。この巨大な構造の中を、周期数時間の振動が、地球から軌道へと伝わってゆき、ふたたび戻ってくることによって、全体は宇宙のヴァイオリンの弦のように震えるのである。そして、それと二重写しに重なるのは、もう数えきれないほど記憶を新たにしてきた、揺れ動く橋の傷だらけのフィルムだった。あれこそ、必要な手がかりのすべてだったのだ。

「フォボスは十一時間と十分ごとに〈塔〉を通過しますが、幸いにもまったく同一の平面をろ動いているわけではありません——さもなければ、一まわりするたびに衝突がおこるところです。大部分の公転ではそれるのですが、危険な時刻は精密に——必要とあれば一秒の千分の一まで——予測できます。ところでエレベーターは、どんな工学上の構造物でも同じわけですが、完全に固定した構造ではありません。それには自然の振動周期があって、惑星の軌道に近い精度で計算できます。そこであなたのほうの技術者たちが提案していることは、エレベーターを〝調律〟し、それの正常な振動によって——これは、いずれにせよ止めるわけにはいかないものなんですがね——いつもフォボスを避けているようにする、というものです。衛星がそこを通りすぎるときには、構造物はそこにない——それは危険地帯から数キロ脇へ身をかわしているというわけです」

電話の向こうでは、長い沈黙が続いた。

「こんなことをいってはいけないんですが」と、やがて火星人はいった。「身の毛がよだつ思いですよ」

モーガンは、笑った。「これだけ露骨にいうと、まるで——なんといいましたっけ——ロシアン・ルーレットか何かのように聞こえるでしょう。でも、いいですか、われわれは正確に予測できる運動を扱っているんです。フォボスがどこに来るかはいつもわかっていますし、〈塔〉の位置移動は、その上を通る交通の時刻表を調整するだけで制御できるんですから」

〝だけ〟とは適切な言葉といいがたいが、それが可能なことは誰にでもわかる、とモーガンは思った。そのときある連想が心に閃き、それが非常にぴったりでありながら、いかにも不調和なものであったので、彼はあやうく吹きだすところだった。いや——これは銀行家に聞かせるのは上策とはいえまい。

彼の心はもう一度タコマ海峡橋へ戻っていったが、ただしこんどは空想の世界でだった。その下を一隻の船が、完全に正確な時刻表に従って通過しなければならないのだ。困ったことに、マストが一メートル高すぎるのである。

なんでもないことだ。それが通る予定の時刻の直前に、数台の大型トラックを、橋の共鳴振動数に合うように慎重に計算された間隔で走らせればいい。橋には緩やかな波動が橋脚から橋脚まで伝わってゆき、その波の山が船の到着と一致するように調節される。こうして、マストの先端は、数センチもの余裕を残してくぐり抜けてゆく……。これの何千倍というスケールで、フォボスは、モンス・パヴォニスから宇宙空間へとそそり立つ構造物をそれるのである。

「あなたが太鼓判を押してくださるので安心しました」と銀行家はいった。「でも、わたしがこれに乗るときには、あらかじめフォボスの位置を自分で確かめてからにすると思いますよ」

「それでは、あなたはびっくりすることでしょうよ。おたくの優秀な若者たちの中には——彼らが優秀なことは折紙つきですし、まったくの技術的な大胆さから若者だろうと思っているわけですが——この危険期を観光の見せ場にしたがっている者もいるんですからね。彼らは、フォボスが眼と鼻の先を時速数千キロで通過してゆく光景に特別料金を取ってもいいと思っています。すばらしい眺めだとは思いませんか」

「想像しているほうがいいですが、それでも彼らのいうとおりかもしれませんね。ともかく、解決法があるとうかがって安心しました。それに、あなたがわれわれの工学関係の人材を認めてくださったことも、嬉しく思います。とすると、お返事は近くうかがえると思っていいのですね」

「お返事はいまでもできますよ」とモーガンはいった。「いつから仕事にかかりますか」

26　ヴェーサーカの前夜

二十七世紀間を経た今日でも、それはタプロバニーの暦の上でもっとも神聖な日だった。伝説によれば、仏陀は五月の満月の日に生まれ、悟りを開き、死んだのである。いまとなっては、ヴェーサーカは、多くの人々にとって、例年のもうひとつの大きな休日であるクリスマスと大差ないものになっていたが、それが瞑想と平安の時であることには変わりがなかった。

モンスーン制御部は、もう永年にわたって、ヴェーサーカおよびその前後の夜に雨を降らせないと約束していた。そしてラジャシンハは、ほぼそれと同じくらいの年月にわたって、満月の二日前に、年ごとに心を浄《きよ》めるための巡礼の旅に、王都へ出かけることにしていた。ヴェーサーカ当日は敬遠した。この日、ラナプーラは訪問客でごったがえし、その中には自分の顔を知っていて孤独を妨げるような者もいることは確実だったのである。

古代の仏舎利塔の鐘形のドームの上に昇る大きな黄色い月が、まだ完全な円形でないことは、よほどいい眼でなければわからなかった。その光があまり明るいので、もっとも光の強い人工衛星や星のいくつかだけが、雲のない空に見えていた。そして、まったくの無風だった。

カーリダーサがラナプーラを永遠に去ったとき、この道路の途中で二回立ちどまったとされている。最初に足をとめたのは少年時代のお気にいりの遊び仲間だったハヌマンの墓、そして二度目は涅槃仏の仏堂だった。ラジャシンハは、不安に満ちた王がここにどんな慰めを見出したのだろうかと、よく思ったものだった――たぶん、ちょうどこの場所だったろう。岩の塊りに彫られた巨大な姿を眺めるには、ここがいちばんよい場所なのだから。横たわる姿は完璧に釣り合いがとれているので、ほんとうの大きさをのみこむためには、そのすぐそばまで近よらなければならないくらいだった。遠くからでは、仏陀が頭をのせている枕でさえ背丈より高いことを知るのは、不可能なのである。

ラジャシンハは、世界の各地を訪れたが、これほど平和に満ちた場所を、ほかに知らなかった。ときによって、明るい月の下で、世の中のいっさいの心配や不安を忘れて、ここに永久に坐っていられるような気のすることもあった。彼は仏堂の魔力が消滅することをおそれて、あまり深くつきつめてみようとはしなかったが、その要因の一部は誰の眼にも明らかだった。長い高貴な一生の終わりに、両眼を閉じて休息する、釈尊の姿勢そのものが、静穏さをあたりに放っているのである。流れるような衣の線は、見る者の心に非常な安らぎを与え、落ち着かせた。それは岩から流れだし、固まって岩の波を作っているように思えた。そして、その曲線の自然なリズムは、海の波と同じように、合理的な精神には理解できない本能に訴えかけるのだった。

仏陀と満月に近い月だけを道連れとした、この時間を超越した瞬間に、ラジャシンハは涅槃の意味——否定によってしか規定できないというあの状能——がついに理解できるような気がするのだった。怒り、欲求、欲望といった感情は、もはやなんの力も持たず、それどころかほとんど意識さえされない。自我の意識さえ、朝日があたった霧のように、薄れてゆくのである。

もちろん、長くは続かなかった。やがて、彼は昆虫の羽音、遠くで吠える犬、自分が坐っている石の冷たく硬い感触を意識するようになる。心の平安な状態というものは、長くは保っていられないのだ。ラジャシンハは、ため息をついて立ちあがり、寺の境内から一〇〇メートル先に駐車してある自分の車のほうへ戻りはじめた。

ちょうど乗物に入ろうとしたとき、空にペンキで描いたかと思えるほど輪郭のはっきりした小さな白い斑点が、西側の木々の上に昇ってゆくのに気づいた。それはいままでに見たこともないような奇妙な雲だった——完全に対称な楕円体で、非常に鮮明な形をしていて、まるで固体のように見えた。彼は、誰かがタプロバニーの空に飛行船を飛ばしているのだろうかと思った。だが、翼は見えなかったし、エンジンの音も聞こえなかった。

そのとき、彼は一瞬の間だけ、まるで突拍子もないことを思いついた。とうとうスターホルム人たちが、やってきたんだ……。

だが、もちろん、それはばかげていた。仮に彼らが自分たちの発した電波信号をなんらかの方法で追い越すことができたとしても、途中の交通管制レーダーにまったくひっかかることなしに全太陽系を横断し、それどころか地球の空に下降するなどということは、とうていありえなかった。その知らせは何時間も前に伝わっていることだろう。

むしろ自分でも意外なことに、ラジャシンハはかすかな失望を感じていた。そして、いまこうして幻影が近づくのをみると、それが雲であることに疑う余地はなかった。縁のあたりが心なしかぼやけてきたのである。その速さは相当なものだった。まるで専用の風に駆動されてでもいるようだったが、この地上にはまだ風の気配は少しもなかった。

それでは、モンスーン制御部の科学者が、また風を操る能力の小手調べをやっているのか。彼らは次には何を思いつくのだろう、とラジャシンハは思った。

27　アショーカ宇宙ステーション

この高度から見ると、あの島は、なんと小さく見えることか！　三万六〇〇〇キロの下界で赤道をまたいでいるタプロバニーは、月よりたいして大きくないように見えた。その国土全体であっても、狙うべき的としては小さすぎるように思えた。ところが彼は、その中心にあるテニスコートほどの広さの場所を狙っているのだった。

モーガンは、いまになっても、自分の真意をはっきりとはつかめないでいた。この実験のためならば、キンテ宇宙ステーションを基地として、キリマンジャロやケニア山を目標に選んでも同じことだった。キンテが静止軌道全体の中でもっとも不安定な個所のひとつにあって、中央アフリカの上空にとどまっているためにはたえず補正しなければならないという事実も、実験の続く数日間に関しては問題にならないことだった。一時は、チンボラソ山を標的にしようかという誘惑に駆られたこともあった。アメリカ人たちは、相当な費用をかけてコロンブス宇宙ステーションを問題の経度に移動させようとまでいったのだった。しかし、こうした声援を受けてもなお、彼は最後には自分の当初の目標、スリカンダに戻ってきたのだった。

このコンピューターを駆使して決定が下される時代には、世界司法裁判所の裁定でさえ数時間のうちに得られるということは、モーガンにとって幸運だった。もちろん、寺院側は異議を申し立てた。モーガンは、寺院の敷地外の土地で行なわれ、騒音、汚染、そのほかいかなる形の妨害も生じない短期間の科学実験が、不法行為を構成することはありえないと主張した。もしこの実行が妨げられれば、自分のこれまでのいっさいの研究が水泡に帰し、自分の計算を確かめる手段はなくなり、火星共和国にとって不可欠な事業は重大な後退を余儀なくされるであろう。

それはきわめてもっともらしい主張であり、モーガンは自分でもその大半を信じこんでいた。裁判官も五対二でそうだった。彼らはそういう問題には左右されないはずだったが、訴訟好きな火星人をひきあいに出したことは、うまい作戦だった。火星共和国はすでに三件のややこしい訴訟を係争中であり、法廷は惑星間の法律に先決例を打ちだすことに少々うんざりしていたのである。

だが、モーガンは、頭脳の冷静かつ分析的な部分では、自分の行動が論理の命ずるところだけに従っているのではないことを知っていた。彼は敗北をいさぎよく認めるような人間ではなかった。この挑戦的な行動は、彼に一定の満足感を与えたのである。しかもなお——心のさらに奥底では——このけちくさい動機を拒否していた。そんな小学生のような振る舞いは自分にはふさわしくない。自分がほんとうにやっていることは、自信をたかめ、最後の勝利への確信を再確認しているのだ。いつ、どうやってかは自分にもわからないが、彼は世界へ向かって――そして古代の壁の中にいる僧侶たちに向かって――「また帰ってくるぞ《アイ・シャル・リターン》」と宣言しているのだった。

アショーカ宇宙ステーションは、インド・中国地域の事実上すべての通信、気象、宇宙交通を一手におさめていた。仮にこれが機能を停止するようなことがあったら、十億の人間が危険にさらされ、その活動が速やかに回復されなければ、死に直面することになるのである。アショーカから一〇〇キロ離れた個所に、二つの完全に独立した副衛星バーバーとサラバーイが設けられているのは、当然のことだった。万一、想像を絶するような災害が三つの宇宙ステーションをすべて破壊したとしても、キンテや西側のイムホテプ、東側の孔子《コンフューシャス》が、緊急措置として管理を引き継ぐようになっていた。人類は厳しい体験から、ひとつのバスケットに全部の卵を入れてはならないことを学んだのである。

ここには、いまのところ、地球からの観光客、滞在客、旅行者はいなかった。彼らが用事や見物をしている場所は、地球からわずか数千キロの外側にあったが、ここの地球同期軌道は科学者や技術者が独占していた――だが、その誰一人として、これほど異例の用務と独自の装備を持ってアショーカを訪れた者は、いまだかつていなかったのである。

蜘蛛《ゴサマー》の糸計画のかなめをなす装具は、いまステーションの中型のドッキング室のひとつに浮かんで、発射前の最後の点検を待っていた。これには何も人目をひくようなところはなかったし、その外見にも開発に投入された労働量や、数百万の費用を想像させるようなものはなかった。

長さ四メートル、底辺のさしわたし二メートルの暗灰色の円錐は、金属塊でできているように見えた。表面全体を覆って繊維が堅く巻いてあることを発見するには、よくよく調べてみる必要があった。事実、まん中の芯と、間にさしこまれて何百という層を分けているプラスチックの薄片とを別にすれば、円錐はしだいに細まる超繊維の糸、その四万キロ分だけでできていた。

この見栄えのしない灰色の円錐を建造するために、時代遅れになった二つのまったく別の技術が復活させられた。三百年前、大洋底を隔てて海底電信が業務を開始した。何千キロというケーブルを輪に巻き、嵐やそのほかの海の危険に左右されずに、それを大陸から大陸まで一定の速さで送りだしてゆく技術をマスターするまでに、人類は多額の経費を失った。さらに、そのわずか一世紀後、初期の原始的な誘導兵器のあるものは、時速数百キロで標的に向かって飛びながら、自ら繰りだしてゆく細い電線で制御されていた。モーガンが達成しようとしていたのは、こうした戦争博物館の遺物の千倍の到達距離、五十倍の速度だった。しかし、彼にもいくらか有利な条件があった。彼のミサイルは、最後の一〇〇キロ以外は、すべて完全な真空中で作動するのであり、標的が回避行動をするようなことはないのだった。

ゴサマー計画の現場主任が、やや当惑したような咳払いでモーガンの注意をひいた。

「まだひとつ、ちょっとした問題があるんです、博士」と彼女はいった。「下降には充分な自信があります――ご自身でごらんになったように、テストもコンピューター・シミュレーションもすべて順調です。ステーションの安全管理部が心配しているのは、繊維を巻きもどすときなんです」

モーガンは、せわしなくまばたきした。この問題にはあまり注意を払わなかったのだ。繊維を送りだすことにくらべれば、それをもう一度巻きあげることは明らかに小さな問題と思えたのである。これに要するものといえば、こういう細く太さの変化する物質を扱うために必要な特別の改良を施した単純な動力巻きあげ機だけなのだ。だが彼は、宇宙空間では絶対に何事も当たり前と思ってはならないことを知っていたし、直感――とくに地上に慣れた技術者の直感は、危険な指針になりかねないのである。

まてよ――テストが完了したとき、われわれは地球側の端を切断し、アショーカは繊維を巻きとりはじめる。もちろん、長さ四万キロの線の一端を引っぱっても（どれほど強い力だろうと）、数時間は何もおこらない。その衝撃が向こうの端に達するには半日かかり、それからシステムが全体として動きはじめる。われわれは張力を保ちつづけ――そうか！――

「ちょっと計算をしてみた者がいるんです」と技術者は先を続けた。「最後にスピードが出たときには、数トンが時速千キロでステーションに向かうことになります。彼らは、それがまったく気にくわないのです」

「もっともだな。どうしろといってるんだね」

「運動量の供給を制御して、巻きこみ速度を落としたプログラミングです。最悪の事態になれば、巻きあげをステーションの外でやらされるかもしれません」

「それで作業が遅れるか？」

「いえ。必要とあれば、五分間で全装備をエアロックの外に出す非常プランが、立ててあります」

「そうなっても、うまく回収できるかね」

「もちろんです」

「そうだといいがな。あの〝釣糸〟にはたいへんな金がかかっているんだ——それに、もう一度使いたいんでね」

だがどこでだ、とモーガンは、ゆっくり満ちてゆく三日月状の地球を見つめながら自問した。ことによると、何年かの異郷生活をすることになっても、火星での計画を先に完成したほうがいいのかもしれない。パヴォニスのシステムが全面的な稼働を始めれば、地球はこれに続かざるをえないだろうし、最後の障害がなんらかの形で克服されるだろうということを彼は少しも疑わなかった。

そのときには、いま彼が眺めている広大な空間に橋がかけられ、ギュスターヴ・エッフェルが三世紀前にかちえた名声も、まったく影のうすい存在になることだろう。

28　最初の降下

少なくともあと二十分間は、何も見えないはずだった。それでも、管制小屋に用のない者は、もう全員が外へ出て空を見上げていた。モーガンでさえ、その衝動をおさえきれずに、しだいにドアのほうへにじり寄っていた。

彼からたえず数メートルとは離れずにいるのは、マクシーヌ・デュヴォールの新しい遠隔《レ》中継助手《ム》を務めている、二十代後半のたくましい若者だった。彼の肩には例の商売道具のツインカメラが、昔ながらの〝右を前、左を後〟という構えで載せられ、その上にはグレープフルーツよりたいして大きくない小さな球がのっていた。その球におさまったアンテナは、一秒間に何千回という巧妙な作動によって、かついでいる者がどんな気まぐれな姿勢をとろうとも、つねに手近かな通信衛星に連結しているのだった。そして、回線の向こう側には、マクシーヌ・デュヴォールが、スタジオを兼ねたオフィスで、凍りつくような空気に肺を酷使する必要もなしに悠然と坐りながら、なおかつ遠くにいる分身の眼を通して見、その耳を通して聞いていた。今回は彼女も得な役まわりだったが、いつもこういうわけにはゆかないのだ。

モーガンは、この取り決めに、やや気が進まないままに同意していた。彼はこれが歴史的な出来事であることを心得ていたし、「わたしの部下は決して邪魔をしないわ」というマクシーヌの言明も受けいれていた。だが、同時に彼は、こういう前例のない実験では、とくに大気圏に突入した最後の一〇〇キロのあいだでは、手筈が狂う可能性が山ほどあることを、強く意識していたのである。一方ではまた、失敗にせよ成功にせよ、マクシーヌがセンセーショナリズム抜きで扱うことには信用がおけると知っていた。

大ジャーナリストなら誰でもそうであるように、マクシーヌ・デュヴォールも自分が取材している出来事に対して超然とした立場をとってはいなかった。彼女は、自分が不可欠と考えるすべての事実を歪めたり欠落させたりすることなしに、あらゆる観点を伝えることができた。しかし、自分自身の気持も隠そうとはしなかった——それにひきずられるようなことはなかったが。彼女は、真の創造的な能力を何も持たない者が感ずる妬ましい畏敬をこめて、モーガンを手放しで崇拝していた。ジブラルタル橋の建設以来、彼女はこの工学者の次の行動を待望していた。そして期待は裏切られなかったのである。だが、モーガンに幸運を祈ってはいたものの、心から彼が好きなわけではなかった。彼女の眼から見れば、彼の野望がひきおこすがむしゃらな強引さは、彼を実際よりも大きく見せると同時に、人間味を減じさせてもいたのだった。マクシーヌは、モーガンを、彼の右腕であるウォーレン・キングズリーと比較せずにはいられなかった。こちらはまた、穏やかな底抜けの好人物なのだ（「それにわたしより優秀な工学者でもある」と、かつてモーガンは、なかば冗談めかして彼女に語っ従う目立たぬ忠実な衛星で終わることだろう。ウォーレンの名は誰にも知られないだろうし、彼は輝く親惑星に従う目立たぬ忠実な衛星で終わることだろう。事実、彼はそれでまったく満足なのだった。

驚くほど複雑な降下の仕組みを、彼女にていねいに説明してくれたのは、ウォーレンだった。一見したところ、真上にじっと静止している人工衛星から赤道へ何かをまっすぐに落とすのは、じつに簡単なことのように思える。ところが、宇宙力学とは矛盾のかたまりなのだ。速度を落とそうと思えば速く動かねばならないし、近道をしようと思えば燃料はいちばん食うのだ。ある方向へ進もうとすれば、別の方向へ動いてゆく……。しかも、重力場だけが働く場合でさえこれなのだ。今度の場合は、状況ははるかに複雑だった。四万キロのワイヤを曳行する宇宙飛翔体を操縦しようとした者は、いまだかつていないのだ。だが、アショーカ計画は、大気圏のはずれに達するまで完璧に進行した。あと数分もすれば、このスリカンダにいる制御担当者が、最後の降下をひきつぐことになる。モーガンが緊張した様子でいるのも当然だった。

「ヴァン」マクシーヌは、個人用の回線を通じて、穏やかだが断乎とした口調でいった。「親指をしゃぶるのをやめなさい。赤ん坊みたいよ」

モーガンは憤然とし、びっくりし、それからちょっぴりばつの悪そうな笑い声をたてて緊張を緩めた。

「注意してくれてありがとう」と彼はいった。「世間のイメージをぶちこわしたくはないからな」

彼は、後悔とおかしさのいりまじった気持で失くした指を眺めながら、出しゃばりな〝分別〟のやつが、いつになったら、「自分のわなにかかった工学者や—い！」といって笑いころげるのをやめるのだろうかと思った。彼は、さんざん人に注意をしたあげくに、自分も軽率になってきて、超繊維の特性を実演してみせているときに指を切りおとしてしまったのだった。痛みはほとんどなく、不自由さも意外に少なかった。いつかはなんとかしなければなるまいが、親指のたった二センチのために、まる一週間も器官再生装置に繫がれっぱなしになるわけには、絶対にゆかないのだった。

「高度二五〇〇」と管制小屋からの穏やかで感情の欠如した声がいった。「飛翔体速度、秒速千百六十メートル。ワイヤ張力、基準値の九〇パーセント。二分後にパラシュート開傘」

ちょっと緊張を緩めたモーガンは、ふたたび緊張して油断なく気を配っていた——未知の危険な敵手を見守るボクサーのようだ、とマクシーヌ・デュヴォールは思わずにいられなかった。

「風はどうだ？」と彼はどなった。

こんどは、感情まるだしの別の声が返事をした。

「とても信じられません」と、その声は心配そうにいった。「モンスーン制御部が、たったいま暴風警報を出してきました」

「冗談をいっている場合じゃないぞ」

「冗談ではありません。いま確かめたばかりです」

「しかし、連中は、時速三十キロ以上の強風はないと請けあったんだぞ！」

「いまそれを六十――いや八十に上げてきました。何かひどい手違いがおこったんです……」

「まったくね」とデュヴォールはつぶやいた。それから、遠くにいる〝眼と耳〟に指示をした。「隅にひっこんで――そばにいてもらいたくないでしょうからね――でも何ひとつ見落とさないように」この少々矛盾した命令にどう対処するかはレムの判断にまかせて、彼女は自分の優秀な情報組織にスイッチを切りかえた。タプロバニー地域の気象を担当する気象台をつきとめるには、三十秒しかかからなかった。しかも、それが一般住民からの電話を受けつけていないことがわかったとき、がっかりはしても、意外ではなかった。

有能な部下にこの障壁を突破することをまかせてから、彼女はまた山のほうへスイッチを切りかえた。そして、こんな短い時間に事態がどれほど悪化したかを知って、びっくりしたのである。

空はますます暗くなっていた。マイクは近づいてくる暴風のかすかな遠い唸りを感じていた。マクシーヌ・デュヴォールは海でのこうした気象の急変を知っていたし、海洋レースでそれを利用したことも再三あった。だが、これは信じがたいほどの不運だった。彼女は、すべての夢や希望が、この予期せぬ――このありえない――突風に吹きとばされてしまうかもしれないモーガンに同情した。

「高度二〇〇。飛翔体速度、秒速千百五十メートル。張力、基準値の九五パーセント」

やはり張力が増しているのだった——ひとつだけでない要因によって。実験を、この最終段階で中止するわけにはゆかなかった。モーガンは、とにかく先を続けて、成功を祈るほかはないだろう。デュヴォールは彼に話しかけたかったが、この危機の中で彼の邪魔をしないだけの分別を持っていた。

「高度一九〇。速度千百。張力一〇五パーセント。第一パラシュート開傘——開始！」

これで飛翔体は最後の一線を越えた——地球の大気のとりこになったのだ。いまや残るわずかな燃料は、山腹に拡げられた網の中へそれを誘導するために使わねばならないのだ。その網を支えるケーブルは、風が吹きつけるにつれて、早くも音を立てていた。

モーガンは、突如として管制小屋の外へ出ると、空を見上げた。それから向きなおると、カメラを正面から見すえた。

「何がおころうともだ、マクシーヌ」彼はゆっくりと言葉を選びながらいった。「テストはもう九五パーセントまで成功している。いや九九パーセントだ。もう三万六〇〇〇キロを過ぎて、残りは二〇〇キロに満たないのだ」

デュヴォールは返事をしなかった。彼女は、その言葉が自分にではなく、小屋のすぐ外にいる複雑な車椅子の中の人物に向けられたものであることを知っていたのである。その乗物は、そこに坐っている人間の素姓を物語っていた。地球への訪問者だけが、こういう措置を必要とした。いまでは医師は、ほとんどすべての筋肉の欠陥を治癒できる——だが物理学者も地球の重力は変えられないのだ。

いま、どれだけ多くの能力と関心とが、この山頂に注がれていることだろう。むきだしの自然力――ナロードニー・マルス銀行――北アフリカ自治共和国――ヴァニーヴァー・モーガン（彼自身が、ただの自然力ではないのだ）――それに吹きさらしの山頂に立てこもる穏やかで妥協のない僧侶たち。

マクシーヌ・デュヴォールが忍耐強いレムに小声で指示すると、カメラは滑らかに上へ傾いた。そこには、寺院の眩いばかりに白い壁をいただいた山頂があった。デュヴォールの眼には、その胸壁のところどころで、突風にひるがえる黄色の衣が見えがくれするのが映った。予想していたように、僧侶たちは見守っていた。

彼女は、その一人一人の顔が見えるほどに、カメラをクローズアップさせた。マハ・テーロに会ったことはなかったが（インタビューは慇懃《いんぎん》に拒絶されたのだった）、彼を見分ける自信はあった。だが、高位聖職者の姿はどこにもなかった。おそらく、奥の院に閉じこもって、その強大な意志の力を何かの霊的な修練に傾注しているのだろう。

モーガンの主敵が祈禱などという幼稚なものに頼るかどうか、マクシーヌ・デュヴォールには、よくはわからなかった。だが、もし彼がほんとうにこの奇蹟的な嵐を祈ったのだとすれば、彼の願いはまさにかなえられようとしているのだ。山の神々は眠りから覚めかけていた。

29　最後の接近

技術の増大には、致命的な弱点の増大がともなう。人類が自然を征服（原文のまま）すればするほど、人為的な大災害はおこりやすくなる。最近の歴史は、その充分な例証を提供している――たとえばマリーナ・シティの沈没（二一一七年）、ティコBドームの倒壊（二〇九八年）、アラビア氷山の曳き綱からの流失（二〇六一年）、トール原子炉の熔融（二〇〇九年）。将来において、このリストにさらに目ざましい実例が加わることは、確言できる。おそらく、もっとも怖るべき予想は、たんなる技術的なものではなくて、心理的要素が関係するものであろう。過去においては、気が狂って爆弾を投げたり発砲したりする者が出ても、殺せる人間の数は限られていた。今日では、発狂した技術者がひとつの都市を破壊することは、困難ではあるまい。二〇四七年にオニール第二宇宙植民地がまさにそのような惨事からあやうくまぬがれた事件については、充分な資料が提供されている。少なくとも理論の上では、このような出来事は、慎重な資格審査や〝フェイル・セイフ〟的な手続きによって防ぐことができる――もっとも、これらの手続きは、あまりにもしばしば、その名の前半だけ――

失敗《フェイル》――に値することが多いのであるが。

さらに、当の個人が顕職にあったり、たぐい稀な権力を持っているために、その所業に気がついたときには手遅れになっているという、非常に興味深くはあるが幸いにしてきわめて稀な事件が存在する。そのような狂気の天才（これ以外に適切な名称はないと思えるのだが）によって生みだされる破壊は、A・ヒトラー（一八八九～一九四五）の例のように、世界的な規模になりうる。彼らの行動は、狼狽した仲間たちが共謀してとる沈黙のために、いっさいが闇に埋もれることが、驚くほど多いのである。最近、久しく待ち望まれていたにもかかわらず、なかなか実現しなかったマクシーヌ・デュヴォール女史の回顧録の刊行によって、ひとつの典型的な実例が明るみに出されることになった。今日でさえ、この問題の一部の側面は、いまだに完全に解明されていないのである。

（『文明とその不満分子』J・K・ガリーツィン、プラハ刊、二一七五年）

「高度一五〇。速度九十五――復唱、九十五。熱シールド投棄」

これで飛翔体は無事に大気圏に入り、過剰の速度を取り除いたことになる。だが、歓声をあげるには、まだまだ早すぎた。まだ垂直距離で一五〇キロあるばかりか、水平距離で三〇〇キロが残されており――猛り狂う暴風が事態を複雑にしていた。飛翔体にはまだ少量の推薬が残っていたが、行動の自由はきわめて限られていた。制御担当者が最初の接近に失敗すれば、ひとまわりしてやりなおすわけにはゆかないのだった。

「高度一二〇。まだ大気の影響なし」

小さな飛翔体は、絹の梯子を降りる蜘蛛のように、空から旋回しつつ落下していた。ワイヤが充分でありますように、とデュヴォールはひそかに思った。標的のわずか数キロ手前でワイヤがおしまいになるようなことがあったら、どんなに腹立たしいことだろう！　三百年前、初期の海底ケーブルのいくつかには、まさにそういう悲劇がおこったのだ。

「高度八〇。接近速度正常。張力一〇〇パーセント。若干の空気抗力」

これで上層大気の影響が現われはじめたわけだった——もっとも、それはまだ、小さな機体に搭載した敏感な計器に対してだけだったが。

遠隔操作による小さな望遠鏡が制御用トラックのそばに据えつけられ、いまやまだ見えない飛翔体を自動的に追尾していた。モーガンはそこへ歩いてゆき、デュヴォールのレムは影のように彼を追った。

「何か見える？」デュヴォールは、数秒後に静かにささやいた。モーガンは、いらだたしげにくびを振り、接眼鏡をのぞきつづけた。

「高度六〇。左へ移動——張力一〇五パーセント——訂正、一一〇パーセント」

まだ充分に許容限度内だ、とデュヴォールは思った——だが、成層圏の向こう側で何かがおこりはじめている。きっと、モーガンはもう飛翔体を目にとらえて——

「高度五五——二秒間の噴射修正」

「見えたぞ！」モーガンが大声をあげた。「ジェットが見える！」

「高度五〇。張力一〇五パーセント。コース維持困難――若干の振動」

残りわずか五〇キロしかないというのに、小さな飛翔体が三万六〇〇〇キロの旅を完結できないなどとは、とても信じられなかった。だが、そういえば、どれだけ多くの飛行機が――また宇宙船が――最後の数メートルで不幸に遭遇したことだろう。

「高度四五。強い横風。またコース逸脱。三秒間の噴射」

「見失った」とモーガンが吐きすてるようにいった。「雲で隠れた」

「高度四〇。ひどい振動。瞬間張力一五〇パーセント――繰り返す、一五〇パーセント」

まずい、まずい。デュヴォールは、破壊張力が二〇〇パーセントであることを知っていた。一度ひどく引かれれば、実験はおしまいなのだ。

「高度三五。風がひどくなった。一秒間の噴射。予備推薬はほとんどゼロ。張力は依然上昇中――最高一七〇パーセント」

あと三〇パーセントで、あの奇蹟の繊維も切れるのだ、抗張力の限度を超えればどんな物質の場合にもおこるように、とデュヴォールは思った。

「距離三〇。乱流ますます悪化。左手へひどく偏流。修正計算不能――極度に不規則な運動」

「見えたぞ！」モーガンが叫んだ。「雲を抜けたんだ！」

「距離二五。コースに戻すだけの推薬なし。三キロそれる模様」

「どこでもいいから落とせ！」「かまわん！」モーガンがどなった。

「有効荷重が回転開始」「了解。距離二〇。風力上昇中。安定不良。

「ブレーキをはずせ——ワイヤを繰りださせろ！」

「処置ずみ」と、例の腹立たしいほど冷静な声がいった。デュヴォールは、モーガンがこの仕事のために宇宙ステーションの交通管制官を借りてきたことを知らなかったら、きっと機械が喋っているのだと思っていたことだろう。

「ディスペンサー不調。有効荷重の回転、目下毎秒五回転。ワイヤがからまったものと推定。張力一八〇パーセント。一九〇。二〇〇。距離一五。張力二一〇、二二〇。二三〇……」

もう長いことはないだろう、とデュヴォールは思った。残りわずか十数キロというのに、いまいましいワイヤが回転する飛翔体にからまってしまったのだ……。

「張力ゼロ——繰り返す、ゼロ」

終わった。ワイヤは切れて、ゆっくりと音もなく、星へ向かって戻っているところにちがいなかった。もちろん、アショーカの操作担当者がそれを巻きもどすことだろうが、いままでは理屈が少々のみこめたデュヴォールには、それが長い複雑な仕事であることがわかっていた。また、小さな有効荷重は、タプロバニーの野原かジャングルのどこかへ墜落するだろう。それでも、モーガンがいったように、九五パーセント以上の成功だったのだ。この次の風のないときには……。

「あれだ！」と誰かが叫んだ。

空を往く大帆船のような二つの雲の間に、明るい星がともったのである。それは地上へ落下する昼間の流星のように見えた。最終的な誘導を助けるため飛翔体に取りつけてあった発光信号が、製作者を揶揄するかのように、皮肉にも自動的に点火したのだった。あれでも、どうやら少しは役に立ったのだ。残骸を見つける手がかりにはなるだろう。

デュヴォールのレムはゆっくりと体をまわし、輝く昼間の星が山を越えて東のほうへ消えてゆくところを、彼女が眺められるようにした。おそらく、五キロ以内のところに落ちるだろう。それから彼女はいった。「モーガン博士のところに戻って。彼と話がしたいから」

彼女は——火星人の銀行家に聞こえるような大きな声で——陽気に二言三言あいさつし、この次には降下は完全に成功することを信じているというつもりだった。デュヴォールがまだ短い激励の言葉を考えていたとき、その言葉は頭からけしとんでしまった。彼女はその後の三十秒間の出来事を完全に再現するために、何度も何度も思い返してみなければならなかった。それでも、事態がすっかりのみこめたかどうかは、自信がなかったのである。

30　王の軍団

　ヴァニーヴァー・モーガンは失敗に（大事故にさえ）慣れていたし、それにくらべれば、これは小さなものだった（と思いたかった）。発光信号が山の肩を越えて消えてゆくのを眺めていたときの彼の最大の気がかりは、ナロードニー・マルスが金を無駄にしたと考えるだろうということだった。精巧な車椅子に坐った鋭い眼つきの立会人は、ひどく寡黙だった。地球の重力は、彼の四肢ばかりでなく、舌までも動かなくさせているかのようだった。だが、このときには、彼はモーガンが話しかけるより先に口を開いた。

「ひとつだけ質問があります、モーガン博士。この暴風が空前のものだとは、知っています――それでも、これはおこった。だから、またおこるかもしれない。〈塔〉が建造されてから、これがおこったとしたら、どうなりますか？」

　モーガンは、すばやく頭を働かせた。こんなに短い時間で正確な答を出すことは、不可能だった。しかも、彼はまだ、おこったことが信じきれずにいたのである。

「最悪の場合には、しばらく運転を中止しなければならないかもしれません。いくらか軌道の歪みは、おこりうるでしょう。この高度での風力が〈塔〉の構造体そのものを危険にすることは、ありえません。この試験的な繊維でさえ、固定してしまったあとでなら、完全に無事だったことでしょう」

彼は、これが正しい分析であってくれればいいがと思った。何分かすれば、ウォーレン・キングズリーが、それが本当かどうかを知らせてくれるだろう。ほっとしたことに、火星人は満足げな様子で返事をしたのだった。「ありがとう。わたしの知りたかったのは、それだけです」

しかし、モーガンは、相手を徹底的に納得させる決意だった。

「しかも、パヴォニス山の上では、もちろん、こんな問題は、まずおこりえないのです。あそこでの大気密度は百分の一以下――」

いま耳を聾するばかりに鳴っている音は、聞いてからもう何年もたっていたが、一度聞いたら誰にも忘れられるものではなかった。嵐の咆哮をもかき消さんばかりに鳴りわたる、威圧するような合図の響きは、モーガンを地球の向こう側へ連れ戻した。彼はもう吹きさらしの山腹に立っているのではなくて、ハギア・ソフィアのドームの下で、十六世紀も前に死んだ人々の作品を、畏敬と賛嘆の思いで見上げているのだった。そして、彼の耳に響いているのは、かつて信徒たちを祈りに呼び集めた巨大な鐘の音だった。

イスタンブールの幻想は消えた。彼はふたたび山の上に立って、ますます何がなんだかわからずにいた。

僧侶が話していたことはなんだったろう――カーリダーサの有難迷惑《ありがためいわく》な贈り物は何世紀も

沈黙したままで、災厄の時にだけ音を立てることを許されるとか。いま、災厄などは存在しない。それどころか、僧院に関するかぎり、まさにその反対ではないか。ほんの一瞬、飛翔体が寺院の境内に墜落したのではないかという、当惑するような可能性が、モーガンの頭をかすめた。いや、そんなことはありえない。あれは、何キロもの余裕を残して山頂をそれたのだ。それに、いずれにせよ、なかば滑空しながら空から落ちてきた飛翔体は、重大な損害をひきおこせるような大きさではまったくないのである。

彼は、巨大な梵鐘の音を嵐の中に響かせている僧院を見上げた。黄色の衣は、胸壁からすっかり消えていた。僧侶の姿はひとつもなかった。

モーガンの頰に何かが軽く触れ、彼は無意識にそれを払いのけた。悲しげな鼓動があたりを圧し、頭をたたきつける中では、ものを考えることさえ困難だった。寺まで歩いていって、マハ・テーロに何がおこったのかを丁重に訊ねたほうがましだろう、と彼は思った。

またもや顔に柔らかい絹のようなものが触り、こんどは黄色い影がちらっと視野をかすめた。彼の反応はいつも迅速だった。彼は手をのばし、狙いははずれなかった。

その昆虫は、彼の掌の中に握りつぶされ、モーガンの見ている前で、束の間の最後の生命を終えていった——そしてその瞬間、これまで慣れ親しんできた宇宙が、自分のまわりで揺れ動き崩れさってゆくかのように思えた。彼の信じがたい敗北は、それ以上に不可能な勝利へと変わったのだが、彼には勝利の満足感はなかった——あるのはただ、混乱と驚愕だけだった。

なぜなら、彼はいま思いだしたのだ――金色の蝶の伝説を。暴風に吹きとばされた何百何千という蝶たちは、山の斜面を吹きあげられ、山頂に達して死んだのだ。カーリダーサの軍団は、ついに目標に到達した――そして恨みを晴らしたのである。

31 退去

「何がおこったのかね?」とシーク・アブドゥラがいった。

それこそ自分には永遠に答えられない質問だな、とモーガンは心の中で思った。それでも彼は返事をした。「″山″はわれわれのものになったのです、大統領。僧侶たちは、もう退去しはじめています。信じられません——二千年前の伝説が、いったいどうして……」彼は狐につままれたような思いに、くびを振った。

「充分な数の人間が信じこめば、伝説は真実になるものなのさ」

「そうらしいですな。しかし、これにはそれ以上のものがあるのですよ——一連の出来事の連鎖は、いまでも不可能なことのように思えるのですがね」

「その言葉を使うのは、いつも用心しなければな。ちょっとした話があるんだよ。もう死んだ大科学者の親友が、政治は可能性の芸術だから第二級の精神にとってしか魅力がないのだといって、よくわたしをからかったもんだ。彼の主張によると、第一級の人間は不可能にしか興味がないんだとさ。それで、わたしがなんと答えたか、わかるかね」

「いいえ」と、モーガンは答を予想しながらも、儀礼的にいった。

「われわれがこんなに大勢いるのは幸いなことだ——誰かが世界を運営しなきゃならんのだからな、とね……いずれにせよ、もし不可能なことがおこったら、それをありがたく受けいれるべきだな」

自分は受けいれたのだ、とモーガンは思った——不本意ではあったのだが。何匹かの死んだ蝶が十億トンの塔と釣り合うことができる宇宙というものには、何か非常に不可解なところがあった。

それから、いまごろはきっと自分が何かの意地悪い神々の将棋の駒だったと感じているにちがいない、パーラカルマ師の果たした役割があった。モンスーン制御部の責任者は心から恐縮していたが、モーガンはそれをつねにない寛大さで受けいれたのだった。天才的なチョウム・ゴールドバーグ博士が微気象学に革命をおこし、彼のやっていることが誰にもほんとうには理解できなくて、しかも実験を指導している間に一種の神経衰弱をおこしたという話には、充分な真実味があった。こんなことは、もう二度とおこるまい。モーガンは、科学者が全快するようにという（まったく心からの）希望を表明し、いずれいつかはこの埋め合わせをモンスーン制御部に期待することをほのめかそうとする官僚的本能を、ぐっと抑制した。責任者は、明らかにモーガンの意外な寛大さをいぶかりながらも、衷心《ちゅうしん》から感謝して電話を切ったのだった。

「好奇心にすぎんが」とシークが訊ねた。「坊さんたちはどこへ行くのかね？　ここへ迎えてもいいんだが。われわれの文化は、昔からほかの信仰を快く受けいれたもんだ」

「わたしは存じません。ラジャシンハ大使も知らないのです。それでも、わたしが訊ねると、こういっていました。彼らは心配ないのだ、三千年にわたって質素に暮らしてきた教団は、必ずしも貧乏なわけではないのだ、とね」

「ふむ。それだけの富を少々使わせてもらえば、助かるかもしれんがな。きみのこのささやかな事業は、きみと顔をあわせるたびに、ますます金がかかるのでな」

「そうでもありませんよ、大統領。この前の見積書には、宇宙空間での作業のための純粋に簿記上の数字が含まれていましたが、いまではそれをナロードニー・マルスが出資することに同意しています。炭素を含む小惑星を見つけて、それを地球の軌道へ誘導してくるでしょう──彼らはこの種の作業に充分な経験を持っていますし、これでわれわれの主要な困難のひとつは解消するでしょう」

「彼ら自身の〈塔〉のための炭素は、どうなるのかね」

「ダイモスには無尽蔵な量があります──まさにそれが必要な場所にです。ナロードニーは、適当な採掘地を探すために、もう調査を開始しています。もっとも、実際の加工処理は衛星外でやらねばならんでしょうがね」

「なぜだか聞かせてもらえるかね」

「重力があるからですよ。ダイモスにも、毎秒毎秒数センチの重力はあります。超繊維は、完全な無重量状態でしか製造できないのです。充分に長い組織構造を持った完全な結晶構造を保証するには、ほかに方法はないのですよ」

「ありがとう、ヴァン。ところで、基本設計をどうして変えたのか聞いてもいいかね？ 当初の、上へ二本、下へ二本という四本の管を束にしたやつは、気にいっていたんだがね。地下鉄そのものというシステムはわたしにも理解できる——仮にそれが九十度の逆立ちをしていてもだ」

何もこれがはじめてではなかったし、もちろん最後でもないだろうが、モーガンはこの老人の記憶力と細部の理解力に驚嘆した。彼を相手にしていいかげんな仕事をすることは許されなかった。彼の質問は、ときにはまったくの好奇心に（地位がまったく安定していて威厳を保つ必要のない男が持つ、しばしば茶目っ気に満ちた好奇心に）触発されたものだったが、彼はあまり重要でない事柄についても、何ひとつ見逃さなかったのである。

「最初の考え方は、どうも地球的でありすぎたようです。われわれは、馬のいない馬車を製造しつづけた初期の自動車設計者のようなものでした。そこで、いまの設計は、それぞれの面を軌道が走ることになる中空の四角い塔になったわけです。四本の垂直な鉄道だと思ってください。軌道から出発するときには一辺は四〇メートルで、地球に着くところでは二〇メートルに狭まるのです」

「ちょうどスタラグ——スタラク——」

「鍾乳石《スタラクタイト》。ええ、わたしも調べたんですよ。工学的見地からいえば、ここで適切な喩えは、昔のエッフェル塔——あれが逆立ちして十万倍に延びたというところですね」

「そんなにか？」

「そんなところです」

「まあ、塔が逆さに下ってはいかんという法律もないだろうからな」

「もうひとつ上に向かうやつがあることをお忘れなく――構造体の全体に張力を保つために、同期軌道からアンカー質量へ出ているやつです」

「それから、中間点ステーションはどうかね。あれは変更していないだろうな」

「ええ、あれはいまも同じ場所にあります――二万五〇〇〇キロです」

「よろしい。わたしがそこへ行く機会はないと知ってはいるが、そのことを考えるのは、いいもんだ……」彼は何事かアラビア語でつぶやいた。「もうひとつの伝説があるんだよ――マホメットの柩が天地の間に浮かんでいるという。ちょうど中間点ステーションのようにな」

「運行を開始するときには、あなたのために、あそこで宴会を開きますよ、大統領」

「仮に予定どおりにいったとしても――〈橋〉のときには一年ずれただけだったことは認めるがね――わたしは九十八歳になっているんだよ。いや、それまでは生きられんだろうな」

だが、わたしは生きるぞ、とヴァニーヴァー・モーガンは、心の中で思った。いまや神々は自分の味方であることがわかったのだから――なんの神だかは知らないが。

第四部　塔

32 宇宙急行

「さあ、これが絶対に地面を離れない（get off the groundには「地面を離れる」のほかに「うまくゆく」の意もある）だろうなんて、いわんでくれよ」とウォーレン・キングズリーがいった。

「そういいたかったんだが」と、実物大の模型を調べながら、モーガンは声をあげて笑った。「むしろ逆立ちした鉄道の客車といったところだな」

「それこそ、まさにわれわれが売りつけようと思っているイメージなんだよ」とキングズリーが答えた。「駅で切符を買い、荷物を預け、回転椅子に腰をおろして、展望を楽しむというわけだ。それとも、ラウンジ兼バーへ上がって、それからの五時間を本格的に飲みつづけ、中間点ステーションでかつぎだされることになってもいい。ところで、設計部のアイデアをどう思うね――一九世紀のプルマン車というところかな？」

「とんでもない。プルマン車には、五階になった円い床などはないぞ」

「設計部にそういっておこう――連中はガス照明に夢中なんだから」

「もう少し適当な時代色がほしいというのなら、前にシドニー美術館で古い宇宙映画を見たことがある。それに、われわれにちょうどぴったりの円形ラウンジがついた一種のシャトル機があったよ」

「題名を覚えているか」

「ああ――待てよ――『宇宙戦争二〇〇〇年』とかなんとか。きっと見つけだせるさ」

「設計部に探させよう。では、中に入るか――ヘルメットをかぶるかね」

「いや」と、モーガンは、そっけなく答えた。これは、平均より一〇センチも背が低いことのわずかな利点のひとつだったのである。

模型に足を踏みいれたとき、彼はまるで子供のように、胸のわくわくする期待を感じた。自分は設計を点検し、コンピューターが図面をひき、配置を決めていくのを眺めた――ここにあるものは何もかも完全に知っているはずだった。だが、これは実在する本物なのだ。もちろん、古い冗談の表現のように、これは決して地面を離れないだろう。だが、いつかこれと瓜二つの兄弟が雲を通り抜け、わずか五時間で地球から二万五〇〇〇キロの中間点ステーションまで昇ってゆくことだろう。しかも、いっさいは乗客一人当たり約一ドル分の電気で充分なのだ。

いまになっても、来たるべき革命の持つ意味を完全に理解することは、不可能だった。宇宙は史上はじめて、知りつくされた地球上のいかなる地点にも劣らず、近くなることだろう。さらに数十年もすると、ごくふつうの人間が、月で週末を過ごしたいと思えば、それができるようになるのだ。火星でさえ不可能ではないだろう。いまや可能性は無限に拡がったのである。

モーガンは、敷き方の悪い絨毯につまずきそうになり、ドシンと音を立てて地上に戻った。「すまん」と案内人はいった。「これも設計部のアイデアだ――あの緑色は乗客に地球の気分を出させるつもりなんだ。天井は青にして、上の階に行くほど濃くなる。それから、星が見えるように、どこも間接照明にしたいというんだがね」

モーガンは、くびを振った。「それはいい考えだが、うまくいくまいな。楽に本が読める程度の照明なら、その光が星をかき消しちまうだろう。ラウンジを仕切って、完全に消灯できるようにする必要があるな」

「それはもうバーの一部に計画されている――飲み物を注文して、それからカーテンの蔭にひっこむというわけだ」

二人はいま、カプセルのいちばん下の階になっている、直径八メートル、高さ三メートルの円形の部屋に立っていた。〈予備酸素〉、〈電池〉、〈二酸化炭素分解装置〉、〈医療用品〉、〈温度制御〉といったラベルをつけた種々雑多な箱、ボンベ、制御盤が、そこらじゅうに置いてあった。明らかにいっさいが一時の間にあわせで、即座に模様変えのできる状態だった。

「知らない者が見たら、宇宙船を建造していると思うだろうな」とモーガンがいった。「ときに、生存時間についての最新の推定は、どのくらいだね？」

「動力が切れないかぎり、五十人の定員が満席でも、最低一週間はもつだろう。本当をいえば、そんな必要はないのさ。救助隊は、地球からでも中間点ステーションからでも、三時間で到着できるんだから」

「塔や軌道がやられるような大事故でなければな」

「仮にそんなことがおこるとすれば、救助されるべき人間が残ってはいないだろう。だが、もしカプセルが何かの理由で動かなくなり、乗客が恐慌状態に陥りもせずに、われわれのすてきな非常用圧搾口糧をいっせいに飲みこんだとすれば、彼らの最大の問題は退屈だろうな」

二階は、仮の備品すら置いてない、まったくのがらんどうだった。誰かが壁の湾曲したプラスチック板にチョークで大きな長方形を描き、その中に〈ここにエアロック?〉と書いていた。

「ここは荷物室の予定だ——もっとも、こんなに広い場所が必要かどうかわからんのだが。さもなければ、余分の乗客を乗せるのに使えるわけだ。さあ、こっちの階のほうがずっとおもしろいぞ——」

三階には、デザインの全部ちがう航空機タイプの椅子が一ダース並べてあった。そのうちの二つには、真に迫った男と女のマネキン人形が坐っており、いっさいに興味を失ったような表情をしていた。

「事実上は、このモデルに決まっているんだが」と、キングズリーは、背もたれが後ろに倒れるようになっている、小さなテーブルのついた豪華な回転椅子を指しながらいった。「それでも、まず通常の調査をやってみるつもりだよ」

モーガンは、座席のクッションを拳でたたいた。

「誰かが実際に、ここに五時間坐ってみたのかね？」と彼は訊ねた。

「うん──百キロある志願者がね。床ずれはできなかったよ。これでも文句が出るようなら、太平洋を横断するのにさえ五時間かかった初期の航空時代のことを思いださせてやるさ。しかも、もちろん、ほとんど全行程にわたって快適な低重力を保証しているんだからな」

その上の階には椅子はなかったが、設計は同じことだった。二人はそこを早々に通り抜け、次の階へ行ったが、設計者たちは明らかにここへ努力の大半を集中していた。

バーはすぐにでも使えそうな様子だったし、事実、コーヒーの自動販売機は実際に動いていた。その上にかかるこった金張りの額縁の中に、気味の悪いほど因縁の深い古い銅版画があるのを見て、モーガンは心臓がとまりそうになった。巨大な満月が左上の四半分を占め、それに向かって驀進《ばくしん》しているのは──四台の客車を曳いた弾丸形の列車だった。〈一等車〉という札のかかった車室の窓からは、シルクハットをかぶったヴィクトリア朝風の人物が展望を楽しんでいるのが見られた。

「どこでこれを手に入れたんだ？」と、モーガンは、驚きとも感嘆ともつかぬ口調で訊ねた。

「また表題が落っこちてしまったらしいな」とキングズリーは謝りながら、バーの後ろを探しまわった。「ああ、ここにあった」

彼は旧式な字体で印刷された一枚のカードをモーガンに渡した。

《月へ向かう弾丸列車》
ジュール・ヴェルヌ著
『地球から月まで九十七時間と二十分の
直通の旅
および月をまわる旅』
一八八一年版からの銅版画

「残念ながら読んだことがないんだ」この情報を咀嚼すると、モーガンはいった。「うんと手間が省けたかもしれんのにな。ただ、彼がレールもなしにどういう方法を使ったのか、知りたいもんだが……」

「ジュールのものをあまり真に受けちゃいかんよ——非難することもないがね。この絵は本気で描かれたものじゃないんだ——画家の冗談だよ」

「ははあ——設計部にわたしが誉めていたと伝えてくれ。これは連中の上出来のアイデアのひとつだ」

過去の夢に背を向けると、モーガンとキングズリーは、未来の現実のほうへ歩いていった。背景映写システムが、展望窓の向こうに、地球のすばらしい眺めを映しだしていた——それもどこかの眺めではなくて、あるべき眺めであることに気づいて、モーガンは満足だった。タプロバニーそのものは、真下にあるために、もちろん隠れていた。だが、そこには、眩しい雪をいただいたヒマラヤ山脈の果てまで、インド亜大陸の全景があった。

「なあ」と、急にモーガンがいった。「また〈橋〉のときとまったく同じことになるぞ。皆は展望を楽しむだけのために旅行するだろう。中間点ステーションは史上最大の観光地になるな」彼は紺青色《こんじょういろ》の天井を見上げた。「最後の階には、何か見るようなものがあるのかね」

「いや、そうでもない――上部エアロックは完成したんだが、予備の生命維持装置や軌道位置調節用の電子回路をどこに据えつけるか、まだ決めてないんだ」

「何か問題があるのかね」

「新型磁石のおかげで、問題は何もない。動力走行だろうと慣性走行だろうと、最大設計速度より五〇パーセント増の時速八千キロまでは、安全な軌道間隙が保証できる」

モーガンは、心の中で安堵のため息をついた。これは彼にはまったく判断がつかない分野のひとつであって、他人の意見に完全に従わねばならなかったのだ。そもそものはじめから、これだけの速度で機能を果たせるのはなんらかの磁気推進しかないことは明らかだった。ごくわずかな物理的接触をおこしただけでも（秒速一キロ以上でだ！）大事故がおこるだろう。ところが、塔の側面を走っている誘導溝には、磁石のまわりに数センチの隙間しかないのである。カプセルが少しでも中心線からそれたら、瞬時に強力な復元力が働くように設計しなければならなかった。

キングズリーのあとから模型の全長に及ぶラセン階段を降りているとき、モーガンは急に憂鬱な気分に襲われた。自分は老いこみかけている、と彼は心の中で思った。いや、その気になれば、六階までなんの苦もなく登れたろう。だが、そうしなかったことに、自分はほっとしているのだ。

しかし、わたしはまだ五十九歳じゃないか——そして、いっさいが順調にゆけば、最初の客車が中間点ステーションへ昇ってゆく日まで、最低五年はかかるだろう。それから、テスト、較正《こうせい》、システムの調整に、さらに三年。間違いのないところで、十年としよう……。

陽気は暖かいのに、彼は急に寒気《さむけ》を感じた。ヴァニーヴァー・モーガンは、このときはじめて、情熱を傾けた事業の成功を自分の眼で見られないかもしれないと思ったのだった。そして、まったく無意識のうちに、彼はシャツの下にしのばせてある薄い金属の円板に手を当てたのである。

33　コーラ

「なんでいままでほうっておいたんだ」セン博士は、頭の悪い子供にでもいうような口調で訊ねた。

「ありきたりの理由さ」モーガンは、満足なほうの親指でシャツの縫目をたどりながらいった。「暇がなくてね——それに、息切れがしても高度のせいだと思っていた」

「もちろん、高度のせいもあるさ。山の上にいるきみのところの人間をすっかり検査したほうがいいぞ。こんなあたりまえのことに、どうして気がつかなかったんだ」

まったくだ、とモーガンは、少々きまりの悪い思いで考えた。

「あの僧侶たち——連中の中には八十歳以上の者もいたんだ！　彼らがあまり健康そうだったんで、まったく意識にのぼらなかったのさ……」

「坊さんたちは長いことあそこで暮らしてきたんだ——完全に適応しているさ。だが、きみは、一日になんども上ったり下りたりして——」

「——せいぜい二回だよ——」

「——数分間で海水面とその半分の気圧との間を往復していたんだ。まあいい、取りかえしがつかないというわけじゃないんだ——もしいまからでも指示に従えばだが。わたしと、それからコーラのな」

「コーラ？」

「冠状動脈警報器《コロナリー・アラーム》さ」

「ああ——例のやつか」

「そう——例のやつだ。これは年に約一千万人の生命を救っているんだ。大部分は高級官僚、上級の行政官、著名な科学者、指導的な技術者、そのほか同類の阿呆どもだがね。わたしはときどき、こんな苦労の甲斐があるんだろうかと思うのさ。自然はわれわれに何かを告げようとしているのかもしれんのだが、われわれはそれを聞こうとはしないんだ」

「〝ヒポクラテスの誓い〟を忘れちゃいかんぞ」と、モーガンは、にやにやしながらやりかえした。「それに、わたしがいつもきみにいわれたとおりにやっていることは、認めるだろう。どうだ、わたしの体重は、この十年間に一キロとは違っていないんだからな」

「うむ……まあ、きみは、わたしの患者で、いちばん手に負えないというわけじゃないさ」と、ちょっぴり機嫌をなおした医師がいった。彼は机の中をかきまわして、大きなホロパッドを取りだした。「好きなのを選びたまえ——これが標準型だ。色は、メディック・レッドであるかぎり、どれでもいい」

モーガンは、スイッチを入れて映像を出し、気にくわない顔つきでそれを眺めた。

「こんな代物をどこへつけろというんだ」と彼は訊ねた。「それとも体に挿入するつもりかね」

「少なくとも、いまのところ、その必要はない。五年先にでもなれば別だが、それでも必要はあるまい。まずこの型を使ってみたらどうかね――胸骨のすぐ下に当てるから、リモート・センサーは不要だ。なに、少し慣れれば、気にならなくなるさ。それに、うるさくもない――これが必要になるとき以外はな」

「そのときは、どうなるんだ」

「こうなる」

医師が机のコンソールにある無数のスイッチのひとつを入れると、きれいなメゾソプラノの声が、打ちとけた口調でいった。「十分ほど横になって休んだほうがいいと思います」やや間をおいて声は続けた。「三十分横になるのがいいですね」また間をおいて、「ご都合がつきしだい、セン博士の診察を受けてください」

それから――

「すぐに赤い丸薬をひとつ飲んでください」

「いま救急車を呼びました。横になって寛いでください。心配なさることはありません」

モーガンは、つきささるような警笛に、思わず耳に手を当てようとした。

「これはコーラ警報です。わたしの声を聞いた方はどなたでもすぐに来てください。これはコーラ警報です。わたしの――」

「だいたいの感じは、わかったろう」と、医師は部屋をもとの静けさに戻しながらいった。

「もちろん、プログラムや反応は、対象者に合わせてそれぞれに調整するんだ。それに、声だって、一部の有名人を含めて、選《よ》りどり見どりだ」

「いまのやつで充分だよ。わたしの装置はいつできるね？」

「三日ぐらいしたら、電話しよう。ああ、そうだ——装置を胸につけることにも取《と》り柄《え》があることを、いっておかなくちゃ」

「なんだい、それは？」

「わたしの患者の一人が、テニスにこっているんだ。彼がいうには、シャツを開いてこの小さな赤い箱を見せると、相手の試合ぶりに壊滅的な影響を与えるんだそうだ」

34 めまい

かつて、住所録を定期的に更新することが、文明人たる者のちょっとした雑用、場合によっては大仕事だった時代があった。統一コードのおかげで、それは不必要になり、いまでは相手の人間の終身認識番号を知りさえすれば、数秒以内に所在がつきとめられるのである。また、番号がわからないときでも、およその生年、職業、そのほか若干の項目を申し出れば、標準探索プログラムが、たいていはまたたく間に見つけだすのだ（もちろん、その名前がスミスとか、シンとか、モハメッドとかいうことになると、一筋縄ではゆかないのだが……）。

世界情報システムの発展のおかげで、もうひとつのやっかいな仕事も、せずにすむようになった。誕生日そのほかの記念日の挨拶をしたい友達がいるときには、その名のところに特別なチェックをしておきさえすれば、あとは家庭用コンピューターがやってくれる。しかるべき日がくると（よくあることだが、プログラミングに何かくだらない手違いがないかぎり）、適切な祝電が宛先に自動的に送られるのである。そして、仮に受取人が、スクリーン上の親しげな言葉はすべて電子回路のものだと（名目上の発信人はもう何年も自分のことを忘れているのだと）見抜いていたとしても、この儀礼的挨拶はなおかつ嬉しいものなのだ。

た。

だが、一連の仕事を無用にしたその同じ技術は、それ以上に負担となる後継ぎを作りだした。

おそらく、その中でももっとも重要なものは、〈個人関心表〉の構成だろう。たいていの者は、元日か自分の誕生日に〈個人関心表〉を更新していた。モーガンのリストには五十項目が含まれていた。何百項目という連中もいると聞いていた。彼らは、目の覚めているあいだじゅう、情報の洪水と取り組んでいるにちがいなかった。もし彼らが、

恐竜の卵の孵化
円と等積の正方形の作図
アトランティスの再出現
キリストの再来
ネス湖の怪獣の捕獲
世界の終わり

といった第一級の不可能事にニュース特報をセットして喜んでいるような、札つきの悪ふざけ屋の仲間でなければだが。

もちろん、ふつうは、うぬぼれと職業上の必要とから、どのリストでも、最初の項目には必ず加入者自身の名前がくることになっていた。モーガンも例外ではなかったが、そのあと

の登録項目は少々変わっていた。

軌道塔
宇宙塔
（地球）同期塔
宇宙エレベーター
軌道エレベーター
（地球）同期エレベーター

これらの名称は、マスコミで使用されている各種の別名をほぼ網羅しており、この事業計画に関するニュース記事の少なくとも九〇パーセントに眼がとおせることを保証していた。これらの大多数はつまらないもので、ときどき彼はこんなものを調べる意味があるだろうかと思うのだった——ほんとうに問題になるようなものがあれば、即座に自分の手元に届くことだろう。

まだ眠い眼をこすり、質素な部屋の壁にベッドがおさまりきらないうちに、モーガンはコンソールで特報の合図がまたたいているのに気がついた。〈コーヒー〉と〈表示〉のボタンを同時に押してから、彼は夜のうちにおこった最新の騒ぎの知らせを待ちうけた。

〝宇宙塔、撃墜さる〟

というのが見出しだった。

「あとを続けますか？」とコンソールが訊ねた。

「もちろんだ」モーガンはにわかに眠けもふっとんだ気分で返事をした。

それに続く数秒間、表示された本文を読んでゆくにつれて、彼の気分は驚きから憤激へ、それから憂慮へと変わっていった。彼は、「できるだけ早く電話をくれ」というメモをつけて、ニュースをそっくりウォーレン・キングズリーに転送し、まだ腹を立てながら朝食を食べはじめた。

五分もしないうちに、キングズリーがスクリーンに現われた。

「やあ、ヴァン」と、彼は冗談めかしたあきらめ顔でいった。「われわれは運がよかったと思うべきだよ。やつがここまで手をのばすのに五年かかったんだからな」

「こんなばかばかしい話は聞いたことがないぞ！　相手にしないほうがいいだろうか？　反論すれば、やつの宣伝になるだけだろう。それこそ、やつの思うつぼだ」

キングズリーは、うなずいた。「それが、いちばん賢明だろう――さしあたりはな。過剰な反応はいかんよ。それに、やつにも一分《いちぶ》の理はあるかもしれんのだ」

「どういう意味だ？」

キングズリーは急に真顔になり、落ち着かない様子さえ見せた。

「技術上の問題と同時に、心理的な問題があるんだよ」と彼はいった。「よく考えてみろ。オフィスで会おう」

モーガンをやや鎮静した精神状態にしたまま、映像はスクリーンから消えた。彼は批判には慣れていたし、どう対処すればよいかも知っていた。それどころか、同僚との工学上の議論の応酬は心ゆくまで楽しんだし、自分のほうが負けるような稀有なことがあったとしても、不機嫌になることはなかった。だが、ドナルド・ダックが相手となれば、事はそう簡単ではなかった。

これはもちろん本名ではなかったが、ドナルド・ビッカースタッフ博士の一種独得な憤然たる懐疑主義は、しばしば二〇世紀の伝説的キャラクターを思いおこさせたのである。彼の(穏当ではあるが、ずば抜けているわけではない)学位は、純粋数学のものだった。彼の武器は、見栄えのする容貌、甘美な声、それと自分にはいかなる科学的題材にも判断を下す能力があるという揺るぎない自信だった。確かに専門分野での博士は優秀だった。モーガンは、かつて王立科学研究所で聴講した博士の旧型式の公開講座が、楽しかったことを覚えていた。その後一週間近くというもの、彼は超限数の奇妙な性質がほとんどのみこめた気がしていたものだ……。

残念なことに、ビッカースタッフは、自分の限界を知らなかった。彼には自分の情報サービスに加入する熱烈なファンの仲間がいたが(もっと以前の時代なら、彼は科学解説者と呼ばれたことだろう)、批判者の範囲はそれ以上に広かった。いくらか同情的な者は、彼が能力以上の知識を得てしまったのだと考えていた。ほかの者は、彼に〝自家営業の愚か者〟とレッテルを貼った。ビッカースタッフをゴールドバーグ博士(パーラカルマ)といっしょの部屋に閉じこめておけないのは残念なことだ、とモーガンは思った。一方の天才は他方の基本的な愚かしさと打ち消しあって、彼らは電子と陽電子のように対《つい》消滅するかもしれない。ゲーテが嘆いたように、神々自身が議論の相手をしても無益であるような、あの揺るぎない愚かしさなのだ。目下のところ神々はあてにできなかったから、自分がこの仕事を背負いこまなければならないことが、モーガンにはわかっていた。もっと有益な時間の使い方があるとはいえ、多少の滑稽な息抜きにはなるかもしれなかった。それに、彼には示唆に富む先輩がいたのである。

　十年近くもモーガンの四つの〝仮〟住居のひとつになってきたホテルの部屋には、あまり絵はかかっていなかった。その中でもひときわ人目をひく写真は、あまりうまく合成してあるので、訪問客の中には、そのひとつひとつの構成部分がどれもまったくの本物であることを、どうしても信じられない者がいたくらいだった。画面を大きく占めているのは、みごとに修復された優美な汽船で、それ以後に自らを現代的と称するすべての船の元祖となったものである。そのそばで、この船が進水して一世紀と四分の一を経てから奇蹟的に帰還してきた係船渠の上に立っているのは、ヴァニーヴァー・モーガン博士だった。彼は、彩色された船首の渦形装飾を眺めていた。そして、そこから数メートル離れて、当惑したような表情で彼を眺めているのは、手をポケットに突っこみ、葉巻をしっかり口にくわえ、泥の跳ねた皺だらけの服を着たイザムバード・キングダム・ブルネルなのである。

写真にうつっているものは、すべて事実だった。モーガンは、ジブラルタル橋が完成した翌年のある天気の日に、ブリストルに行って、グレート・ブリテン号のそばに確かに立ったのだった。だが、ブルネルの写真は、このあとで建造されたもっと有名な巨船、その不幸な運命が彼の身も心も打ち砕くことになる船の進水を、まだ心待ちにしている一八五七年という時期のものだった。

この写真はモーガンの五十歳の誕生日に贈られたもので、彼がもっとも大事にしている宝のひとつだった。この一九世紀最大の工学者に対するモーガンの崇拝は有名なものだったから、同僚たちとしてはこれは一種の好意的な冗談のつもりだった。しかし、この選択は彼らの意図以上に適切だったのではないかとモーガンが思うことも、しばしばだったのである。グレート・イースタン号は自分の創造者を滅ぼした。〈塔〉も彼に同じことをしないともかぎらないのだ。

ブルネルは、もちろん〝ドナルド・ダック〟たちに取りかこまれていた。中でもとくにうるさかったのはディオニシウス・ラードナー博士なる人物であって、彼は汽船が絶対に大西洋を横断できないことを、疑問の余地なく証明したのだった。工学者は、事実についての誤解や単純な計算違いに基づく非難ならば、反論を加えることができる。だが、ドナルド・ダックの持ちだす論点はもっと巧妙なものであって、返答は容易でないのだ。モーガンは、彼のヒーローが三世紀前に、まったく類似の問題にぶつからねばならなかったことを、急に思いだしたのだった。

彼は、本物の書物を集めたささやかながら貴重なコレクションに手をのばし、おそらく他のどの本よりも繰り返して読んだと思われるもの、ロルトの有名な伝記『イザムバード・キングダム・ブルネル』を引っぱりだした。手垢に汚れたページを繰ってゆくと、記憶を呼びさまされた場所はすぐ見つかった。

ブルネルは、長さ三キロ近い鉄道トンネルを計画していた――〝途方もない、異常な、まったく危険な、実際的でない〟考えだった。人類がこのような地獄の底を突っぱしる試練に耐えられるとは想像もできない、と批評家たちはいった。「事故があれば自分を押しつぶすに足るほどの土の下にいることを意識しつつ、日光から遮断されることは、なんぴとといえども望まないであろう……二つの列車がすれちがう騒音は、神経をめちゃめちゃにするだろう……二度と乗りたいと思う乗客はあるまい……」

すべては、聞き慣れた議論だった。ラードナーたちやビッカースタッフたちのモットーは、「何事によらず最初のものはいけない」であるらしかった。

それでも、ときには、彼らのいうとおりになることもある――仮にそれが確率の法則によるものであるにせよ。ドナルド・ダックは、もっともらしい口ぶりで語っていた。彼はとってつけたような謙遜さを柄にもなくちらつかせながら、自分は宇宙エレベーターの技術的側面を批判する気は毛頭ないという前おきで始めた。自分はただ、それが提起する心理的問題について語りたいだけである。それは一言で要約できる――〝めまい〟なのだ。正常な人間は高所に対する当然至極な恐怖を持っている、と彼は指摘した。軽業師や綱渡り芸人だけが、この自然な反応に無縁である。地球上で最高の建造物は高さ五キロに満たない——ところが、ジブラルタル橋の橋脚をまっすぐに引きあげられてもなんとも思わない者は、そう多くはないのだ。

しかも、宇宙塔に予想される恐るべき状況にくらべれば、こんなものは問題にもならないのである。「どこかの巨大な建物の根元に立って、そのきりたった側壁を見上げ、それが傾き倒れてくるような気がしなかった者がいるだろうか」と、ビッカースタッフは、弁舌をふるった。「さて、そういう建物が、雲を抜け、電離圏を抜け、あらゆる巨大な宇宙ステーションの軌道を通り抜けて、暗黒の宇宙空間を上へ上へと、月への距離の何分の一かまで聳えたっているところを想像してみるがよい。いかにも技術の勝利ではある——だが心理的には悪夢だ。一部の人間は、そのことを想像するだけで、気がおかしくなるだろう。そして、まったくの虚空に浮かんだ最初の停車駅である中間点ステーションまで、二万五〇〇〇キロを真上へ昇る眼もくらむような試練に、どれだけの者が対決できるだろうか。

まったく通常の人間が、宇宙船でこれと同じ高さ、あるいはそれ以上の高さへ飛べるというのも、答にはならない。この場合には、事情がまるで違う——通常の大気中の飛行とまったく同じように。正常な人間は、囲いのない気球のゴンドラに乗って、地上から数キロの高度の空中を浮揚したとしても、めまいは感じないものだ。だが、彼を同じ高さの絶壁の端に立たせて、その反応を見るがよい！

この違いを生ずる理由は、まったく簡単である。航空機の中では、本人と地面とを結ぶ物理的な繋がりはない。したがって、心理的には、彼ははるか下界のたくましい大地から、完全に分離されているのだ。彼にとって、落下はもう恐怖をもたらさない。いくらかでも高い場所からではとても眺めようとは思わないような、遠くの小さな景色を見おろすこともできるのである。この物理的分離という救いこそ、まさに宇宙エレベーターに欠けているものだ。巨大な塔の垂直の側壁を急上昇させられる不運な乗客は、自分と大地との繋がりを意識せずにはいられないだろう。麻薬を飲むか麻酔された者でもなければ、このような体験に耐えきれるというなんの保証があろうか。モーガン博士に回答を要求するものである」

モーガン博士が、あまりお上品とはいえない回答をまだ考えていたとき、外からの電話でスクリーンがまた明るくなった。〈応諾〉のボタンを押すとマクシーヌ・デュヴォールの顔が現われたが、彼は少しも驚かなかった。

「さあ、ヴァン」と、彼女は前おき抜きでいった。「どうするつもり？」

「やりたいのはやまやまだが、あの愚か者と議論すべきじゃないと思う。ときに、どこかの航空宇宙関係の組織が黒幕になっていると思うかね」

「わたしの部下がもう探っているわ。何かわかったら、教えてあげる。わたしの考えでは、彼が一人でやっているような気がするわね——自筆の論文らしい特徴があるもの。でも、あなたは、まだわたしの質問に答えていないわよ」

「まだ決めていないんだ。朝食を消化している途中なんでね。きみは、何をすべきだと思う？」

「簡単よ。実演してみせればいいわ。いつ用意ができる？」

「万事うまく運べば、五年のうちには」

「ばかなことをいわないで。一本目のケーブルは、もう張られているじゃないの」

「ケーブルじゃない——テープだ」

「はぐらかさないで。あれで、どれだけの荷重が運べるのよ？」

「ああ——地球側の端で、たった五百トン」

「ほら、ごらんなさい。ドナルド・ダックに試乗を提案するのよ」

「彼の安全は保証しないぞ」

「いい、わたしの安全なら、どう？」

「本気でいっているのか？」

「朝のいまごろの時間なら、わたしはいつも本気よ。どっちみち、〈塔〉の記事をもうひとつ書く時期だわ。あのカプセルの模型は、とてもすてきだけど、じっとしているだけなんですもの。わたしの視聴者たちは行動が好きだし、わたしだってそうよ。この前に会ったとき、技術者たちがケーブルを——あら、テープだったわね——昇り降りするのに使うんだという小さな車の図面を見せてくれたじゃない。なんていう名前だったかしら」

「〈スパイダー〉だ」

「おお嫌だ——そう、それよ。すばらしいアイデアだわ。これまでどんな技術にもできなかったことよ。人間は、史上はじめて空の上で、大気圏の外ででも、じっと止まって下の大地を眺めることができるのよ——宇宙船にもできなかったことだわ。わたしは、その気分を描写する最初の人間になりたいわ。それから同時にドナルド・ダックをやっつけてやるのよ」

モーガンは、マクシーヌが大真面目だと判断できるまで、彼女をまじまじと見つめながら、まる五秒間黙っていた。

「よくわかるよ」と、彼は、ややうんざりしたような口調でいった。「有名になろうと必死になっている若い女記者が、こんなチャンスに跳びつこうとするのは。有望な将来に水をさしたくはないんだが、答ははっきりノーだ」

ベテランのマスコミ記者は、ふつう公共のチャンネルを通しては放送されないような淑女らしくない、それどころか紳士らしくさえない言葉を、いくつか吐きだした。

「あなたの超繊維で絞め殺してやる前に」と彼女は続けた。「なぜ、だめなのよ、ヴァン？」

「そうさな、何か手違いがおこったら、わたしは自分を決して許せないだろう」

「そら涙は、やめてちょうだい。もちろん、わたしが不慮の死をとげれば大きな損失でしょうよ——あなたの事業にとってよ。でも、あなたが必要なテストをすっかりすませて、一〇〇パーセント完全だと確かめるまでは、絶対に乗りやしないわ」

「いかにも売名行為に見えるんじゃないか」

「ヴィクトリア朝——エリザベス朝だったかな？——の人間がよくいったように、だから、どうだっていうのよ」

「いいか、マクシーヌ――ニュージーランドがたったいま沈んだと、ニュース速報が出ているぞ――スタジオできみを待っているだろう。それにしても、親切にありがとう」

「ヴァニーヴァー・モーガン博士――あなたがなぜわたしの申し出を拒否するか、ちゃんと知っているわ。あなたが最初に行きたいのよ」

「ヴィクトリア朝の人間がよくいったようにか――だから、どうだというんだ」

「やられた。でも、断わっておくわよ、ヴァン――あのスパイダーのひとつが動くようになりしだい、またご挨拶しますからね」

モーガンはくびを振った。「気の毒だが、マクシーヌ、勝ち目はないよ――」

35 スターグライダーから八十年

『神とスターホルム』（マンダラ・プレス、モスクワ、二一四九年）からの抜粋。

ちょうど八十年前、今日スターグライダーとして知られる恒星間自動探測機が太陽系に入り、短期間ながら歴史的な対話を人類と交わした。ここにおいてわれわれは、たえず推測してきたことを、はじめて事実として知ったのである。それは、われわれが宇宙における唯一の知的生物ではなく、星ぼしの間には、はるかに古く、おそらくはるかに賢い文明があるということだった。

この接触以後、いっさいが変わることだろう。しかも同時に、矛盾しているようだが、多くの面でほとんど何も変わってはいないのである。人類は、これまでとほぼ同じように、相変わらず自分の仕事を続けている。われわれは、遠い自分の惑星にいるスターホルム人がわれわれの存在を知ってからもう二十八年になること――あるいは、いまからわずか二十四年後に、彼らからの最初の直接的な通信を受けとることはほぼ確実であることにどれだけ思いをめぐらせたことだろう。そして、誰かが示唆したように、彼ら自身がすでにこちらに向かっているとしたらどうだろう？

人間は、自分の意識の中からもっとも怖るべき将来の可能性を弾きだしてしまうという、特異な、しかもおそらくは幸運な才能を持っている。ヴェスヴィオの斜面を耕すローマの農夫は、頭上で煙を吐く山に、なんの関心も払わなかった。二〇世紀のなかばは水爆と、二一世紀のなかばはゴルゴタ・ウイルスとの共存であった。われわれは、スターホルムの脅威（あるいは希望）と共存することを学んだのである。

スターグライダーはわれわれに多くの未知の惑星や種属について教えたが、進んだ技術についてはほとんど何も明らかにしなかったから、われわれの文化の技術的側面にはわずかな衝撃しか与えなかった。これは偶然だろうか、それとも何かの慎重な政策の結果だろうか。われわれがスターグライダーに訊ねたい質問は山ほどあるが、それはいまとなっては遅すぎるのだ――それとも、早すぎるのだろうか。

一方、スターグライダーは、哲学や宗教について多くの事柄を論じたが、この分野におけるその影響は強烈だった。次の言葉は記録のどこにも見当たらないのであるが、この有名な警句はスターグライダーのものだと、一般に信じられている。「神の信仰は、明らかに哺乳類的増殖の生んだ心理的人工産物である」

だが、これが事実なら、どうだというのか？　このことは、わたしがこれから証明するように、神が現実に存在しているという事実とはまったく無関係なのだ……。

スワーミー・クリシュナムルチ（チョウム・ゴールドバーグ博士）

36　無慈悲な空

テープは、昼間よりも夜間のほうが、ずっと遠くまで見えた。夕方になって警戒灯が点じられると、それは細い白熱光の帯となってゆっくり狭まってゆき、どことも定かにはわからぬ個所で、背景をなす星空の中へ消えてゆくのだった。

それは、もう早くも世界最大の驚異となっていた。モーガンが強権を発動して、不可欠な技術要員以外は現場に立ち入りを禁止するまで、霊山の最後の奇蹟に敬意を表する来訪者たちが（誰かが皮肉にも彼らを〝巡礼〟と呼んだものだが）絶え間なく押しよせてきたものだった。

彼らは一人残らず、判で押したように同じ挙動を示した。まず手をさしのべて、五センチ幅の帯にそっと触り、畏敬に近い態度でそれに指先を滑らせた。それから、耳をリボンの滑らかで冷たい物質に押しつけると、天界の音楽をとらえようとでもするかのように聞きいった。それどころか、耳に聞こえる限界すれすれのところで深い低音を聞いたと主張する者もいたが、それは彼らの思い違いだった。テープの固有振動数の最高の倍音でさえ、人間の聴覚よりもはるかに低いのである。そして、ある者はくびを振り、「あの代物にわたしを昇らせようったって、そうはいかんぞ」といいながら去ってゆくのだった。だが、彼らは、核融合ロケットにも、スペース・シャトルにも、飛行機にも、自動車にも、機関車にさえ、同じ言葉を吐いた輩《やから》なのだ……。

こうした懐疑論者へのお定まりの答は、次のようなものだった。

「心配しなさんな——これは足場の一部に過ぎんのだ——塔を地球まで導いてゆく四本のテープのうちの一本なのだ。最終的な建造物を昇ってゆくのは、どこかの高いビルのエレベーターに乗るのと大差ないんだ。ただ、その旅が長くて——それにずっと乗り心地がいいだけさ」

ところで、マクシーヌ・デュヴォールの旅はごく短いものであって、それほど乗り心地のいいものではなかった。だが、モーガンは、いったん兜《かぶと》をぬいでからは、それが絶対に平穏無事であるように全力をつくした。

いかにも弱々しげなスパイダー（モーターのついたつり腰かけ《ボースンチェア》のような外見をしたテスト用輸送機の雛型）は、今回の荷重の二倍を載せた二〇キロまでの上昇を、すでに十数回行なっていた。例によって小さな初期事故はあったが、重大なものはひとつもなかった。最後の五回の走行では、まったく事故はなかった。それに、どんな事故がおこりうるだろう。もし動力の故障がおこれば（こんな電池で作動する単純なシステムでは、ほとんど考えられないことだったが）、マクシーヌは、自動ブレーキに降下速度を制限されながら、重力によって無事に戻ってくるだろう。唯一の大きな危険は、駆動装置が故障して、スパイダーを乗客もろとも上層大気中に釘づけにしてしまうことだった。ところが、モーガンは、これに対しても解答を考えていたのである。

「たった一五キロですって？」とマクシーヌが文句をいった。「グライダーだって、それよりましだわ！」

「だが、きみはだめなのだよ、酸素マスクだけではな。もちろん、生命維持装置のついた操作ユニットができるまで一年待つ気があれば……」

「宇宙服じゃ、なぜいけないの？」

モーガンは、口には出さない充分な根拠があって、絶対に譲歩しなかった。使わずにすめばいいがと思ってはいたが、スリカンダの麓には小さなジェット起重機が待機しているのだった。それの熟練したオペレーターは、変わった任務には慣れっこになっていた。二〇キロの高度からであろうと、取り残されたマクシーヌを救出するのはなんの造作もないことだろう。

だが、それの二倍の高度にいる彼女のところまで到達できる乗物は、現存していないのだった。四〇キロより上は人間の行くべき場所ではないのだ――ロケットには低すぎ、気球には高すぎるのである。

もちろん、ロケットも、理屈の上では、推薬を燃焼しきってしまうまで、ほんの数分間はテープのそばに浮かんでいられる。だが、操縦やスパイダーとの現実の接触には身の毛もよだつような問題があって、モーガンはその可能性を考えてみようともしなかったのだ。現実にはおこりえないことであり、テレビドラマのプロデューサーがサスペンスのいい素材だなどと考えないことを、彼は願った。そんな宣伝効果は、なくて結構なのだ。

待機するスパイダーやその周囲の技術者の群れのほうへ歩いてゆくマクシーヌ・デュヴォールは、金属箔の保温服に輝いて、さながら南極旅行者か何かのように見えた。彼女は時刻を慎重に選んだ。太陽はつい一時間前に昇ったばかりで、斜めに射しこむ光はタプロバニーの景色を鮮やかに浮きださせている。前回の忘れがたい事件のときより一段と若くたくましくなった彼女のレムは、一連の経過を全太陽系の視聴者のために記録していた。

彼女は例によって徹底的なリハーサルをすませていた。体をバンドで留め、〈充電〉ボタンを押し、フェイス・マスクから酸素を深く吸いこみ、映像とサウンド回線のモニターをすっかり点検するときも、手違いもまごつきもしなかった。それから、何かの古い歴史映画の中の戦闘機乗りのように親指を挙げて合図し、速度制御棒を静かに前へ倒した。

集まった技術者の中から、冷やかすような拍手がちょっとおこった。彼らの大部分は、もう数キロの高度までの〝ドライブ〟を経験していたのである。誰かが、どなった。「点火！離昇開始！」そして、スパイダーは、ヴィクトリア一世時代の真鍮の鳥籠式エレベーターぐらいの速度で、厳《おごそ》かに上昇を始めたのである。

気球に乗るようなものだろう、とマクシーヌは思った。滑らかで、軽くて、静かで。いや——完全に静かではなかった。テープの平らな面を保持している複式駆動輪に動力を与える、モーターの穏やかな音が聞こえていた。なかば予期していた揺れや振動は、いっさいなかった。自分が昇っている驚くべき帯は、こんなに細くても鋼鉄棒のようにピンとしており、機体のジャイロはまた、それをがっちり保持しているのだった。眼を閉じれば、もう完成した塔を昇っているような気分にもなれそうだった。だが、もちろん、眼をつぶるなんてとんでもない、眼で見て吸収することが山ほどあるのだから。耳に聞こえるものさえ豊富だった。音がどんなに遠くまで聞こえるかは、驚くほどだった。下界の会話は、ここまできても非常によく聞こえていたのである。

彼女は、ヴァニーヴァー・モーガンに手を振り、それからウォーレン・キングズリーを探した。意外にも、彼の姿は見あたらなかった。彼女が乗るのを助けてくれた彼は、もう姿を消していたのである。そのとき、彼が率直に認めていたことが思いだされた——彼はときどき、それがまるで片意地な自慢でもあるかのような口ぶりで話すのだったが——世界最高の構造技術者は高度に弱いのだった……誰にでも、ひそかな（あるいは、それほどひそかでもない）苦手はあるものだ。マクシーヌは蜘蛛が気にくわなかったし、いま乗っている乗物に何か別の名前がついていればいいのにと思っていた。それでも、どうしても必要ならば、手で触ることもできた。彼女にはとても触れない生物とは（潜水行に際して、しょっちゅう出くわしたのだが）、臆病で罪のないタコだったのである。

いまや山全体が視界に入ってきたが、真上からでは本当の高さを感じとることは不可能だった。その山腹を曲がりくねって登っている二本の古い階段は、奇妙にねじくれた平坦な道路のようにも見えた。マクシーヌに見えるかぎりでは、その全長にわたって人の気配はなかった。それどころか、一カ所では倒木が道を塞いでいた——まるで自然が、三千年を経た今、自分の所有物を取り戻すべく予告しているかのように。

マクシーヌは、一号カメラを下に向けたままで、二号カメラをパンしはじめた。平野や森がモニター・スクリーンを流れてゆき、続いて遠くにあるラナプーラの白いドーム——それから内陸の海の黒い水。そして、やがてヤッカガラが……。

〈岩〉にズームすると、頂上の全面に拡がる廃墟のかすかな形が、やっと見分けられた。〈鏡の壁〉はまだ影の中にあり、〈王女たちの回廊〉も同様だった——もっとも、こんな距離から見えるはずもなかったが。だが、〈庭園〉の配置は、池も小道も周囲を取り囲む巨大な濠も、はっきり見えた。

一線に並んだ小さな白い水煙は、しばらく正体がわからなかったが、やがて自分が見おろしているのはカーリダーサの神への挑戦のもうひとつの象徴——彼のいわゆる〈楽園の泉〉——なのだということに気がついた。彼の憧れの夢であった天へ、自分がかくもやすやすと昇っているところを見たとすれば、王はなんと思うだろうか。

ラジャシンハ大使とは、もう一年近くも言葉を交わしていなかった。ふとした出来心で、彼女は彼の屋敷を呼びだした。

「こんにちは、ヨーハン」と彼女はいった。「ヤッカガラのこういう眺めはどう？」

「とうとうモーガンを説き伏せたな。気分はどうだね」

「天にも昇るような——というほかないわね。くらべようもない気分よ。いままで、ありとあらゆる乗物で飛んだり旅をしたりしたけれど、これはまるで違った感じだわ」

「〝無慈悲な空を安らかに往く……〟か」

「なに、それ？」

「二〇世紀初頭のイギリスの詩人だ――

どうでもいいのだ、お前が海に橋を架けようと、
無慈悲な空を安らかに往こうと……」（ジェイムズ・エルロイ・フレッカーの詩「千年後の詩人へ」より）

「まあ、わ、わ、わたしはどうでもよくはないわ。それに安らかな気分よ。もう島全体が見えるわ――それにインドの海岸も。もうどのくらい昇った、ヴァン？」

「もうすぐ一二キロだよ、マクシーヌ。酸素マスクは、しっかりつけてあるか？」

「確認終了。わたしの声が聞きとりにくくなっていなければいいんだけど」

「心配するな――きみは、いまでも間違いようがないさ。あと三キロだぞ」

「エネルギーは、あとどれだけ残っているの？」

「充分だ。それから、一五キロ以上に昇ろうとしたら、補助手動装置を使って下にひきずり降ろすからな」

「そんなことは夢にも考えてはいないわ。ところで、おめでとう――これはすばらしい展望台だわ。お客の行列ができるかもしれないことよ」

「われわれもそう思っている――通信衛星や気象衛星の連中から、もう申しこみがきている。われわれは、どこでも彼らの好きな高度に、リレーやセンサーを置いてやれるんだ。これで地代を払うのが助かるというもんだよ」

「きみが見えるぞ!」と、突然、ラジャシンハが声をあげた。「たったいま、望遠鏡にきみの映像をとらえたところだ。やあ、腕を振っているな……上は寂しくないか?」

一瞬、彼女らしくもない沈黙があった。それから、マクシーヌ・デュヴォールは、静かに答えた。「ユーリ・ガガーリンが、もっと一〇〇キロも高いところで感じたほどには、寂しくないわ。ヴァン、あなたはいままでにない新しいものを世界に持ちこんだのね。空はそれでも無慈悲かもしれない――でも、あなたはそれを服従させたのよ。こういう旅をする勇気のない人たちが、少しはいるかもしれないわね。その人たちを心からお気の毒に思うわ」

37　十億トンのダイアモンド

過去七年間に多くのことがなしとげられたが、それでもまだ多くのことが残っていた。山々（少なくとも小惑星）が動かされた。いまや地球には、同期軌道の高度のすぐ上を公転する第二の天然の月があった。それは、さしわたし一キロ足らずで、炭素その他の軽い元素を奪いとられるにつれて、急速に小さくなっていった。あとに残されたもの（鉄のコアや廃石や鉱滓）は、塔に張力を維持させるための平衡錘を形成するのである。それは、長さ四万キロの石投げ器につけられた石となって、いまや地球といっしょに二十四時間ごとに一回転をするのだった。

アショーカ宇宙ステーションの五〇キロ東方には、何メガトンという無重量の（だが無質量ではない）原料を処理してそれを超繊維に変える、巨大コンビナートが浮かんでいた。最終生産物は原子が正確な結晶格子に配列した純度九〇パーセント以上の炭素だったから、塔は〈十億トンのダイアモンド〉という通俗的な別名をちょうだいすることになった。アムステルダムの宝石商同業組合は、苦々しげに、(a)超繊維はダイアモンドなどではない、(b)仮にそうだとすれば、塔は五掛ける十の十五乗カラットの目方があることになる、と指摘したものだった。

カラットにせよトンにせよ、これだけの厖大な量の材料は、宇宙植民地の資源や軌道技術要員の才腕に極度の負担を負わせた。自動式の採掘場、生産設備、組み立て施設には、二百年間の宇宙旅行時代に苦労して獲得した人類の技術の粋の大半が注ぎこまれた。やがて、塔のすべての構成要素（規格化され百万の単位で生産された、幾種類かのユニット）が宇宙空間に浮かぶ巨大な資材の山に集積され、自動操作機を待つことになる。

それから、塔は二つの反対の方向に向かってのびてゆくことだろう——ひとつは地球へ向かい、同時にもうひとつは軌道のアンカー質量へ向かっていって、それがつねに平衡を保つように、全過程が調整されるのだ。その断面積は、最大の負荷がかかる軌道から地球に向かってしだいに減少する。同時に、アンカーの役をする平衡錘へ向かって細くなってゆくのである。

仕事が完了すると、建設コンビナートは、そっくりそのまま火星への遷移軌道に打ちあげられる。これは契約の一部だったが、遅まきながら宇宙エレベーターの潜在能力に気がついた地球の政治家や銀行家の一部を、断腸の思いにさせたのだった。

火星人の取引条件は厳しいものだった。彼らは投資の回収をあと五年待つ代わりに、その後おそらく十年間というものは、建設を実質的に独占することになるのだった。モーガンは、パヴォニス塔が何基かのうちの最初のものにすぎないことを、見抜いていた。火星は宇宙エレベーター・システムの建設地におあつらえむきといっていいし、そこの活動力に富む住民がこんなチャンスを見逃すとも思えなかったのである。彼らが自分の惑星を来たるべき時代の惑星間通商の中心にするというのなら、彼らに幸運あれ。モーガンには、ほかに心配すべき問題があったし、その一部はまだ解決していなかった。

塔は、その途方もないスケールにもかかわらず、もっとはるかに複雑なものの支柱にすぎなかった。その四つの側面のそれぞれには、これまで試みられたことのない速度で運行が可能な三万六〇〇〇キロの軌道が走らねばならなかった。これには、その全長にわたって、巨大な核融合動力炉に接続する超伝導ケーブルで動力を供給しなければならず、その全系統が驚くべき精巧な〝フェイル・セイフ〟コンピューター網によって制御されるのだった。

乗客や貨物が、塔とそれにドッキングした宇宙船との間で乗り換えをする〈軌道ターミナル〉は、それ自体が大工事だった。それは中間点ステーションも同じことであり、いま霊山の心臓部へ向かって掘り進められている〈地球ターミナル〉についても同じことだった。そして、これらすべてに加えて、〈清掃作業〉があった……。

地球をまわる軌道には、緩んだナットやボルトから丸ごとの宇宙村にいたるまで、ありとあらゆる形と大きさの人工衛星が、二百年にわたって蓄積していた。それらが危険物となる可能性があるために、どの時期にせよ塔の最高点より下の位置を通ることがあるものは、一掃する必要があった。これらの物体の四分の三は投棄された廃品であって、その大部分はとうに忘れられてしまっていた。いまや、それを発見して、なんとか処分しなければならなくなったのである。

幸いにも、昔の軌道要塞には、この作業のためのすばらしい装備があった。予告なしに飛びこんでくるミサイルを遠距離から捕捉するように設計されたレーダーは、宇宙時代初期の屑物を容易に探知できた。続いてレーザーが小さな人工衛星を気化させる一方、大きなものは危険を及ぼさない高い軌道へと押しやられるのだった。一部の歴史的意味のあるものは、回収されて地球へ戻された。この作業のあいだ、少なからぬ新発見があった——たとえば、何かの秘密作戦で死んだ中国の三人の宇宙飛行士とか、構成部品がきわめて独創的な複合物になっているために、どこの国が打ちあげたのか知るすべもない数個の偵察衛星、といったぐあいだった。もちろん、いまさらそれが問題になるわけでもなかった。それらは少なくとも百年前のものだったのである。

機能上の理由から地球の近くに留まらざるをえない無数の現役の人工衛星や宇宙ステーションは、すべて軌道を入念に点検され、一部のものは軌道を修正された。だが、もちろん、太陽系の果てからいつ飛びこんでくるかもしれぬ、気まぐれで予測不可能な来訪者に対しては、打つべき手段はなかった。人類のあらゆる創造物と同様、塔も隕石に対しては無防備なのである。その地震計網は、一日に数回、ミリグラム級の衝突を記録することだろう。そして、年に一、二回、小さな構造上の被害は覚悟しなければならないかもしれない。そして、遅かれ早かれ、これから先の何世紀かのあいだには、一本以上の軌道を一時的に機能停止させるような大物に出くわすかもしれない。最悪の場合には、塔自身が全長のうちのどこかを切断されることさえ考えられる。

それがおこる確率は、大きな隕石が（ほぼ同じ標的面積に当たる）ロンドンや東京に衝突する確率と同じである。これらの都市の住民は、この可能性を心配して夜も眠れないようなことは、あまりないのだ。ヴァニーヴァー・モーガンも、その点では同じだった。この先どんな問題が控えているにせよ、宇宙塔というアイデアが実現する日が来たことを疑う者は、誰もいなかったのである。

第五部　上　昇

38 静かなる嵐の場所

二一五四年一二月一六日、ストックホルムにおけるマーチン・セスイ教授のノーベル物理学賞受賞記念講演からの抜粋。

天と地との間には、昔の哲学者が想像もしなかったような、眼に見えない領域が拡がっています。二〇世紀初頭、正確には一九〇一年一二月一二日が来たとき、それは人類の生活に最初の衝撃を与えたのです。

この日、グーリェルモ・マルコーニは、無線電信で大西洋の向こうへ、〝S〟を表わす三つの点からなるモールス信号を送りました。電磁波は一直線にしか進むことができず、地球の湾曲に沿って曲がることはできないだろうということから、多くの専門家がこのことは不可能だと断定していました。マルコーニの偉業は、全世界を結ぶ通信の時代の到来を告げたばかりでなく、大気圏の上層部に電波を地上に反射することのできる帯電した鏡が存在することを証明したのでした。

これは、はじめケネリー・ヘヴィサイド層と名づけられましたが、やがて少なくとも三つの主要な層からなっていて、そのすべてが高さも強度も大きく変化するという、きわめて複雑な領域であることが、発見されました。その上限はヴァン・アレン放射帯とひとつになっていますが、後者の発見は宇宙時代初期の最初の成果でした。

ほぼ五〇キロの高度から始まり、地球の半径の数倍にまで拡がっているこの広大な領域は、今日では電離圏として知られています。ロケット、人工衛星、電波による探究は、二世紀以上にわたって絶え間なく続けられています。わたしは、この大事業における先人たちを称えたい——アメリカ人チューヴとブライト、イギリス人アップルトン、ノルウェー人ステルマー——そして特に、一九七〇年にわたしがいま受賞の栄誉に浴したのとまさに同じ賞を獲得した人物、あなたがたの同国人ハンネス・アルヴェーン……。

電離圏は太陽の鬼子です。今日でも、その挙動は必ずしも予測できません。長距離の無線通信がこれの特性に依存していた時代、電離圏は多くの人命を救いました——だが、彼らの絶望的な信号を電離圏が跡かたもなくのみこんでしまうときには、われわれに知られている以上の人間が死に追いやられたのでした。

通信衛星がこれに代わるまでの一世紀足らずの間、電離圏はわれわれにとってかけがえのない、しかし気まぐれな下僕でした。——それ以前には予想もしなかった自然現象でしたが、これを利用した三世代にとっては、何十億ドルにもかえがたいものだったのです。

これが人類にとって直接的な重要性を持っていたのは、歴史のごく短い期間でした。しかし――仮にこれが存在しなかったとしたら、われわれはこうして存在してはいなかったはずです！　つまり、電離圏は、最初の原人をはじめとするテクノロジー以前の人類、いやそれどころかこの惑星の最初の生物にとってさえ、ある意味では決定的な重要性を持っていたのです。なぜなら、電離圏は、太陽の有害なX線や紫外線からわれわれを保護する障壁の一部なのです。仮にそれが海水面にまで侵入していたとしても、それでもなんらかの生命が地上に生まれていたかもしれません。だが、それがわれわれにかすかにでも似たものにまで進化することは、決してなかったでしょう……。

電離圏は、その下の大気圏と同様に、最終的には太陽に支配されていますので、これにも気象の変化があります。太陽の擾乱期には、電離圏は惑星の全域にわたる荷電粒子の嵐に吹きまくられ、地球の磁場にねじまげられて輪や渦巻をつくります。このような時期には、電離圏はもう眼に見えないものではなくなって、オーロラの光り輝くカーテン――極寒の北極の夜を妖しげな光で彩る、自然のもっとも壮大な景観のひとつとして、姿を現わすのです。

今日においても、われわれは電離圏でおこるすべての過程を理解してはおりません。

その研究が困難である理由のひとつは、ロケットや人工衛星に載せたわれわれの計器が、時速何千キロという速度でそこを通り抜けてしまうことです。われわれには、立ちどまって観測することができなかったのです！　いま、いわゆる宇宙塔の建造によって、われわれには史上はじめて電離圏の中に定点観測所を設ける機会が与えられております。塔そのものが電離圏の特性を変えるかもしれません――しかし、ビッカースタッフ博士が示唆したように塔が電離圏をショートさせるようなことは、絶対にありえないのであります！

電離圏が通信技術者にとって重要ではなくなった今日、われわれはなぜこの領域を研究せねばならないのか？　その美しさ、不思議さ、科学的な興味は別としても、電離圏の挙動はわれわれの運命の支配者である太陽の挙動と密接な関係を持っているからなのです。今日、われわれは、太陽が祖先たちの信じていたような安定したお行儀のいい恒星ではないことを知っています。太陽は、長期あるいは短期の変動をおこすのです。目下のところ、太陽は、一六四五年から一七一五年までのいわゆる〝マウンダー極小期〟からいまだに脱けだしつつあるところです。このため現在の気候は、中世初期以来のどの時期よりも温和になっております。だが、この上昇がいつまで続くのでしょうか？　それ以上に重要なことは、必然的な下降がいつ始まるのか、そしてこれが気候に、気象に、そして人類文明のあらゆる側面に、いかなる影響を及ぼすのかということです――ただたんにこの惑星についてのみならず、ほかの惑星についてもです。なぜなら、惑星たちはすべて太陽の子供なのですから……。

一部のきわめて推測的な学説は、太陽がいま不安定期に入りつつあり、過去のいかなるものよりも広汎な新しい氷河期を生みだすかもしれない、と示唆しております。仮にこれが真実なら、それに備えるためには、われわれはあらゆる知識をかき集めねばなりません。一世紀前に予告できても、間にあわないかもしれないのです。

電離圏はわれわれが創造されるのを助けました。それは通信革命をおこさせました。しかもなお、それはわれわれの未来を決定するかもしれないのです。太陽と電気のエネルギーが荒れ狂うこの広大な舞台――この謎に満ちた静かなる嵐の場所の研究をわれわれが続けなければならないのは、このためなのであります。

39　傷ついた太陽

モーガンが前にこの甥に会ったとき、デイヴはまだ子供だった。いま彼は十代はじめの少年であり、この調子では、次に会うときには一人前になっていることだろう。

工学者は、かすかな自責の念に駆られていた。過去二世紀の間に、家族の絆は弱まってきていた。彼と妹の間には、遺伝の偶然以外には、共通点はほとんどなかった。二人は、年に五、六回ぐらいは挨拶や世間話を交わしていたし、きわめて親しい関係にはあったが、最後に会ったのがいつ、どこであったのかさえ、はっきり覚えていなかったのである。

それでも、真剣で聡明な（著名な伯父に会っても、少しも臆していないように見える）少年を迎えたとき、モーガンは一種のほろ苦い感慨にとらわれていた。彼には、家名を継ぐべき息子はいなかった。最高レベルでの人間の営みにはまず避けられない、〝仕事〟と〝生活〟との間のそういう選択を彼は遠い昔に行なったのだ。彼が別の道を選んだかもしれない機会が、イングリッドとの交渉は勘定に入れないでも、三回はあった。だが、偶然か功名心かが、彼の心をそこからそらせたのだった。

彼は自分が行なった取引の条件を承知し、それを受けいれたのだった。いまさら細目の条項をとやかくいっても手遅れだった。遺伝子をかき混ぜるだけならどんな阿呆にでもできるし、たいていの者はそうしている。だが、歴史が認めるかどうかはさておいて、自分が果たしたこと、またまさに果たそうとしていることは、誰にでもできることではないのだ。

デイヴは、この三時間のあいだに、要人たちの通りいっぺんの順路などは及びもつかないほどに〈地球終端駅〉を見てまわっていた。彼は、ほとんど完成した南駅への通路を通って、平地のレベルから山体に入り、乗客や荷物を扱う設備、管制センター、カプセルが東と西の〝下り線〟から北と南の〝上り線〟へ回送される操車場を、ざっと見せられた。車の列が上昇し下降することになる長さ五キロの縦坑（星を狙う巨大な砲身のようだ、と数百人の記者たちが声をひそめていっていたもの）を見上げた。そして、最後の案内者がほっとして少年を伯父の手に渡すまでに、彼の発する質問は三人の案内者をへとへとにさせたのだった。

「さあ渡すぞ、ヴァン」高速エレベーターで、平らに切りとられた山頂に着くと、ウォーレン・キングズリーはいった。「わたしの仕事を横どりされないうちに、連れていってくれよ」

「おまえがそんなに工学に夢中だとは知らなかったよ、デイヴ」

少年は感情を害し、ちょっとびっくりした顔をした。

「忘れたの、伯父さん――ぼくの十歳の誕生日にくれた十二号メカマックスのことを？」

「わかった、わかった。からかってみただけさ」（それに、じつをいえば、彼はほんとうに組み立てセットのことを忘れていたわけではなかった。ほんの一瞬、うっかりしただけなのだった）「ここは寒くないかね？」充分に保護された大人たちと違って、少年は例の軽い保温コートには見向きもしなかったのである。

「ううん――なんともないよ。あのジェットはなんなの？　縦坑の蓋はいつ開くの？　テープに触ってもいい？」

「わたしがいっただろう？」とキングズリーは楽しそうに笑った。

「第一。あれはシーク・アブドゥラの特別機だ――息子のファイサルが来ているんだよ。第二。塔が山まで届いて縦坑に入るときまで、この蓋は閉じたままだ――これは作業台として必要だし、雨除けにもなる。第三。テープに触りたければ、触っていい――走るんじゃない――この高度では体によくないぞ！」

「十二歳の子供にとっては、どうだかな」キングズリーは、見る見る小さくなってゆくデイヴの背中に向かっていった。二人はゆっくりと歩きながら、東面のアンカーのところで少年に追いついた。

少年は、いままで何千何万という人間がやったように、地面からまっすぐに立ちあがって垂直に空へ昇っている、狭い暗灰色の帯を見つめていた。デイヴの視線はそれをたどって上へ――上へ――上へ――くびがこれ以上は後ろへ曲がらないというところまで追っていった。モーガンとキングズリーは、そうはしなかった――もっとも、これだけの年月を経ても、その誘惑は依然として強かったのだが。彼らはまた、訪問者の中にはめまいをおこしてぶったおれ、一人では立ち去れなくなる者もいることを、少年に注意もしなかった。

少年は、しっかりしていた。彼は、まるで濃紺の空の彼方に浮かんでいる何千という人間や何百万トンという資材が見えるとでも思っているように、一分間近くも天頂をじっと見つめていた。それから、顔をしかめて眼を閉じ、くびを振り、自分がまだ揺るぎなく頼もしい大地に立っていることを確かめようとするかのように、ちょっと足もとを見おろした。

彼は用心深く手をのばし、惑星とその新しい月とを結ぶ狭いリボンをさすった。

「もし、これが切れたとしたら」と彼はいった。「どうなるの？」

それは、お定まりの質問だった。たいていの人たちは、答を聞いてびっくりするのだった。

「ほとんど何もおこらない。いまの段階では、これにはほとんど張力がかかっていないんだ。このテープを切ったとすれば、これはただここにぶらさがったままで、風に揺れていることだろう」

キングズリーは、気にくわない顔つきをした。この説明がひどく単純化しすぎたものであることは、もちろん二人とも知っていた。いまの時点で、四本のテープのそれぞれには、約百トンの張力がかかっていた――だが、システムが操業を開始してテープが塔の構造体に組みこまれたときに受けることになる設計荷重にくらべれば、これは無視できるほどのものだった。しかし、そういう細かいことで少年の頭を混乱させてみても、意味はなかったのである。

デイヴは、このことをじっと考えこんだ。それから、テープから楽音を引きだそうとでもするかのような手つきで、軽く弾いた。だが、その結果は、あまりぱっとしないカチッという音がおこって、たちまち消えただけだった。

「もし大ハンマーでこれをなぐりつけて」とモーガンはいった。「十時間ほどしてもどってくれば、中間点ステーションからの反響にちょうど間にあうだろう」

「いまじゃそうはいかんよ」とキングズリーがいった。「システムに減衰材がうんと入っているからな」

「興ざめなことをいうなよ、ウォーレン。さあ、こっちへ来て、ほんとうにおもしろいものを見ようじゃないか」

彼らは、いま山の上にかぶさって縦坑を塞いでいる、巨大なシチュー鍋の蓋のような円形の金属板の中心へ歩いていった。塔を地上へ誘導してくる四本のテープから等距離にあるこの場所には、自分が建っている表面とくらべてさえ応急的な施設という感じで、小さなジオデシック・ドームの小屋があった。そこには、真上を指し、どうやらほかの方向にはまったく動かせないらしい、奇妙な形の望遠鏡がおさまっていた。

「日没直前のいまは、のぞくのに最適の時間なんだ。いまなら、塔の底が充分に照らされているからな」

「太陽といえば」とキングズリーがいった。「まあ、ちょっと見てみろよ。昨日よりもはっきり見えるくらいだ」西の靄の中へ沈んでゆく明るいひしゃげた楕円を指さす彼の声には、何か畏敬に近いものがこもっていた。強い光を地平線の霞が充分にやわらげていて、楽に見つめることができた。

一世紀以上もの間、これだけの黒点群が現われたことはなかった。それらは黄金の円板のなかば近くまで拡がって、まるで太陽が何か悪性の病気に悩んでいるか、それとも衝突した惑星で穴が開いたかのように見えた。巨大な木星でさえ、太陽大気にこんな傷を負わせられるはずはなかった。最大の黒点は、さしわたし二五万キロあり、百個の地球をのみこむこともできたのである。

「今夜はまた大きなオーロラが見えると、予報が出ている――セスイ教授の一行はまったくいいタイミングを選んだもんだ」

「向こうはどんな様子か見てみよう」モーガンは、接眼鏡をちょっと調節しながらいった。

「見てごらん、デイヴ」

少年は、しばらくじっとのぞいてから答えた。「四本のテープが近づいて――いや、昇っていって――最後は見えなくなっている」

「その間には何もないか?」

また沈黙。「うん――塔は何も見えないよ」

「よし――あれはまだ六〇〇キロ上にあるし、望遠鏡の倍率はいちばん低くしてあるんだ。それじゃズームを始めるぞ。安全ベルトを締めろ」

デイヴは、数知れぬ歴史ドラマでおなじみの、昔のきまり文句に、軽い笑い声をあげた。

それでも、最初のうちは、視野の中央に集中する四本の線が少し鮮明さを失った以外には、なんの変化も見えなかった。数秒してから、彼は、自分の視点がシステムの軸に沿って急上昇しても、変化はあるはずがないことに気がついた。その全長のどこから見ても、四本のテープの組はまったく同じように見えるはずなのだった。

やがて、突如として、それは現われた。予期していたにもかかわらず、彼は不意をうたれた。視野のまん中に小さな明るい点が出現した。それは見る間にふくらんでゆき、彼はここではじめてほんとうのスピード感を味わった。

数秒後、小さな円形が見分けられた――いや、いまや頭も眼も、それが正方形であることに同意していた。彼は、誘導するテープに沿って一日数キロの速さで地上へ向かってゆっくり進んでいる塔の底を、まっすぐに見上げているのだった。この距離からでは小さくてとても見えない四本のテープは、もう消えていた。だが、魔法のように空に固定されたその正方形は、極度の拡大のためにいまではぼやけはじめていたが、依然として大きくなりつづけた。

「何が見える？」とモーガンが訊ねた。

「明るい小さな正方形」

「よし――それが、まだいっぱいに日があたっている塔の下側だ。ここが暗くなってからだと、それが地球の影にはいるまでのあと一時間は、肉眼でも見えるようになるんだ。さあ、あとは何が見える？」

「何も……」長い沈黙の後で、少年は答えた。

「見えるはずだぞ。科学者チームが、何かの研究用の装置を据えつけるために、いちばん下の区画に来ているんだ。ちょうど中間点ステーションから降りてきたところだ。気をつけて見れば、運搬車が見えるだろう――南の軌道だ――ということは、視野の右側になるな。塔の四分の一ぐらいの大きさの明るい点を探してみなさい」

「だめだよ、伯父さん――見つからないよ。自分で見てごらん」

「そうか、視界が悪くなったのかもしれんな。ときには空がなんともないのに、塔がまったく見えなくなることも――」

モーガンがデイヴと接眼鏡の場所を代わる余裕も与えずに、彼の携帯用受信機が鋭い音を二回発した。続いてすぐ、キングズリーの警報機も騒ぎはじめた。

塔が特別非常警報を発したのは、これがはじめてだった。

40　軌道の終点

彼らが〝シベリア横断鉄道〟と呼んだのも道理だった。楽な下りの走行でさえ、中間点ステーションから塔の基部までの旅は五十時間続いたのである。

いずれはこれも五時間しか要しないことになるのだが、それはまだ軌道に電気が通じて磁場が働くようになる二年先のことだった。いま塔の面を昇降している点検や保守のための乗物は、誘導溝の内側をしっかりつかんだ旧式の車輪で運行されているのだった。仮に電池の限られた出力が許すとしても、こういうシステムを時速五百キロ以上で運転するのは、安全とはいえなかったのである。

それでも、全員は多忙で、退屈するどころではなかった。セスイ教授と三人の学生は、装置を点検しながら観測し、塔に乗り移ったときに一刻も無駄にしないように念を入れていた。全乗務員を構成するカプセル運転手、彼の技術助手、一人のスチュワードも、やはり大忙しだったが、それはこの旅が定期走行ではなかったからである。中間点ステーションから二万五〇〇〇キロ下にある（そして、いまや地球からわずか六〇〇〇キロのところにある）〝地階〟は、建造されてからだれも行ったことがなかった。今日までのところ、わずかばかりのモニターからは、何も異常が報告されてこなかったから、そこへ行く理由は何もなかったのだった。もっとも、故障がおこるはずも、あまりなかった。というのは、〝地階〟はただの一五メートル平方の気密室であり、塔のところどころに設けられた数十の緊急避難所のひとつにすぎなかったからである。

セスイ教授は、いまや電離圏を通って一日二キロの速度でのろのろと地球へ向かって進んでいるこの比類なき場所を借りるために、自分の少なからぬ影響力のすべてを行使した。現在の黒点極大期がピークになる前に自分の装備を据えつけることが不可欠だと、彼は強引に論じたのだった。

すでに太陽活動は未曾有《みぞう》のレベルに達しており、セスイの若い助手たちは、しばしば計器に集中していられなくなった。外部の壮麗なオーロラに、気をとられずにはいられなかったのだ。北半球も南半球も、数時間にわたって、美しくも荘厳な緑色を帯びた光の緩やかに動くカーテンや帯で満たされていた――しかもそれは、極地をめぐって展開されている天界の花火の、色褪せた反映にすぎなかった。オーロラが通常の場所から離れて遠くへ迷い出てくることと自体が、稀なことなのだ。それが赤道の空に侵入してくるなどということは、数世代に一度しかないことだったのである。

セスイは、中間点ステーションへ帰ってくる長い昇りの間に、見物する暇はいくらでもあると訓戒して、学生たちを仕事に追い戻した。しかし、その教授さえもが、燃える空の景観に魅せられたまま、時には数分間も展望窓に立ちつくしていたことは、特筆に値することだった。

誰かがこの計画を〝地球への遠征〟と命名していた――それは、距離に関するかぎり、九八パーセント正確だった。カプセルが塔の面を五百キロという惨めな速度で這い降りているあいだ、下界の惑星が少しずつ近づいてくる徴候がしだいに現われてきた。というのは、重力が徐々に増して、中間点ステーションでの月よりも軽い浮揚感から、ほとんど地球上に近い値にまでなっていったのである。経験を積んだ宇宙旅行者にとっては、これはなんとも奇妙な体験だった。大気圏突入の前に少しでも重力を感ずるというのは、物事の正常な順序とは逆のように思えた。

食事についての苦情を過労ぎみのスチュワードが雄々しくも耐え抜いた以外には、旅は何事もなく過ぎていった。〝地階〟から一〇〇キロのところで静かにブレーキが働かされ、スピードは半減した。五〇キロのところで、スピードはふたたび半分に落とされた――というのは、学生の一人がいったように、「もし軌道の終点から飛びだしちまったら、困るだろう」からだった。

運転手は（彼は〝操縦士〟と呼ばれることに固執したのだが）、カプセルが下降している誘導溝は塔の端より数メートル手前で終わっているから、そんなことはおこりえないといい返した。万一、四基の独立したブレーキの全部が故障したときのために、精巧な緩衝装置もついているのだ。そして誰もが、この冗談は、まったくばかばかしいことは別としても、きわめて趣味が悪いという点で一致したのである。

41　隕　石

二千年にわたってパラヴァナの海と呼ばれてきた広大な人工湖は、その建設者が投げかける石の視線のもとで、静かに平和に横たわっていた。いまではカーリダーサの父の孤独な像を訪れる者はほとんどいなかったが、彼の名は残らなかったとしても、その仕事は自分の息子の仕事よりも生きながらえたのだった。そして、湖は彼の国土に計り知れないほど奉仕し、百世代の人々に対して食べ物と飲み物をもたらした。また、さらに多くの世代の鳥、鹿、水牛、猿、そして彼らの捕食者、たとえばいま水ぎわで水を飲んでいる色艶のいい肥った豹のようなものたちに対しても。この大きな獣は、もう猟師を少しも怖れずにすむようになったいまでは、むしろ数が増えすぎて、厄介者になりかけていた。だが、彼らは、脅かしたり手出しをしたりしないかぎり、人間は襲わなかった。

湖を囲む影が長くなり、東から夕闇が迫ってくる中で、安心しきった豹は、ゆうゆうと心ゆくまで飲んでいた。彼は突然耳を立て、即座に警戒態勢に入った。だが、おそらく人間の感覚では、陸にも、水にも、空にも、なんの変化も感じられなかっただろう。夕景は、それまでと同じように、静寂を保っていたのである。

そして、そのとき、まさに天頂からかすかな鋭い音が聞こえ、それは再突入する宇宙船の音とともまったく違う引き裂くような音を伴いながら、しだいに轟然たる音響になっていった。空の上では、何か金属のようなものがどんどん大きくなり、後に煙の筋を残しながら太陽の最後の光に輝いていた。それは、ふくれあがりながら、空中分解した。破片が四方に飛び散り、中には燃えているものもあった。それが木端微塵《こっぱみじん》に爆発する前の数秒間、豹のような鋭い眼であれば、ほぼ円筒状の物体が目撃できたかもしれない。だが豹は、この最後の異変までぐずぐずしてはいなかった。とっくにジャングルの中へ消えていたのだ。

パラヴァナの海は、にわかな轟音とともに湧きかえった。泥と水煙が、一〇〇メートルの上空へ、間欠泉のように噴きあがった——ヤッカガラの噴泉をはるかに凌ぎ、それどころか〈岩〉そのものの高さに近い噴水だった。それは、一瞬、重力に空しい抵抗を試みるかのように停止し、それからまた、かき乱された湖の中へ崩れおちていった。

空は早くも、驚いて飛びまわる水鳥で埋まっていた。それらに混じって、それに劣らぬほどの群れをなして、革のような皮膚を持ち、まるで現代まで生きのびたプテロダクティルさながらにはばたいているのは、ふつうは暗くなってからでなければ飛びたたない巨大な大蝙蝠《おおこうもり》だった。いまや、同じように怯えた鳥と蝙蝠は、空を仲良く分かちあっていた。

衝突の余韻は、周囲をかこむジャングルに消えていった。湖には早くも静寂が戻った。だが、そこが鏡のような水面に返り、パラヴァナ大王の見えない眼の下でさざ波が騒ぐのが鎮まるまでには、長い時間がかかった。

42　軌道での死

大きな建造物には犠牲者がつきものだといわれる。ジブラルタル橋の橋脚には、十四人の名が刻まれていた。だが、塔での死傷者は、狂信的といってもいいほどの安全運動のおかげで、いちじるしく少なかった。事実、死者の一人もない年さえあった。

しかし、四人が死んだ年もあった――そのうちの二人は、とくに悲惨な死に方だった。無重量状態で働くことに慣れていた一人の宇宙ステーション組み立て作業監督が、自分は宇宙空間にはいるが軌道上にいるのではないことを忘れてしまった――そしていままでの経験が仇《あだ》となったのである。彼は一万五〇〇〇キロを真逆さまに落ち、大気圏に突入して隕石のように燃えあがった。不幸にも、その最後の数分間、彼の宇宙服の送話器は、スイッチが入ったままだった……。

それは塔にとっては災厄の年だった。第二の悲劇にはもっとずっと長い時間がかかり、しかも同様に衆人環視の中でおこった。同期軌道のはるか外側にある平衡錘にいた一人の技術者の安全ベルトの留め方が不充分だったのだ――そして、石投げ器から飛びだした石のように、宇宙空間へ放りだされてしまったのである。この高度では、彼女は、地球へ落下するおそれも、脱出飛翔経路へ打ち出されるおそれもなかった。だが不幸なことに、その宇宙服には二時間足らずの酸素しかなかったのだ。そんなにすぐに救出できる可能性はなかった。そして、世間の激しい抗議にもかかわらず、なんの努力もなされなかった。犠牲者は勇気をもってこれに対処した。彼女は別れの言葉を送信し、それから——酸素はまだ三十分だけ残っていたのだが——自分の宇宙服を真空に向けて開いたのだった。遺体は、数日後、天体力学の不変の法則がそれを長い楕円の近地点に持ち帰ったとき、収容された。

真剣な表情のウォーレン・キングズリーと、ほとんど忘れられかけたディヴとを後ろにぴったり従えて、高速エレベーターで作業本部へ下降するモーガンの心には、これらの悲劇が走馬灯のようにかすめた。だが、今回の事件は、塔の〝地階〟付近で爆発がおこるという、まったく別のタイプのものだった。〝巨大流星雨〟がタプロバニー中部のどこかにあったという見当はずれな報道を聞くまでもなく、運搬車が地上に落下したことは明らかだった。

もっと事実がわかるまでは、推測してみても意味はなかった。しかも、すべての証拠が消滅してしまったと思われるこの場合、それすら不可能かもしれない。彼は宇宙空間の事故が単一の原因によることはほとんどないのを知っていた。しばしば、それ自体はまったくなんでもないことの、連鎖反応の結果である場合がふつうなのだ。安全技師のあらゆる慎重さも絶対の信頼性は保証できなかったし、時には彼らのあまりにも手のこんだ予防措置そのものが事故の発生に手をかすことになった。いまや事業の無事なことのほうが人命の損失よりも自分にとってはるかにたいせつになっていることを、彼は恥じてはいなかった。死んだ者には何もしてやることはできないのだ——同じ事故が二度とおこらないように保証する以外は。

だが、完成に近づいた塔が危険にさらされるなどということは、考えられもしないことだった。

エレベーターはゆっくりと止まり、彼は作業本部へ入っていった——ちょうどそのとき、この晩の第二の大事件が待ちかまえていた。

43　フェイル・セイフ

終点から五キロ手前で、運転手＝操縦士のルーパート・チャンは、さらに速度をおとした。乗客たちは、これではじめて塔の表面を、両方向に向かって無限にのびたのっぺらぼうのかすんだ姿としてでなく、見ることができるようになった。たしかに上方へ向かっては、彼らを支えている二条の溝が、いまでも無限の彼方へのびていた——といって悪ければ、少なくとも二万五〇〇〇キロの彼方へだが、人間の尺度からすれば、結果は同じことだった。下のほうには、もう終わりが見えてきていたのである。先端が平らになった塔の基部は、一年ちょっとのうちにそこへ達して合体することになっているタプロバニーの青々とした緑を背景にして、くっきりと浮き出ていた。

表示パネルで〈非常警報〉がまたもや点滅していた。チャンは、いらいらしたように眉をひそめながらそれをじっと眺め、それからリセット・ボタンを押した。信号は一度ちらついて、それから消えた。

二〇〇キロ上でこれがはじめておこったときには、中間点ステーションの制御室とあわただしい協議が行なわれた。すべての系統がすばやく点検されたが、何も異常はなかった。それどころか、警報を全部信用するならば、運搬車の乗客はすでに全員が死亡しているはずだったのである。何もかもが許容限界を超えているのだった。

それは明らかに警報回路そのものの故障であって、セスイ教授の説明は全員にほっとした気分で受けいれられたのだった。いま車体は、その設計が対象としていたような、純粋の真空中にいるのではない。おそらくは車体が電離圏の擾乱の中に入ったために、それが警報系統の敏感な検出器を作動させたのだろう。

「どうして誰もそれに気がつかなかったんだ」とチャンは文句をいった。だが、あと行程は一時間足らずしかなかったから、彼も本気で心配してはいなかった。彼は重要なパラメーターの全部を自分でたえず点検することにするといい、中間点ステーションはそれに同意したが、どちらにせよ、そうするほかはなかったのである。

おそらく彼がいちばん心配していたのは、電池の状態だったろう。いちばん近い充電場所は二〇〇〇キロ上にあり、もしそこまで戻ってゆけなかったら、一大事だった。だがチャンは、この点についてはまったく満足だった。ブレーキをかけている間、運搬車の駆動モーターは発電機として働いていて、重力エネルギーの九〇パーセントは電池に戻されているのだ。電池が完全に充電されているいま、まだ発電されている余剰の数百キロワットは、後部の大きな冷却翼を通って宇宙空間に放出されているはずだった。チャンの同僚たちがいつもいっているように、この翼のおかげで彼の類のない乗物は、昔の爆弾にかなり似ていたのである。ブレーキ操作も終わりに近づいたいまごろは、翼は鈍く赤熱しているはずだった。ところが、じつはそれがまだ快適に冷えていることを知っていたら、チャンはひどく心配していたことだろう。なぜなら、エネルギーは絶対に消滅させられないからだ。それは、どこかへ行かなければならないのである。しかも、都合の悪い場所へ行くことがじつに多いのだ。

〈火災――電池室〉という信号が点いたとき、チャンはまったく躊躇することなしに、それをリセットした。ほんとうの火災なら、消火器が作動することが、わかっていた。じつをいえば、彼の最大の心配のひとつは、消火器が必要もなしに作動することだったのである。ここまできて、制御盤には、とくに電池充電回路を中心に、いくつかの異常が出ていた。チャンは、行程が終わって動力を切りしだい、モーター室へ上っていって、一切合財《いっさいがっさい》について昔ながらの眼による検査を充分にやるつもりだった。

あと一キロちょっとあるかないかというところで、たまたま彼の鼻がまず異変を嗅ぎつけた。制御盤から洩れるかすかな煙を、信じがたい顔つきで見つめながらも、彼の頭の冷静で解析的な部分は「行程の終わりまで待っていてくれたとは、なんという運のいい偶然だ!」といっていた。

そのとき、彼は、最後のブレーキで生みだされた大量のエネルギーのことを思いだし、事のしだいをきわめて鋭く見抜いた。保護回路が故障をおこして、電池が過充電されたにちがいない。フェイル・セイフ機構が、どれもこれも働かなかったのだ。電離圏の嵐に援助されながら、生命のないものの純然たる邪悪さが、またもや攻撃をしかけたのだ。

チャンは、電池室の消火器のボタンを押した。少なくとも、それは働いた――隔壁の向こう側で窒素の噴出するこもった轟音が聞こえたのである。十秒後、彼はガスを（それと同時に、うまくゆけば、火災から奪いとった熱の大部分を）宇宙空間へ吐きださせる〈真空排出〉を作動させた。これも、うまく働いた。チャンが宇宙船から空気が流出するまぎれもない響きを、安堵の思いで聞いたのは、これがはじめてだった。彼は、これが最後であることを願った。

車体がのろのろと終点に向かって進む間、自動ブレーキ機構に頼っているだけの勇気は、彼にはなかった。幸い練習は充分にやっていたから、視覚信号はすべて見分けがつき、ドッキング・アダプターから一センチ以内に止まることができた。気が狂ったようなあわただしさでエアロックが連結され、連結管を通して必需品や装備が放り投げられた……。

……そして、貴重な装置を取りに戻ろうとするセスイ教授も、操縦士、技術助手、スチュワードが力を合わせておさえつけた。エアロックのドアが力まかせに閉められたのは、エンジン室の隔壁が崩れおちる直前だった。

その後は、避難者たちにできることといえば、設備のよい監房にくらべてさえひどく居心地の悪い、一五メートル四方の寒々とした部屋の中で待ちながら、火災が自然鎮火するのを願うだけだった。チャンと彼の技師だけがひとつの決定的な数字を知っていたことは、乗客たちの心の平穏にとっていいことだったかもしれない。充分に充電した電池には大きな化学爆弾に相当するエネルギーが貯えられ、いまそれは塔の外で時を刻んでいるのだった。

彼らが大急ぎで避難してから十分後、爆弾は破裂した。おし殺したような爆発音は塔をほんのわずか振動させ、金属の裂ける音がそれに続いた。破壊の物音はそれほど大きくはなかったが、それは聞く者の心を寒くさせた。唯一の輸送手段は破壊され、彼らは安全な場所から二万五〇〇〇キロ離れたところに置きざりにされたのだ。

さらに続いて、もっと長く続く爆発が聞こえ——それから静寂が戻った。避難者たちは、車体が塔の面から墜落したのだろうと想像した。彼らは、まだ茫然としたままで、自分たちの資産を調べはじめた。そして、徐々に、自分たちの奇蹟的な脱出もまったく無駄だったかもしれないと、悟りはじめたのである。

44　天の洞穴

山体の中深く、地球作業センターの表示装置や通信設備に囲まれながら、モーガンと彼の技術者たちは、塔の基底部を十分の一に縮小したホログラムのまわりに集まっていた。それぞれの壁面に沿ってのびる誘導テープの四本の細い線まで含めて、あらゆる細部が完璧だった。テープは床の直前で宙に消えていて、この縮めた尺度でさえ、下へさらに六〇キロ延びて、地殻を完全に貫通することになるのだということは、なかなかイメージがつかみにくかった。

「破断面を見せてくれ」とモーガンがいった。「それから〝地階〟を眼の高さに持ちあげて」

塔は、固体のような外見を失って、明るい幻影となった――動力供給用の超伝導ケーブル以外は何もない、薄い壁の、長い真四角な箱だった。最下部の区画は、仕切られて一辺一五メートルの独立した部屋になっていた――この山の百倍もの高さのところにあるのだが、〝地階〟とはまったくうまい名称だった。

「入口は？」とモーガンが訊ねた。

映像の二カ所が、それまで以上に光りはじめた。北面と南面とに、誘導軌道の溝にはさまれて、複製されたエアロックの外側のドアが、くっきりと浮かびあがった——すべての宇宙空間のすべての居住場所における当然の安全措置に従って、できるだけ離してあるのだった。

「彼らは、もちろん南側ドアから入りました」と当直責任者が説明した。「そこが爆発で損傷したかどうかは、わかりません」

まあほかにも三つ入口はあるさ、とモーガンは思った——そして、彼に関心があるのは下側にある一対だった。これは例のような手直しのひとつであって、後になってから設計に加えられたものだった。じつは、〝地階〟自体が手直しのひとつだった。はじめのうち、結局は地球終端駅の一部になる塔の部分に避難所を作るのは、不必要だと考えられていたのである。

「下面をこちらへ向けてくれ」とモーガンが命じた。

塔は光の弧を描いて倒れ、その下端をモーガンのほうへ向けて、空中に水平に浮かんだ。これで、二〇メートル平方の床（あるいは、軌道にいる建造者たちのほうから見れば、天井）の細部が、すっかり見えるようになった。

北と南の縁近くに、それぞれ独立した二つのエアロックに下から入るようになっているハッチがあった。問題は、六〇〇キロの上空にあるそこへ、どうやって到着するかだった。

「生命維持装置は？」

エアロックは、もとのように構造体の中に消えてしまった。光った強調個所は、部屋の中央にある小さな箱に移った。

「そこが問題なんですよ、博士」と当直責任者が答えた。「圧力保持装置があるだけです。浄化装置も、もちろん動力もありません。運搬車が墜落してしまったのでは、朝まで生きのびる方法は考えられませんね。室温はもう下がりはじめています——日没時から十度低くなりました」

モーガンは、宇宙空間の冷気が魂に忍びこんできたような気がした。墜落した運搬車の乗員が全員無事であることを知ったときの歓喜は、たちまち消えていった。仮に〝地階〟に、彼らが数日生きられるだけの酸素があったとしても、夜明けまでに凍え死んでしまうのでは、なんの意味もないではないか。

「セスイ教授と話したいな」

「直接呼びだすことはできません——〝地階〟の非常電話は中間点ステーションにだけ通じていますので。でも、おやすい御用です」

それはまったくの真実ではなかった。連絡がとれると、電話に出たのは運転手＝操縦士のチャンだったのである。

「すみませんが」と彼はいった。「教授は手が離せないんです」

一瞬、あきれたような沈黙があってから、モーガンは一語一語を切って自分の名前を強調しながら答えた。「ヴァニーヴァー・モーガン博士が話をしたい、と伝えたまえ」

「わかりました、博士——でも、なんにもならないと思いますよ。教授は学生といっしょに何かの装置をいじっています。それひとつだけが助かったんです——何かの分光器ですがね——展望窓のひとつから外を向かせているんです……」

モーガンは、やっと自制した。彼はもう少しで、「連中は気でも狂ったのか？」というところだったが、チャンが先まわりをしていった。

「先生のことをご存じないんですよ——わたしは先週中いっしょにいましたからね。教授は——そう、一途《いちず》な人といったらいいでしょうかね。自分の装置をもっと取ってくるといって船室に戻ろうとするのをわれわれ三人がかりで止めたんですよ。おまけに、ついいましがた、どうせわれわれがみんな死ぬものなら、たったひとつの装置だけはなんとしてもちゃんと動かすんだ、といったばかりなんです」

チャンの口ぶりは、彼がひどく閉口しながらも、この高名で手に負えない乗客にひどく傾倒していることを物語っていた。それに、じつをいえば、教授のいうことも一理はあるのだった。この不運な調査行のために費やされた何年もの努力の中から、できるだけのものを救出するというのは、もっともな理屈だった。

「やむをえん」やがてモーガンは、不可抗力に妥協しながらいった。「教授と話せないとあれば、きみから状況の概要を聞きたいな。いまのところ、間接の情報だけなんでね」

ここで彼は、いずれにせよチャンは、教授よりはるかに役に立つ報告ができるかもしれないと、気がついた。この運転手＝操縦士が自分の肩書の後半に固執することは、本物の宇宙飛行士の間で嘲笑を招いてはいたが、彼は機械工学と電気工学の充分な素養を持つきわめて優秀な技術要員だったからだ。

「あまり報告することはないんです。なにしろ急なことだったんで、何も持ちだす時間はありませんでした――あのいまいましい分光器以外はね。本心をいえば、エアロックを通り抜ける暇があるとは思っていなかったんです。われわれの衣類はいま着ているものだけ――まあ、そんなところです。学生の一人が自分の旅行鞄をひっつかんできました。なんだかわかりますか――なんと、紙に書いた彼女の原稿の下書きなんですよ。不燃性にもしてない規則違反の代物です。酸素さえあれば、燃やして少しは暖がとれるんですがね」

その宇宙からの声を聞き、塔の透明な（しかし固体のような外見をした）ホログラムを眺めているうちに、モーガンはまことに奇妙な幻覚に襲われた。彼は、その最下部の区画の中で、小さな十分の一の大きさの人間が、動きまわっているところを想像した。手をのばして、彼らを安全な場所へ運びだしさえすれば……。

「寒さの次に大きな問題は空気です。二酸化炭素の蓄積でわれわれがやられるまで、どのくらいの時間があるか、わたしにはわかりません――きっと、これも誰かが計算するでしょう。どんな答が出るとしても、それは甘すぎるんじゃないかと思いますよ」チャンの声は数デシベル低くなり、明らかに誰かに聞かれまいとして、まるでないしょ話のような口調で話しはじめた。「先生や学生たちは知らないんですが、南口のエアロックが爆発で損傷しています。空気が洩れているんです――ガスケットの隙間からたえず音がしています。どの程度かはわかりません」相手の声は、またふつうの大きさにもどった。「ええ、そんな状況です。そちらから知らせが来るのを待っています」

だが、いったいわれわれに、「さよなら」という以外に、何がいえるだろう、とモーガンは思った。

緊急事態が処理されてゆく手腕をモーガンはいつも感嘆していたが、羨ましいとは思わなかった。中間点ステーションにいる塔の安全責任者ヤノーシュ・バルトークが、いまやこの問題の総指揮に当たっていた。二万五〇〇〇キロ下の（そして事故の現場からはわずか六〇〇キロ下の）山の中にいる者たちにできることといえば、報告を聞き、有益な助言をし、マスコミの好奇心をなんとか満足させることだけであった。

いうまでもなく、マクシーヌ・デュヴォールは、事件の数分後に接触してきたし、例によって彼女の質問はまことに単刀直入だった。

「中間ステーションからの救援は間にあうの？」

モーガンは口ごもった。それに対する答は、明白に「ノー」だった。それでも、いまからもうあきらめてしまうのは、残酷とはいわないまでも、賢明ではなかった。それに、ひとつだけ幸運なことがあった……。

「ぬか喜びさせたくはないんだが、中間点ステーションを当てにしなくてもよさそうなんだよ。もっと近くの10K――つまり一万キロ・ステーションで作業している組があるんだ。その運搬車なら〝地階〟に二十時間で行ける」

「じゃ、なぜ出発していないの？」

「まもなく安全責任者のバルトークが決定するだろう――だが、それも徒労かもしれんのだ。彼らの空気は、その半分の時間しかもたんだろうと思う。それに、温度の問題のほうが、それ以上に重大なんだ」

「どういうこと？」

「向こうは夜になっていて、彼らには熱源がないんだ。まだ、外へは洩らさんでくれよ、マクシーヌ、凍死か酸素欠乏かということになりそうなんだよ」

数秒間の沈黙があり、それからマクシーヌ・デュヴォールは、柄にもなくおずおずとした口調でいった。「たぶん、ばかなことをいっているんだと思うけど、大赤外線レーザーを持っている気象ステーションなら、きっと――」

「ありがとう、マクシーヌ――ばかだったのはわたしさ。中間点ステーションに話をするから、ちょっと待って……」

モーガンの電話に対してバルトークは丁重な態度だったが、そのきびきびした返事には、素人が首をつっこんでくることに対する彼の見解が、いやというほど表現されていた。

「邪魔をして悪かったな」というと、モーガンはまたマクシーヌに切りかえた。「ときには専門家も、自分の仕事を心得ているもんだ」と、彼は気落ちしながらも誇らしげにいった。

「われわれの連中は心得ている。彼は、十分も前にモンスーン制御部に電話していたよ。彼らはいまビーム出力を計算している――もちろん、やりすぎて、みんなを燃やしちまわないようにだ」

「じゃ、わたしがいうとおりだったのね」と、マクシーヌは、気をよくしていった。「どうして気がつかなかったのよ、ヴァン。ほかに何か忘れていない？」

これには返事のしようもなかったし、モーガンも答えるつもりはなかった。彼にはマクシーヌのコンピューターのような頭脳が大車輪で働いているのがわかり、次の質問がなんであるかを推測した。そのとおりだった。

「スパイダーは使えないの？」

「最新型のやつでも、高度がかぎられているんだ——あの電池では三〇〇キロまでしか昇れない。あれは、塔が大気圏に入った後での点検用に設計されているんだ」

「じゃ、大きな電池をつけたら？」

「数時間でか？　だが、それが問題なんじゃない。目下テスト中の唯一のやつは、乗客を乗せられないんだ」

「無人のまま送ればいいわ」

「悪いが、それも考えた。スパイダーが〝地階〟に着いたとき、ドッキングをするためには、オペレーターが乗っていなけりゃならんのだよ。それに、一人ずつ七人の人間を脱出させるには、そうやっても何日か必要だろう」

「何かいい知恵はないの？」

「いくつかあるが、どれも突拍子もないものだ。うまくいきそうなのが出てきたら教えるよ。

そのあいだに、頼みたいことがあるんだが」

「何よ？」マクシーヌは、うさんくさそうに訊ねた。

「視聴者たちに、宇宙船は六〇〇キロ上空でおたがいにドッキングできるのに、塔とはできないというのは、いったいどうしてなのかを説明してくれ。それが終わったころには、何か新しい知らせがあるかもしれん」

マクシーヌのやや憤然とした映像がスクリーンから消えると、作業本部の充分に組織された混雑のほうへふたたび向きなおったモーガンは、事態のあらゆる側面を、できるだけ先入観を持たずに考えようとした。中間点ステーションで自分の責任を有能に果たしている安全責任者からは丁重に拒絶されたが、何か有益なアイデアが思いつけるかもしれなかった。何か奇蹟的な解決法があるとは思わなかったが、自分はこの世の誰よりも塔のことを知っているのだ――ウォーレン・キングズリーは例外かもしれんが。おそらくウォーレンは、細かい点については、もっとよく知っているだろう。だが、全体のイメージについては、自分のほうがずっと明確なのだ。

宇宙工学史にとって未曾有の状況のもとで、七人の男女が空の上で孤立している。安全な場所へ連れだす方法があるにちがいないのだ――二酸化炭素にやられたり、気圧が下がったりして、部屋が文字どおり天地の間でマホメットの柩のようになる前に。

45　任務を果たす男

「できるぞ」ウォーレン・キングズリーは喜色満面の様子でいった。「スパイダーは〝地階〟に到達できる」

「充分な補助電池がついたのか」

「うん。だが、ぎりぎりのところだな。昔のロケットのように、二段構えにする必要があるだろう。電池を使いきったらすぐに投棄して、死荷重を減らさにゃならん。四〇〇キロぐらいの高度になるだろう。あとはスパイダーの内蔵電池が引き継ぐことになる」

「それで、有効荷重はいくらになる？」

キングズリーの笑顔は消えた。

「どうやらこうやらだな。われわれの最高の電池を使って、約五十キログラムだ」

「たった五十キロか！　それでなんの役に立つんだ？」

「それで充分のはずだ。酸素五キロが入る例の新型の千気圧ボンベを数本。二酸化炭素を防ぐ分子フィルターマスク。少量の水と圧縮口糧。若干の医薬品。全部ひっくるめても四十五キロ以下にできる」

「ふう！　それでほんとうに充分なのか」

「うん——10Kステーションから運搬車が到着するまで、それで切り抜けられるだろう。それに、もし必要なら、スパイダーがもう一度いけばいい」

「バルトークはなんといっている？」

「賛成している。何せ、ほかにいい考えはないんだから」

モーガンは、肩の荷がおりたような気持だった。まだ支障がおこる可能性は山ほどあったが、やっと一縷《いちる》の望みが生じたのである。どうにもならないという気分は払いのけられたのだ。

「すっかり準備ができるのは、いつになる？」と彼は訊ねた。

「何も問題がおこらなければ、二時間以内だ。遅くとも三時間。うまいぐあいに、どれも通常の備品でいける。いま、スパイダーの点検が進んでいるところだ。あとひとつだけ決めなきゃならんことがあるが……」

ヴァニーヴァー・モーガンは、くびを振った。「いや、ウォーレン」彼は、相手がこれまでに聞いたことのないような、穏やかだが、あとへは退かぬ断乎とした口調で、ゆっくりといった。「決めるべきことは、もう何もないんだ」

「わたしは何も権威をかさにきようとしているんではないんだ、バルトーク」とモーガンはいった。「単純な論理の問題だよ。なるほど、誰でもスパイダーは運転できる——だが、関係のある技術上の細かいことをすっかり知っている者は半ダースだけだ。塔に着いたとき、何か操作上の問題が生じるかもしれんのだが、それを解決する最適任者はわたしなんだ」

「失礼ですが、モーガン博士」と、安全責任者はいった。「あなたは六十五歳です。もっと若い者をやるほうが賢明だと思いますよ」

「わたしは六十五歳じゃない。六十六歳だ。しかし、年齢はこのことと絶対に関係ない。危険も何もないし、体力を要することはまったく何もない」

そして、肉体的要素よりも心理的要素のほうがはるかに重要なのだ、とつけ加えてもいいところだった。マクシーヌ・デュヴォールがやったように、またこれから先の歳月の間にほかの無数の者たちがやることになるように、カプセルに乗って受動的に昇り降りするだけなら、ほとんど誰にでもできる。六〇〇キロ上の無人の空の中で、何がおこるかわからない状況に直面するのは、それとはまったく別の問題なのである。

「わたしはやはり」と安全責任者バルトークは、穏やかだが頑強に主張した。「もっと若い人を送るのがいいと思います。たとえばキングズリー博士のように」

モーガンは、背後で自分の同僚が突然息をのむのを聞いた（それとも気のせいだろうか）。彼はもう何年というもの、ウォーレンが高いところが大の苦手で、自分の設計した建造物を検分したことがないという事実を、冗談のたねにしてきたものだった。彼の恐怖心は本物の高所恐怖症にまでは至っておらず、絶対に必要な場合にはそれを克服することもできた。アフリカからヨーロッパへ渡るときには、ともかくモーガンと行をともにしたのである。だが、彼が人前で酔いつぶれるところを見せたのはこの時だけであり、その後二十四時間というもの彼はまったく姿を見せなかったのだ。

モーガンにはウォーレンが行く決意であることがわかっていたが、ウォーレンをやることは問題外だった。工学的能力や純然たる勇気だけでは不足な場合というものがあるのだ。生まれつき、あるいは幼いうちに植えつけられた恐怖心と闘える者は、誰もいないのである。

幸い、このことを安全責任者に説明する必要はなかった。ウォーレンが行くべきでないという、もっと単純だが同じくらいに筋の通る理由があったのだ。ヴァニーヴァー・モーガンが体が小さくてよかったと思ったことは、一生のうちなんどもなかった。これはそのうちのひとつだった。

「わたしはキングズリーより十五キロ軽い」と彼はバルトークにいった。「こんどのように余裕ぎりぎりの行動の場合には、これが万事を決するんだ。だから、これ以上、議論で貴重な時間を無駄にするのはやめよう」

彼は、これが不当ないい方であることは百も承知で、かすかな良心の痛みを感じた。バルトークはただ自分の責任を、それも有能に、果たしているだけであり、しかもカプセルの用意ができるまでにはまだ一時間もあった。誰も時間を無駄にしている者はいなかったのである。

二人の男は、まるで間を隔てる二万五〇〇〇キロの空間が存在しないかのように、長いこと相手の顔を見つめていた。もしあからさまに権限を争うことになれば、状況はややこしいことになったろう。バルトークは、名目的にはいっさいの安全行動の指揮者であり、理屈の上では、技術部長であり事業責任者である者の意見といえども却下することができた。だが、彼は自分の権限を押しとおすことは難しいと思ったことだろう。モーガンもスパイダーもはるか下界のスリカンダにあるのであり、〝占有は九分《くぶ》の強味〟なのだった。

バルトークは肩をすくめ、モーガンはほっと一息ついた。

「あなたのいうことも一理あります。まだ得心はいきませんが、それでやってみましょう。幸運を祈ります」

「ありがとう」モーガンは静かに答え、映像はスクリーンから消えた。彼は、まだ沈黙したままのキングズリーを振り返っていった。「さあ用意だ」

二人が作業本部を出て山頂へ戻る途中、モーガンははじめて無意識にシャツの下に隠した小さなペンダントに触った。コーラは何カ月もの間、自分を悩ませることはなかったし、ウォーレン・キングズリーでさえ、そんなものがあることは知らなかった。わたしは自分の手前勝手な誇りを満足させるだけのために、他人の生命にも自分の生命にも危険を冒させているのだろうか？　もし安全責任者バルトークが、このことを知っていたなら……。

いまさらもう手遅れだった。動機がどうであれ、賽《さい》はもう投げられたのである。

46
スパイダー

はじめて見たとき以来、この山はなんと変わったことだろう、とモーガンは思った。山頂は完全に削られて、まったく平坦な台地になっていた。その中央にあるのは、やがて多くの惑星の交通をさばくはずの縦坑を塞ぐ巨大な〝シチュー鍋の蓋〟だった。太陽系最大の宇宙港が山体の奥深くにおさまっているとは、なんとも妙な気がするのだが……。

かつて年を経た僧院がここにあり、少なくとも三千年にわたって数億の人々の希望や恐怖の中心であったことなど、誰にも想像のつかないことだろう。いまも残る形見といえば、荷造りされ運びだされるばかりになっているマハ・テーロの意味不明な置《お》き土産《みやげ》だけだった。だが、これまでのところ、ヤッカガラの当局もラナプーラ博物館の館長も、カーリダーサの不吉な梵鐘にあまり乗り気ではなかったのである。最後にそれが鳴ったときには、この山頂に例の短くも波乱に富んだ嵐が――まさに変わり目の風が――吹きすさんだのだった。いまモーガンと彼のスタッフが点検灯の下に輝いて待機するカプセルのほうへゆっくり歩いてゆくとき、空気はほとんどそよとも動かなかった。誰かが外覆の裾のほうに〈スパイダー2型〉という名前をステンシルで刷りだしていた。そして、その下には〈われわれは計画を達成する〉というモットーが走り書きしてあった。そうだといいんだが、とモーガンは思った……。

彼はここへ来るたびに前よりも呼吸が苦しくなるような気がしていたので、まもなく飢えた肺に注ぎこむはずの酸素気流が待ち遠しかった。だが、予想がはずれてほっとしたのは、山頂に来ても、コーラが予告的な警告さえ発しないことだった。セン博士が処方した療法は、すばらしい効果があったにちがいない。

積みこみを終えたスパイダーは、下に補助電池を取りつけるために、ジャッキで持ちあげられていた。機械工たちは、まだあわただしく最終的な調整をしながら、動力線をはずしているところだった。足もとに交錯するケーブル類は、宇宙服で歩くことに慣れていない人間にとっては、ちょっとした障害物だった。

モーガンの着ているフレクシスーツは三十分前にやっとガガーリンから到着したのだが、一時はそれを待たずに出発しようかとさえ思ったものだった。スパイダー2型は、以前マクシーヌ・デュヴォールが乗った素朴な原型よりもはるかに複雑なものになっていた。それどころか、内蔵の生命維持装置を備えた小型宇宙船なのだった。これは、万事が順調にゆけば、ほかならぬこの目的のために何年も前に設計された塔の底面のエアロックに、連結させることができるはずだった。だが宇宙服があれば、ドッキングに際しての安全だけでなく、くらべものにならないほどの行動の自由が保証されるのだった。ほとんど体に密着したフレクシスーツは、初期の宇宙飛行士の着ていた不恰好な甲冑とは似ても似つかないものであり、与圧したときでさえ、動作はあまり制約されなかった。彼は前に、そのメーカーによる宇宙服を着た曲芸の実演を見たことがあったが、その最後は剣技とバレエだった。後者は滑稽な感じではあったが、設計者の主張は立証されていた。

モーガンは短い階段を登って、カプセルの小さな金属製のポーチにしばらく立っていたが、それから慎重に後ろ向きで中へ入った。腰をおろして安全ベルトを締めたとき、彼は部屋の中の意外な広さに安堵感を覚えた。スパイダー2型は確かに一人用の乗物ではあったが、余分な装備が積みこまれていてさえ、彼が恐れていたほどには閉所恐怖症的な代物ではなかったのである。

二本の酸素ボンベは座席の下にしまいこまれ、二酸化炭素マスクは上のエアロックに上る梯子の後ろの小さな箱に入っていた。こんな少量の装備が、あれほど大勢の人間にとって生死を分けるものであるとは、びっくりせずにはいられなかった。

モーガンは私物をひとつ持っていた——ある意味ではいっさいの出発点となったヤッカガラでの、いまでは遠い昔になった例の最初の日の記念品だった。スピナレットはほとんど場所を取らなかったし、重さは一キロしかなかった。長い年月の間に、それは一種のお守りになってきた。いまでも超繊維の特性を実演するにはもっとも有効な手段のひとつだったし、それを置いてきたときには、必ずといっていいほどそれが必要なことになるのだった。ましてこんどは、きっとこれが役に立つだろうと思われたのである。

彼は宇宙服の迅速離脱式の〝へその緒〟をプラグに差しこむと、内部および外部の補給源からの気流をテストした。外では動力ケーブルがはずされた。スパイダーは独立の状態になったのである。

こんな時には、気のきいた台詞はめったに出てこないものだ——それに、これはどうせまったく単純な作業なのだ。モーガンは、やや硬い表情でキングズリーに笑いかけると、「帰ってくるまで店を頼むぞ、ウォーレン」といった。そのとき彼は、カプセルの周囲の人垣の中にいる小さな寂しげな姿に気づいたのだった。しまった、と彼は思った——かわいそうに、子供のことをすっかり忘れていたぞ……。「ディヴ」と彼は呼びかけた。「相手をしてやれなくなって、すまなかった。戻ってきたら埋め合わせするからな」

きっとそうするぞ、と彼は思った。塔が完成した暁には、なんでもやれるだけの時間ができるだろう——すっかりほったらかしてきた人間関係も。ディヴは目をつけておく価値があるだろう。子供のくせに邪魔をしてはいけない場合を心得ているとは、すごく有望だぞ。

上半部が透明なプラスチックでできているカプセルの湾曲したドアは、ガスケットの音を立てて静かに閉まった。モーガンが〈点検〉ボタンを押すと、スパイダーの重要な数字がスクリーンに次々と現われた。すべて緑色だった。実際の数字に注意する必要はなかった。仮にどの数値でも基準値を超えるようなことがあれば、それは一秒に二回の割合で赤色に明滅することになるのだ。それでもモーガンは、平素の工学者的慎重さで、酸素が一〇二パーセント、主電池が一〇一パーセント、補助電池が一〇五パーセント……になっていることを見てとっていた。

管制官（何年も前の、あの失敗に終わった最初の降下のとき以来、あらゆる作業を見守ってきた、絶対に取り乱すことのない例の専門家）の静かで穏やかな声が耳に響いた。

「全システム、基準値。制御交替よろし」

「制御交替完了。次の一分が始まるまで待つ」

精密な秒読み、一秒を細分する計時、轟音と猛炎を伴った往時のロケット打ちあげとくらべて、これ以上に対照的なものを考えることは難しかった。モーガンは時計の最後の二つの数字がゼロになるまで待っただけで、動力のスイッチをいちばん低い位置に入れた。

滑らかに——静かに——照明灯に照らされた山頂は遠ざかっていった。気球の上昇でさえ、これより静かだとは思えなかった。気をつけて耳をすませば、カプセルの上下でテープをつかんでいる大きな摩擦駆動輪を一対のモーターが駆動する音だけが聞こえた。

上昇速度、秒速五メートル、を速度計が示していた。モーガンは、計器が五〇（時速二百キロ弱）を示すまで、ゆっくりと規則正しく出力を増していった。スパイダーの現在の積載量では、これがもっとも効率のよい速度なのである。補助電池を投棄すれば、速度は二五パーセント増えて、二百五十キロ近くになるのだった。

「なんとかいえよ、ヴァン！」ウォーレン・キングズリーのおもしろがっている声が、下界から聞こえてきた。

「一人にしといてくれ」モーガンは穏やかに答えた。「これから何時間か、緊張を緩めて眺めを楽しむつもりなんだ。実況放送をしてほしいのなら、マクシーヌ・デュヴォールを乗せるべきだったな」

「彼女は一時間もきみに電話をかけっぱなしだぞ」

「彼女によろしくな。わたしは手が離せないと伝えてくれ。たぶん、塔に着いてからなら……その後の様子はどうだ？」

「温度は二十度で安定した——モンスーン制御部は低い電力で十分ごとに照射している。だが、セスィ教授はカンカンだ——彼の装置が狂ってしまうと文句をいっている」

「空気は？」

「まあまあだ。気圧は明らかにさがっているし、もちろん二酸化炭素が蓄積している。だが、きみが予定どおりに到着すれば、大丈夫なはずだ。酸素を節約するために、全員が不必要な動きを避けている」

もちろん、セスィ教授を除いての〝全員〟だろう、とモーガンは思った。いま自分が生命を助けようとしている男に会うのは、楽しみなことだな。彼は、この科学者の評判になった解説書を何冊か読んで、派手で誇張が多いと思ったものだった。実物も文体に似ていることだろう、と彼は推測した。

「で、10Kの情勢は？」

「運搬車が出発できるまで、あと二時間だ。こんどの走行では絶対に何も火災がおこらないように、何か特別な回路を取りつけている」

「非常にいい考えだ——バルトークだろうな」

「たぶんね。それから、彼らは、万が一にも南側軌道が爆発でやられているといけないというので、北側軌道を降りることになっている。万事うまくゆけば、彼らは――そうだな――二十一時間で到着するだろう。スパイダーに二台目の荷物を積んで送らなくても、充分な時間がある」

キングズリーに一言だけ冗談めかした言葉を吐いたものの、モーガンは緊張を緩めるにはまだまだ早すぎることを知っていた。それでも万事は、これ以上は期待できないほどうまくいきそうに思えた。そして、これから三時間というものは、たえず拡がってゆく眺めを観賞する以外に、彼にできることはまったくないのだった。

彼は、急速に音もなく熱帯の夜の中を抜けて上昇し、もう三〇キロの上空まで来ていた。月はなかったが、下の陸地は、町や村のきらめく星座によって見分けられた。モーガンは、上の星を眺め、下の星を眺めているうちに、自分がどの惑星からも遠く離れて、宇宙空間の奥に一人ぼっちでいるような錯覚にとらわれた。やがて、海岸の居住地の光にかすかに縁どられた、タプロバニーの島全体が見えてきた。北方には、何か場所を間違えた夜明けの先触れのような、ぼんやりと明るい拡がりが、地平線の向こうからせりあがってきた。しばらくはなんだか見当がつかなかったが、南部ヒンドスタンの大都市のひとつが見えているのだと気がついた。

もう彼は、どんな飛行機にも飛べないほどの高度まで来ており、ここまで来ただけでも、輸送の歴史を通じて前例のないことだった。スパイダーやその先輩たちは、二〇キロまでは無数の走行をやってきていたが、それ以上に昇ることは、救出が不可能だという理由で、誰にも許されていなかったのである。塔の基部がずっと地上に近くなり、スパイダーに少なくとも二台の仲間ができて、システムの別のテープを上下できるようになるまでは、本格的な運行を開始することは計画されていなかった。モーガンは、駆動装置が動かなくなったらどうなるだろうという考えを、頭から追い払った。そうなれば、自分と同時に、〝地階〟の避難者たちもおしまいになるのだ。

五〇キロ。彼は、平常の時ならば電離圏の最低のレベルだった場所に到達したのだった。もちろん、何かが見えるとは思っていなかった。だが、それは間違いだったのである。

最初の徴候は、カプセルのスピーカーから聞こえてくる、かすかなパチパチいう音だった。ついで、視界のすみでちらつく光を感じた。それは彼の真下にいて、スパイダーの小さな張り出し窓のすぐ外側にある下向きの反射鏡に、ちょっぴり見えていた。彼は鏡を調整がきく限度までまわして、カプセルの数メートル下の個所に向けた。彼は、一瞬、驚愕と突きあげるような恐怖とに眼を見張った。それから〝山〟を呼びだしたのである。

「道連れができたよ」と彼はいった。「これはセスイ教授の領分だと思う。光の球が――ああ、さしわたし二〇センチぐらいだが――わたしのすぐ下を、テープに沿って走っているんだ。一定の距離を保ってはいるが、そのままでいてほしいもんだ。だが、まったく美しいといわざるをえないな――きれいな青みがかった光で、数秒ごとにまたたいている。それに通信回線からも音が聞こえる」

まる一分間かかってから、キングズリーは、確信ありげな口調で返事をした。

「心配するな――ただの聖エルモの火だ。雷雨のときには、テープに沿って同じような現象がおこるんだ。1型に乗っているときなら、髪が逆立つことがある。だが、きみは何も感じないだろう――すっかり遮蔽されているんだから」

「この高度でおこるとは、思いもよらなかったな」

「われわれだってそうだ。教授に話してみたほうがいい」

「おお――消えかけている――大きくかすかになってゆく――もう消えてしまった――たぶん空気が稀薄になってきたんだろう――残念なことだ――」

「そいつは、ほんの前狂言にすぎんぞ」とキングズリーがいった。「すぐ頭の上で何がおこっているか、見てみろよ」

モーガンが鏡を天頂のほうへ傾けると、長方形に区切られた星野がかすめさっていった。最初は、何も変わったものは見えなかったので、彼は制御盤の表示灯をすっかり消し、真暗闇の中で待機した。

徐々に眼が慣れると、鏡の奥のほうでかすかな赤い光が燃え、拡がり、星の光を消しはじめた。それはますます明るくなり、鏡の端をはみだしていった。もう眼でじかに見えるようになっていた。それは空のなかばを蔽って拡がっていた。ゆらめき動く格子に囲まれた光の鳥籠が、地上へ降りていった。そしていま、モーガンは、セスィ教授のような男がどうしてこの秘密を解きあかすために一生を捧げることができるのかを、理解できたのだった。

赤道を訪れるのはめったにない出来事だったが、オーロラは極地から前進してきたのである。

47 オーロラの彼方に

モーガンは、五〇〇キロ上にいるセスイ教授でさえ、これほどすばらしい眺めに接してはいないだろうと思った。嵐は急速に発達していた。今日でも重要でない多数の用務に使われている短波通信は、もう世界のいたるところで不通になっていることだろう。モーガンは、砂がこぼれるときのささやきか乾いた枝のはぜる音のようなかすかな音を、聞くか感じるかしているような気がしたが、確かではなかった。火の玉のときの雑音と違って、それはスピーカーから聞こえてくるのでは絶対になかった。スピーカーはスイッチを切ったままになっていたからだ。

紅に縁どられた深い緑色の火のカーテンが空に引かれ、見えない手が動かしているかのように、ゆっくりと前後に揺り動かされた。それは、太陽から地球へ、そしてさらに彼方へと吹き抜けてゆく時速数百万キロの嵐——太陽風に吹きまくられて、震えているのだった。いまは、火星の上にさえ、かすかなオーロラの幻影がゆらめいている。そして、太陽の方角では、金星の毒性の空に、火と燃えているのである。ひだを取ったカーテンの上には、なかば拡げた扇の骨のような長い光芒が、地平線を掃いていた。それはときどき、巨大なサーチライトの光線のようにモーガンの眼に射しこんでは、何分間も彼の眼をくらませるのだった。視野を明るくするためにカプセルの照明を消す必要は、もうなくなっていた。外の天界の花火は、字が読めるほど明るかった。

二〇〇キロ。スパイダーは、まだ音もなく滑らかに登っていた。ちょうど一時間前に地上を離れたのだとは、とても信じられなかった。それどころか、地上がまだ存在すると信じるのさえ難しかった。というのは、彼はいま火の峡谷の絶壁の間を上昇していたのだった。

その幻覚は数秒続いただけだった。そして、磁場と侵入する電子雲との束の間の不安定なバランスは破れた。だが、そのわずかな一瞬、モーガンは、自分がヴァレス・マリネリス――火星のグランド・キャニオン――も小さく見えるほどの大峡谷を上昇しているのだと、本気で信じることができた。やがて、少なくとも高さ一〇〇キロはある輝く絶壁は半透明になり、星が姿を現わしてきた。絶壁の本当の姿が見えてきた――それは蛍光のつくる幻影にすぎなかったのだ。

そして、いまスパイダーは、低く垂れこめた雲の天井を抜けた飛行機のように、その景観の上へ上昇していた。モーガンは、下でねじれうねっている炎の霞の中から抜けだしかけているのだった。何年も前に、熱帯の夜を遊航する観光船に乗って、ほかの乗客たちといっしょに船尾に集まり、生物発光で光る航跡の美しさと不思議さに見とれたことを覚えていた。いま下でゆらめいている緑や青のあるものは、そのとき見たプランクトンの生みだす色にも劣らないものであり、自分がいままた生命の産物を――上層大気の住人である眼に見えない巨大な獣の戯れを、見ているのだとさえ信じられた……。

彼は任務のことをすっかり忘れかけていて、その本務へ呼び戻されたとき、はっとして我に返った。

「出力は持ちこたえているか？」とキングズリーが訊ねた。「その電池は、あと二十分しかもたないんだが」

モーガンは計器盤に眼を走らせた。「九五パーセントに下がっている――だが、上昇速度は五パーセント増えた。いま二百十キロだ」

「そんなもんだろう。スパイダーにかかる重力が減っているんだ――いまの高度だと、もう一〇パーセントは下がっている」

それは体に感じるほどのものではなかった――とくに座席に縛りつけられて、数キロの宇宙服を着こんでいる場合には。それでも、モーガンは、体が浮きあがるような感覚をはっきり自覚しており、酸素吸入量が多すぎるのだろうかと思った。

いや、流量は正常だった。これは、下で展開されているすばらしい景観によってひきおこされた、ひどく浮き浮きする気分のせいにちがいない――もっとも、オーロラはもう衰えはじめていて、極地の拠点へ撤退するかのように、北と南へ退きかけていた。それと、もうひとつは、これまで誰もここまでは試みたことのない技術を使った仕事が、幸先のいいスタートを切ったことへの満足感だろう。

この解釈は完全に筋がとおっていたが、彼はこれに満足できなかった。これでは、自分の幸福感を、歓喜といってもいいほどの気持を、完全には説明できなかったのである。潜水の好きなウォーレン・キングズリーは、海の無重量状態の中でそういう気分を感じると、しばしば語っていた。モーガンにはその気分がどんなものかはわからなかったが、いま、それがわかったような気がした。彼は、消えかかったオーロラの輪や網目模様の下に隠された惑星の上に、いっさいの気苦労を置いてきたような気分だった。

星ぼしは、もう極地からの無気味な侵入者に脅かされることもなく、本来の姿に戻りつつあった。モーガンは、塔はまだ見えないかと思いながらも、それほど大きな期待はせずに天頂を探しはじめた。だが、彼に判別できたのは、スパイダーが滑るように疾走している狭いリボンの、それもかすかなオーロラ光にまだ照らされている手近な数メートルだけだった。いまや彼の命と七人の他人の命とがかかっているその細い帯は、一様でなんの特徴もなかったから、カプセルの速度は知るすべもなかった。その帯が駆動装置の間を時速二百キロ以上でかすめさっているとは、とても信じられなかった。そして、そのことを思ったとき、彼は突如として少年時代にかえり、自分の満足感の源を知ったのだった。

彼は最初の凧を失くした打撃からすぐに立ちなおり、もっと複雑なタイプのものへと卒業していった。そして、〈メカーノ〉を発見して凧とは永遠におさらばをしようとする直前、しばらく玩具のパラシュートで遊んでいた。モーガンは自分でそれを考えついたのだと思いたかったが、じつはどこかで読むか見るかしたのかもしれなかった。仕掛けはじつに簡単だったから、何世代もの少年たちが、なんども再発見を繰り返したにちがいなかった。

彼はまず薄い木片を五センチぐらいの長さに削って、それに二個のペーパー・クリップをはめた。それから、これを凧の糸にひっかけ、この小さな仕掛けが楽に上下に滑れるようにした。次に、ライスペーパーで絹糸のついたハンカチ大のパラシュートを作った。小さな四角い厚紙が錘《おもり》の役をした。その四角い紙を木片にゴム輪で（あまり強くなく）とめると、準備完了だった。

小さなパラシュートは風に吹かれて上へ滑ってゆき、優美な懸垂線の上を凧のほうへ上昇していった。それから、強くぐっと糸を引くと、厚紙の錘はゴム輪からはずれた。パラシュートは空へ漂ってゆき、木片と針金のライダーは即座に手元に戻り、次の打ちあげの態勢が整うのだった。

自分の華奢《きゃしゃ》な創造物が楽々と海のほうへ漂ってゆくのを、彼はどれほど羨みながら眺めたことだろう！　大部分は一キロも行かないうちに水面に落ちてきたが、時として小さなパラシュートは、視界から消える時になってもまだ堂々と高度を保っていた。彼は、この幸運な旅行者が太平洋の魅惑的な島に到達したと想像したかった。しかし、四角い厚紙に自分の名前と住所を書いておいても、返事は一度もこなかったのである。

モーガンは、長らく忘れていたこの記憶に微笑を禁じえなかったが、それでもこれで多くのことが説明できた。大人の生活の現実は、少年時代の夢をはるかに超越していた。彼は満足を味わうだけの権利をかちとったのだ。

「三八〇になろうとしているが」とキングズリーがいった。「出力レベルはどうだ」

「下がりはじめている——八五パーセントになった——電池が弱りはじめたんだ」

「そうだな、あと二〇キロもてば、役目は終わったことになる。どんな気分だ」

モーガンは最上級で答える誘惑に駆られたが、生来の用心深さがそれを思いとどまらせた。

「いい気分だ」と彼はいった。「われわれの乗客全部にこんな景観が保証できたら、群衆を整理できなくなるだろうな」

「たぶん、お膳立てできるだろうよ」とキングズリーが笑った。「モンスーン制御部に、何バレルかの電子を、適当な場所にぶちまけてもらえばいいのさ。彼らの本来の業務ではないが、即興は得意な連中だ……そうだろう？」

モーガンは笑ったが、返事はしなかった。彼の眼は、いまや出力も上昇速度も眼に見えて下がっている計器盤に、釘づけにされていた。だが、あわてる必要はなかった。スパイダーは予定の四〇〇キロのうち三八五キロまで達して、補助電池にはまだいくらかエネルギーが残っているのだった。

三九〇キロになったとき、モーガンは上昇速度を落としはじめ、スパイダーはますますゆっくりと上へ這い上がっていった。しまいにはカプセルはやっと動いている状態になり、四〇五キロの直前でついに停止した。

「電池を落とすぞ」とモーガンは知らせた。「頭に気をつけろ」

この重くて高価な電池を回収する方法について、いろいろ知恵が絞られたが、モーガンの凧用ライダーのように、それを無事に滑り戻させるようなブレーキ装置は、急ごしらえをしている暇がなかった。また、パラシュートの用意はあったが、索がテープにからまってしまうおそれがあった。幸い、地球終端駅からちょうど一〇キロ東にあたる落下地点は、深いジャングルの中にあった。タプロバニーの野生動物たちにはあきらめてもらうしかないだろうし、あとで自然保護局とやりあうことは覚悟していた。

彼は安全キーをひねって、爆薬に点火する赤いボタンを押した。爆発でスパイダーはちょっと振動した。それから内蔵電池に切りかえると、摩擦ブレーキをゆっくり解除し、駆動モーターにふたたび電力を注ぎこんだ。

カプセルは旅の最後の行程に向かって上昇をはじめた。だが、計器盤を一目見ただけで、とんでもなくどこかおかしいことがわかった。スパイダーは、二百キロ以上で昇っていていいはずだった。ところが、最大出力のもとでさえ、百キロ以下だったのである。テストも計算も必要はなかった。モーガンは即座に判断を下した。数字がおのずから物語っていたのだ。失望に打ちひしがれながら、彼は地球に知らせた。

「面倒なことになったぞ」と彼はいった。「爆薬は爆発した――だが電池が落ちんのだ。何かがまだそれをおさえている」

もちろん、これで任務は中断せざるをえないとつけ加える必要はなかった。数百キロの死荷重をひきずっていたのでは、スパイダーは塔の基部に到達できそうもないということは、誰もが充分によく知っていたのである。

48 屋敷での夜

ラジャシンハ大使は、最近ではあまり睡眠を必要としていなかった。それはまるで、慈悲深い自然が、残された年月を最大限に活用することを許しているかのようだった。しかも、タプロバニーの空が何世紀このかた最大の驚異に燃えあがっているというのに、寝たきりでいられる者があるだろうか。

ポール・サラトといっしょにこの景観が眺められたらよかったのにと、彼はどれだけ願ったことだろう。彼は、旧友の死を、自分でも思いもよらなかったほどに悲しんでいた。ポールのようなやり方で自分を悩ませかつ刺激できるような者は、そして少年時代にまで遡《さかのぼ》る共通の体験という同じ絆で結ばれている者は、ほかには誰もいなかった。ラジャシンハは、自分がポールより長生きするとは思わなかったし、軌道上の基礎工事と三万六〇〇〇キロ下のタプロバニーとの間の大きな隔たりをいまにも結ぼうとしている、十億トンの途方もない鍾乳石のような塔を見ることがあろうとも思っていなかった。ポールは、しまいには、この計画にまっこうから反対していた。彼はこれを〝ダモクレスの剣〟と呼び、二言目には、これがいつか地球に落ちてくるだろうといっていた。それでも、彼は、塔がすでにある種の利益をもたらしていることは認めた。

というのは、おそらく史上はじめて、外の世界がタプロバニーの存在をほんとうに知り、その古代の文化を発見しつつあったのである。覆いかぶさるような山容と不吉な伝説を秘めたヤッカガラは、特別な関心を集めていた。その結果、ポールは、自分が大事にあたためてきた計画の一部に、援助を得ることができたのだった。ヤッカガラの創造者の謎めいた人間像は、すでに無数の書物やテレビドラマを生みだし、〈岩〉の麓で上演される歴史ショー《ソン・エ・リュミエール》はつねに満員の盛況だった。死ぬ少し前に、ポールは、皮肉たっぷりに、くだらないカーリダーサ産業が生まれかけているといったが、作り話と現実とはますます区別しがたくなっていた。

　真夜中をすぎてまもなく、オーロラの景観が最盛期をすぎたことが明らかになると、彼は寝室に連れ戻された。家事要員におやすみをいったあとで、いつもやっているように、一杯の暖かいトディを手にして寛ぎながら、夜ふけのニュース・スポットにスイッチを入れた。ほんとうに彼が関心を持つ唯一の記事は、モーガンの任務の進行状況だった。いまごろは、彼は塔の基部に近づいているはずだった。

　ニュース担当者は、すでに最新の主な出来事をあげていた。連続的に現れる文字の列が、

〝モーガン、目的地の二〇〇キロ手前で立往生〟

と知らせた。

ラジャシンハの指先が詳報を要求し、その結果、彼はとっさに浮かんだ心配が根拠のないものであったことを知って安堵した。モーガンは立往生しているのではなかった。行程の最後まで到達することができなくなったのである。彼はいつでも地上に戻ることができる――だが、そうすれば、セスイ教授の一行は、確実に絶望となるのだった。

いまこの瞬間に、自分の真上で、無言のドラマが進行しているのだ。ラジャシンハは、記事からテレビにスイッチを切りかえたが、何も目新しいことはなかった――それどころか、いまニュースの再放送として映しだされているのは、何年も前に旧型のスパイダーで行なわれたマクシーヌ・デュヴォールの上昇だった。

「知恵のない連中だ」とラジャシンハはつぶやき、最愛の望遠鏡にスイッチを切りかえた。

床についたきりになってから最初の数カ月というもの、彼はこれを使うことができなかった。その後、モーガンはなんどか短い儀礼的な電話をかけてきたのだが、あるとき彼は状況を説明し、手短かに解決法を述べた。一週間すると、意外にも嬉しいことに、技術要員の小人数の一団がヤッカガラの屋敷に到着し、装置を遠隔操作式に改造してくれたのだった。いまではラジャシンハは、ベッドで心地よく横になりながら、なおかつ星空や〈岩〉の無気味に聳える岩壁を探究できた。彼は、この処置をしてくれたモーガンに、心から感謝していた。このことは、彼にとって思いもかけなかった、技術者の人間性の一面をのぞかせてくれた。

夜の暗闇の中で何が見えるか、確信はなかった――だが、どこを見ればいいかは、正確に知っていた。もう長いこと、塔のゆっくりした降下を眺めてきたのである。太陽が好都合な角度にあるときには、天頂でひとつにまとまっている四本の誘導テープ、空に引かれた四つ組の輝く細い線を見ることとさえできた。

望遠鏡の制御装置に方位角の位置をセットし、器械を回転させて、それがスリカンダの上を向くようにした。カプセルの姿を求めながら、ゆっくりと上へたどりはじめたとき、ふとマハ・テーロがこの最近の事態の展開をどう受けとめているだろうかと思った。教団がラサへ移住して以来、いまは九十代もなかばを越しているこの高位聖職者と言葉を交わしたことはなかったが、ポタラ宮が期待していたような便宜《べんぎ》を提供しなかったのだろうと推定していた。ダライラマの事務担当者たちが維持費をめぐって中国連邦政府と押し問答をしているあいだに、広大な宮殿は徐々に荒廃しかけていたのだった。ラジャシンハの最新の情報によれば、マハ・テーロはいま、同様に慢性的な財政困難におちいってはいるが少なくともいまなお自分の家の主であるヴァチカンと交渉していた。

確かに諸行無常ではあった。だが、そこからなんらかの輪廻《りんね》のパターンを見つけることは、容易ではなかった。おそらくパーラカルマ（ゴールドバーグ）のような数学的天才ならば、それができるのだろう。ラジャシンハが最後に彼を見たのは、気象学への貢献によって重要な科学関係の賞を受賞しているところだった。あやうく見違えそうな姿をしていた。彼は頭をきれいに剃って、最新流行のネオ‐ナポレオン調に仕立てた服を着ていた。だが、いまではまた改宗しているらしかった……。望遠鏡が塔へ向かって傾いてゆくにつれて、ベッドの裾にある大きなモニター・スクリーンには、星がゆっくり流れていった。もうカプセルが視野に入っていいはずだったが、その影はどこにもなかった。

彼が通常のニュース・チャンネルにスイッチを戻そうとしたとき、画面の下端近くで、新星が爆発したかのように、ひとつの星が浮かびあがった。一瞬ラジャシンハは、カプセルが爆発したのかと思った。そのとき、それがまったく安定した光で輝いていることに気づいた。彼は映像を中央に移動させ、倍率を最大にあげた。

彼は、ずっと以前に、二世紀前の最初の空中戦の記録ビデオを見たことがあり、いま突然に夜のロンドン空襲の場面を思いだしたのである。そこでは、敵の爆撃機がサーチライトの照明にとらえられ、光り輝く塵のように空に浮かんでいた。彼はいま、その百倍も大きなスケールで、同じ現象を見ていたのだった。だが、この場合は、断乎たる夜の侵入者を撃滅するためにではなく、助けるために、地上のあらゆる手段が動員されていたのである。

49 手荒い落下

ウォーレン・キングズリーの声は自制をとりもどしていた。いまはただ、力なく絶望的なだけだった。

「問題の技術要員が拳銃自殺しようとするのを、やっととめているところだ」と彼はいった。「だが、彼を責めるわけにはゆかん。カプセルの別の急用で仕事を中断されたまま、事故防止用の帯金をはずすのをすっかり忘れちまったんだよ」

それでは、例によって、人間による過失だったのだ。爆発リンクが取り付けられているあいだ、電池は二本の金属帯で所定の位置に支えられていた。そして、その一本だけがはずされたのだ。……そういったことは、ほんとうにいやになるくらい定期的におこるものなのだ。ある時にはそれはたんなる厄介事にすぎないが、ある時には大事故をひきおこし、責任者は一生を自責の念にさいなまれる。いずれにせよ、非難をしてみても始まらなかった。いま問題なのは、これからどうするかということだけだった。

モーガンは、外の反射鏡を調節して最大限に下を向けたが、トラブルの原因を見ることは不可能だった。オーロラが消えてしまったいま、カプセルの下部は真暗闇の中にあって、そこを照明する手段は何もなかった。だが、少なくともその問題は、容易に解決できた。モンスーン制御部が塔の基部に何キロワットもの赤外線を当てることができるものなら、こちらにも少しばかり可視光の光子を分けてもらうのは、造作もないことだったのである。

「われわれのサーチライトを使ってもいいぞ」モーガンがこの要求を伝えると、キングズリーはいった。

「だめだ――わたしの眼をまともに照らして、何も見えなくしちまうだろう。後ろの上のほうから照らしてほしいんだ――いい場所に誰かがいるはずだ」

「当たってみよう」キングズリーは、明らかに何か役に立つ行動ができることを喜んでいる様子で答えた。彼がふたたび電話してくるまでに長い時間がたったように思えた。時計を見たモーガンは、わずか三分しか経過していないのを知って、びっくりした。

「モンスーン制御部でもやれないことはないが、それには調査をしなおして焦点をずらす必要があるそうだ――連中はきみを焼き殺しちまわないかと心配しているんだろう。だが、キンテなら、すぐにでも照明できる。彼らのところには擬白色光レーザーがあるんだ――おまけに、いい位置にいる。彼らに、やってくれといおうか？」

モーガンは方位を確かめた――さてと、キンテなら西の相当に高い位置になるだろう――ちょうどいいぞ。

「いいぞ」と彼は答え、眼をつぶった。

ほとんど同時に、カプセルは強い光に照らしだされた。モーガンは、おそるおそる眼をまた開いた。西の空高くから射す光は、四万キロ近い距離を越えてきてもなお、眼もくらむような明るさだった。それはまったくの白色に見えたが、じつはスペクトルの赤、緑、青の部分に鋭く同調した三本の線の混合物だった。

数秒かかって反射鏡を調節すると、足もと半メートルのところにあるいまいましい帯金が、どうやらはっきり見えた。こちらから見える末端は、大きな蝶ナットでスパイダーの基底部に固定してあった。あれをはずしさえすれば、電池は下へ落ちるのだが……。

モーガンは状況を分析しながら長いこと無言で坐っていたが、そのうちキングズリーがまた電話してきた。相手の声にはじめてかすかな希望が漂っていた。

「ちょっと計算していたんだがね、ヴァン……このアイデアをどう思う？」

モーガンは彼の説明を聞き終わって、静かに口笛を吹いた。

「その安全性の余裕は確かかね？」とモーガンは訊ねた。

「もちろんだとも」と、キングズリーは、やや感情を害したような口調で答えた。無理もないとモーガンは思ったが、危険を冒すのは、キングズリーではないのだ。

「よし——やってみよう。ただし、最初は一秒間だけだぞ」

「それじゃ足りんだろう。でも、いい考えだ——感じがつかめるからな」

モーガンは、スパイダーをテープに固定していた摩擦ブレーキを、そっと解除した。その途端、重さはなくなって、彼は座席から浮きあがるのを感じた。彼は「一、二！」と数えて、ふたたびブレーキをかけた。

スパイダーはがくっと停まり、モーガンは一瞬、座席にぐっと押しつけられた。ブレーキ装置から無気味な音がしてカプセルはふたたび静止し、残っていたわずかなねじれ振動もすぐに消えた。

「手荒い落下だったぞ」とモーガンはいった。「だが、墜落はしなかった——電池のやつもな」

「だから、そういったろう。もっと強くやらにゃだめなんだ。少なくとも二秒だ」

数字や計算能力を一手に握っているキングズリーの向こうを張ることはできないと知りつつも、モーガンは何か確信が持てるようなおよその勘定をしてみる必要を感じた。二秒間の自由落下——ブレーキをかけるのが半秒としよう——スパイダーの質量を一トンとして……。問題は、どっちが先に切れるか、だった——電池をおさえている帯金か、それとも自分をこうして四〇〇キロの上空に支えているテープか。あたりまえの状態でなら、超繊維とふつうの鋼との間の勝負では〝相撲にならない〟だろう。だが、ブレーキを急激にかけすぎたとしたら——あるいはこの乱暴な扱いで焼きついたとしたら——両方とも切れるかもしれないのだ。そうなれば、自分と電池は、ほとんど同時に地上に達するだろう。

「よし、二秒間だ」と彼はキングズリーにいった。「さあ行くぞ」

こんどの停まり方は、神経をかきむしられるような激しいものだったし、ねじれ振動が消えるまでにはずっと長い時間がかかった。モーガンは、帯金が切れれば、それを感じる（あるいは聞こえる）はずだと思っていた。鏡をのぞいて、電池がまだそこにあることを知っても、彼は意外とは思わなかった。

キングズリーは、あまり心配してはいない様子だった。「三回か四回は必要かもしれんよ」

モーガンはあやうく、「わたしの後釜をねらっているのか？」といいかけたが、思いなおした。ウォーレンは笑いころげるだろうが、ほかの誰かが聞いていれば、どう受けとるかわかったものではないのだ。

三度目の落下（彼は数キロは落ちたように感じたが、それはたった一〇〇メートルにすぎなかった）のあとでは、キングズリーの楽観的態度も薄らいできた。この手ではうまくいかないことが、明らかだったのである。

「この帯金を作った連中に敬意を表したいな」とモーガンは皮肉たっぷりにいった。「さあ、どうする？　ブレーキを踏むまでに三秒の落下といくか？」

ウォーレンのくびを振る様子が見えるようだった。「危険すぎる。テープよりもブレーキ装置のほうが心配だ。あれは、こんなことを予想して設計されてはいないんだ」

「まあ、やれるだけはやってみたんだ」とモーガンは答えた。「が、わたしはまだあきらめんぞ。鼻先五〇センチのところにある単純な蝶ナットに尻尾を巻いてたまるか。わたしはあれをはずしに外へ出る」

50　落下する蛍

○一時一五分二四秒
　こちらはフレンドシップ・セブン。いままわりにあるものを、なんとか説明してみる。蛍光体のように明るく光る、何かの微小な粒子の大集団の中にいる。……カプセルにくっついてきているが、小さな星のように見える。おびただしい数だ……。
○一時一六分一〇秒
ゆっくり離れているが、その速さはせいぜい時速三ないし四マイルだろう……。
○一時一九分三八秒
　ペリスコープでのぞくと、後ろからちょうど太陽が昇ってきたところだ……窓から外を見ると、文字どおり無数の小さな光点が、カプセルのまわりで踊っている……。
（ジョン・グレン中佐、マーキュリー宇宙船
〈フレンドシップ・セブン〉、一九六二年二月二〇日）

旧式の宇宙服では、その蝶ナットを手でつかむなどということは、問題外だったろう。モーガンがいま着ているフレクシスーツでさえ、それは困難かもしれない——それでも、彼は少なくともやってみるつもりだった。

これは自分だけの命の問題ではなかったから、彼はきわめて慎重に一連の手順を練習した。宇宙服を点検し、カプセルを減圧し、ハッチ（幸いにも、ほとんど等身大の）を開けねばならなかった。それから安全ベルトをはずし、膝をついて（可能ならばだが！）例の蝶ナットに手をのばすのだ。すべてはその締まりぐあいにかかっていた。スパイダーの中には、いかなる道具もなかったが、モーガンは自分の指を（宇宙服のグローブに包まれていようといまいと）標準的な小さいレンチに匹敵させる覚悟だった。

地上にいる誰かが致命的な欠陥を指摘してくれることを考えて、自分の作業計画を説明しようとしたとき、彼はある種の軽い不快感に気づいた。必要とあればまだまだ我慢するのはなんでもなかったが、危険を冒しても意味がなかった。カプセル自体に備えつけられた配管を利用すれば、宇宙服に組みこまれた〈潜水者の友〉の厄介になる必要もないのだ……。

彼は用をすませて〈尿排出〉キーをひねった——そしてカプセルの底の近くで小さな爆発がおこったのにびっくりしたのだった。驚いたことに、それとほとんど同時に、超小型の銀河系が急に創造されたかのように、ぴかぴか光る星の雲が出現した。モーガンは、一瞬それがカプセルの外側にじっと静止したかのような錯覚を感じたが、それから、石が地上に落ちるのとまったく同じ速さで、まっすぐに落下していった。それは見る見る小さくなり、そして消えた。

自分がいまも地球の重力場の完全なとりこになっているという事実を、これほどまざまざと思いださせてくれるものはなかった。軌道飛行がやっと始まったばかりの時代に、最初の宇宙飛行士たちが、自分にくっついて惑星をまわる氷の結晶の暈《かさ》に首をひねり、それからおもしろがったという話を、彼は思いだした。そこで、〝ユリオン星座〟といったくだらない冗談が交わされたものだった。ここでは、そんなことは、おこりえなかった。ここで何を落としても、それがどんなに華奢なものであろうと、大気圏へまっすぐに墜落するのである。こんな高さにいても、自分が無重量状態の自由を満喫する宇宙飛行士ではないのだということを、決して忘れてはならないのだった。自分は、高さ四〇〇キロのビルの中にいる人間で、これから窓をあけ、外の張り出しに出ようとしているところなのだ。

51　ポーチにて

山頂は寒くて居心地が悪かったが、それでも群衆は増えつづけた。いまやキンテからのレーザー・ビームといっしょに全世界の視線が集まっている、その天頂の明るい小さな星には、何か心を惹きつけるようなものがあったのである。どの訪問者も、山頂に着くと、北側のテープのところへ行き、控え目ながらなかば挑戦するような態度で、「これがばかげていると は承知のうえだが、こうするとモーガンに触れているような気がするんだ」とでもいうように、それをさするのだった。それから、彼らはコーヒー自動販売機のまわりに集まり、スピーカー・システムから流れてくる報告に耳を傾けた。塔の中の避難者たちについては、新しい情報は何もなかった。彼らは酸素を節約するために、全員が眠って（あるいは眠ろうとして）いた。モーガンはまだ到着予定時刻に遅れているわけではなかったから、停滞のことは彼らには何も知らされていなかった。だが、あと一時間もしないうちに、彼らは必ず中間点ステーションを呼んで、何がおこったのかを知ろうとするだろう。

「マクシーヌ・デュヴォールはスリカンダに到着したが、たった十分の違いでモーガンに会いそこねた。以前ならば、こんなすれちがいは彼女をカンカンに怒らせたことだろう。いま彼女は、肩をすくめただけで、工学者が戻ってきたら最初につかまえるのだと思いながら、自分を慰めていた。キングズリーはモーガンと話させてくれなかったが、彼女はこの決定をさえもいさぎよく認めたのだった。そう、彼女も年を取りつつあったのだ……。

この五分間というもの、カプセルから聞こえてくる唯一の音声は、モーガンが中間点ステーションの専門家を相手に行なっている宇宙服の点検の、一連の〝よし〟という声だけだった。それもいまは終わって、全員が次の決定的な段階を緊張して待っていた。

「減圧中」と、ヘルメットのヴァイザーを閉じたためにやや反響の伴った声で、モーガンがいった。「カプセル内気圧ゼロ。呼吸、異状なし」三十秒の中断があって、「正面ドアを開ける――開いた。これから座席ベルトをはずす」

群衆の中で無意識な動きやつぶやきがおこった。彼らの一人一人が、頭の中ではカプセルの中にいて、突然自分の前に開いた虚空を感じているのだった。

「迅速離脱ベルト操作終了。いま脚をのばしている。頭がつかえそうだ……。宇宙服の感じを試している――非常に柔軟だ――いまポーチに出るところだ――心配するな！――座席ベルトが左腕に巻きつけてある……。

ふうっ。これだけかがむのが大仕事だ。ポーチの格子の下に、例の蝶ナットが見える。どうやって手を届かせるか考えているところだ。

いま、膝をついた――あまり楽じゃない――手が届いたぞ！　さて、まわるかどうか……」

聞いている者たちは、緊張して静まりかえった――それから、いっせいに緊張を緩めて、ほとんど同時に安堵のため息をついた。

「なんでもない！　簡単にまわるぞ。もう二回転した――もうそろそろだ――もうちょっと――はずれそうになっているのがわかる――下のほう、気をつけろ！」

拍手喝采がおこった。なかには手を頭へやって、こわそうなふりをして体をすくめる者もいた。ナットが落ちてくるのに五分はかかり、しかも一〇キロ東に落下するということが完全には理解できない一、二の者は、ほんとうに心配そうな様子だった。

ウォーレン・キングズリーだけは、いっしょになって喜んではいなかった。「喜ぶのはまだ早い」と彼はマクシーヌにいった。「まだ危機を脱したわけじゃないんだ」

時間は刻々とすぎていった……一分……二分……。

「だめだ」ついにモーガンが、怒りと失望に満ちた声でいった。「帯金はびくともせん。電池の重みでネジ山に食いこんでいるんだ。さっきのゆさぶりでボルトに食いこんでしまったにちがいない」

「できるだけ速く戻ってこいよ」とキングズリーがいった。「新しい動力用電池がもうすぐ届くから、一時間以内でとんぼ返りがなんとかできるんだ。だから、いまからでもまだ塔へは――うん、そうだな、六時間で着ける。もちろん、これ以上に事故がおこらないとしてだが」

まったくだ、とモーガンは思った。それに、ひどい扱いをしたブレーキ装置を徹底的に点検せずに、もう一度スパイダーを上昇させる気にはなれないだろう。自分自身が再度の走行をやれるかどうかにも、自信がなかった。この数時間の緊張がすでに体にあらわれはじめていたし、やがて精神と肉体が最大の効率を発揮すべきときに、疲労がそれを弱らせることだろう。

彼はもう座席に戻っていたが、カプセルはまだ宇宙空間に開きっぱなしで、座席ベルトもまだ締めてはいなかった。そうすることは敗北を認めることであり、モーガンには耐えられなかったのである。

ほとんど真上から射すキンテのまたたきもせぬ眩しいレーザー光は、いまもその容赦ない光線で彼を射すくめていた。彼は、その光線が自分に集中するほどの鋭さで、頭を問題に集中させようとしていた。

おさえている帯金が切れるような金属カッター——弓のこか鋏——がありさえすればいいのだ。彼は、またもや、スパイダーに何も道具箱を載せていないことを呪った。もし載せていたとしても、いま必要なものが入っている可能性は、ほとんどなかったのだが。

スパイダー自身の電池には、何メガワット時というエネルギーが貯えられてあった。それが何かに使えないだろうか？　彼は、アーク灯を作って帯金を焼き切るという、束の間の空想にひたった。だが、仮に適当な太い導線が手に入ったとしても（もちろん、ありはしないのだが）、主要動力源は制御室からは手が届かなかったのである。

ウォーレンにも、彼のまわりに集まった多数の有能な頭脳にも、なんの解決法も思いつけなかった。自分は、肉体的にも頭脳的にも、独力でやらねばなるまい。それは、結局は、自分がいつも望んでいた局面ではなかったのか。

そしてそのとき、いまにも手をのばしてカプセルのドアを閉めようとしたとき、モーガンには何をすべきかがわかった。答ははじめから、まさに彼の指先のそばにあったのだ。

52　もう一人の乗客

モーガンは肩の重荷をおろしたような心境だった。彼は心の底から、理屈を抜きにした確信を感じていた。こんどは、きっとうまくゆくはずだ。

それでも、自分の行動を詳細に組み立てるまで、彼は座席から動かなかった。そして、キングズリーがやや心配げな口調で、急いで戻ってくるようにもう一度せきたててきたとき、彼は曖昧な返事をした。彼は、ぬか喜びをさせたくなかったのだ——地上にも、塔の人たちにも。

「実験してみようと思うんだ」と彼はいった。「しばらく、そっとしておいてくれ」

彼は、自分が数えきれないほどの実演に使ってきた〝糸繰り機〟——何年も前にヤッカガラの壁面を降りるのに使った小さなスピナレットを取りあげた。それには、安全上の理由から、ひとつだけ変更が加えられていた。繊維の最初の一メートルはプラスチック層で覆われ、前のようにまったく見えないことはなかったし、気をつければ素手でも扱えるようになっていた。

手にした小箱を眺めながら、モーガンは、自分がこれをお守り——幸運のおまじないに近いもの——と見なすまでになっていることに気がついた。もちろん、本気でそんなことを信じてはいなかった。スピナレットを持ち歩くことについては、いつでもまったく論理的な理由があったのである。今回の上昇に当たっては、その強度と抜群の揚力が役に立つかもしれないと思いついたのだった。これには別の能力があるのだということを、彼はあやうく忘れかけていた……。

彼はもう一度、座席から立ちあがり、スパイダーの小さなポーチにある金属の格子にひざまずいて、いっさいのトラブルの原因となったものを調べた。邪魔をしているボルトは鉄格子のわずか一〇センチの向こうにあり、格子の桟《さん》は手が入らないほどの狭さではあるが、あまり苦労せずにその脇から手を届かせられることは、先ほど経験ずみだった。

彼は被覆された繊維の最初の一メートルを繰りだし、端についた輪を錘にして、格子の間から下へ垂らした。スピナレットの本体を、誤って外へ蹴りださないように、カプセルの隅にしっかり押しこむと、彼は格子の横から手をまわして揺れている錘をつかもうとした。これは思ったほど楽ではなかった。このすばらしい宇宙服でさえ腕を完全には自由に曲げることができなかったし、輪は前後に振子のように揺れながら彼の手を逃げまわった。

五、六回やってみたあげく（遅かれ早かれつかまえられることはわかっていたから、それは腹が立つというよりは、うんざりする仕事だった）、まだボルトにしっかりおさえつけられている帯金のすぐ裏側のところで、繊維をボルト軸にひっかけた。さて、それからが、慎重を要する作業だった。

スピナレットから、むきだしの糸がボルトに達してそこをまわるのにちょうど必要なだけの繊維を繰りだした。それから両端を強く引いて、糸がネジ山にひっかかるのを感じた。この作業を太さ一センチ以上の焼き入れした鋼鉄棒で試みたことはなかったから、どのくらい時間がかかるものかは見当がつかなかった。体をポーチにしっかり固定させると、彼は見えない鋸《のこぎり》を操作しはじめたのである。

五分すると汗まみれになり、しかも仕事がはかどっているのかどうかはまったくわからなかった。繊維がボルトに食いこんでできた（できていてくれるといいのだが）やはり眼には見えない溝からそれが脱けだすのをおそれて、糸の張力は緩められなかった。ウォーレンは、しだいに心配になってきたような口調でなんども電話してきたが、彼は言葉少なに大丈夫だといった。もう少しすれば、しばらく休んで、呼吸を整え――そして何をしようとしているのかを説明するつもりだった。気づかっている友人たちに対して、せめてそのくらいのことをする責任があった。

「ヴァン」と、キングズリーはいった。「いったい何を企んでいるんだ？　塔の人たちから電話がかかっているんだよ――なんと答えたらいい？」

「あと数分待ってくれ――いまボルトを切ろうとしているんだ――」

穏やかながら断乎とした女の声が口をはさみ、びっくりしたモーガンは貴重な繊維からあやうく手を離してしまうところだった。その言葉は宇宙服で聞きとりにくかったが、それは問題ではなかった。それを聞いてから何ヵ月もたってはいたが、その内容は充分に承知していたのである。

「モーガン博士」とコーラはいった。「横になって、十分間ほど楽にしてください」

「五分じゃ、だめかね」と彼は訴えた。「いま、ちょっと手が離せないんだ」

コーラは、返答はしなかった。簡単な会話のできるユニットもあったが、この型はそうってはいなかったのである。

モーガンは約束を守って、まる五分間、深く規則的に呼吸した。それから、また鋸を使いはじめた。格子の上に、そして四〇〇キロの彼方にある大地の上にかがみこみながら、前へ後へ、前へ後へと、繊維を動かした。かなりな抵抗が感じられたから、あの堅い鋼鉄を相手にいくらか成果はあがっているにちがいなかった。だが、どれだけの成果かはわからなかったのだ。

「モーガン博士」とコーラがいった。「ほんとうに、三十分は横にならなければいけません」

モーガンは、小声で悪態をついた。

「きみは間違っているよ」と彼はやりかえした。「わたしはいい気分だ」だが、それは嘘だった。コーラは胸の痛みを知っているのだ……。

「いったい誰と話しているんだ、ヴァン」とキングズリーが訊ねた。

「ただの通りすがりの天使さ」とモーガンは答えた。「マイクを切るのを忘れていてすまん。これから、もう一度、休むことにする」

「どのくらい進んだ?」

「なんともいえん。だが、もうかなり深く切れていることは間違いない。きっと……」

彼はコーラのスイッチを切ることができればと思ったが、仮に彼女が胸骨と宇宙服の生地との間にあって手が届かないのでなかったとしても、それはもちろん不可能なことだった。沈黙させられる心臓モニターなどは、役に立たないより悪かった——それは危険なのである。「モーガン博士」と、いまや明らかに腹を立ててコーラがいった。「どうあっても聞いていただきます。少なくとも三十分の絶対安静です」

こんどは、モーガンも、いい返す気持はなかった。コーラのいうことが正しいのは、わかっていた。だが、彼女には、これが一人だけの命の問題ではないことを理解してもらえるとは期待できないのだ。それに、自分が建造した橋のひとつと同じように、彼女にも安全係数が組みこまれていることは間違いなかった。彼女の診断には悲観的な傾きがあるだろう。自分の病状は、相手が思わせたがっているほど重態ではあるまい。というより、彼は心からそう願っていた。

胸の痛みは、確かに悪化しているようには思えなかった。彼は痛みもコーラも無視することに決めて、繊維の輪でゆっくりと規則的に挽きはじめた。必要なかぎりこれを続けるぞと、断乎として自分にいいきかせた。

当てにしていた前触れは、最後までこなかった。四分の一トンの死荷重がちぎれたとき、スパイダーは激しく揺れ、モーガンはもう少しで底知れぬ空間に投げだされるところだった。

彼はスピナレットを捨てて、安全ベルトをつかもうとした。恐怖は感じなかった。ただ、いっさいは夢に似たスローモーションでおこったように思えた。だが、安全ベルトは見当たらなかった。部屋の中へ跳ね返っていったにちがいなかった……。

彼は自分の左手を意識してさえいなかったが、突然、それが開いたドアの蝶番《ちょうつがい》をつかんでいることに気がついた。それでも、部屋の中へ身を引こうとはしなかった。落ちてゆく電池が見る見る小さくなってゆきながらも、何かの奇妙な天体ででもあるかのように、緩やかに回転している眺めに魅せられていたのである。それがまったく見えなくなるまでには、長い時間があった。そのときはじめてモーガンは安全な場所に体をひきずりこみ、座席にぐったりと倒れこんだのだった。

心臓が激しく打つ中で、コーラの次の憤然たる抗議を予期しながら、彼はそこに長いあいだ坐っていた。驚いたことに、彼女は、まるで自分もいっしょにびっくりしたかのように、無言のままだった。まあいい、もうこれ以上は彼女に苦情のたねは与えないつもりだから。これ以後は、制御台に静かに坐って、めちゃめちゃになった神経を鎮めることにしよう。

気持が平静に戻ったとき、彼は〝山〟を呼んだ。

「電池ははずした」と彼はいい、地上から歓呼の声が漂ってくるのを聞いた。「ハッチを閉めたら、すぐにまた出発する。セスイの一行には、一時間ちょっとで着くと伝えてくれ。それから、キンテに照明の礼を――もう必要がなくなった」

彼は部屋を再与圧し、宇宙服のヘルメットを開けて、冷たい強化オレンジ・ジュースをたっぷりと飲んだ。それから駆動装置を入れるとブレーキを解除し、スパイダーが全速力に近づくにつれて、いいようのない安堵を感じながら後ろにもたれかかった。

何分か上昇したころ、足りないものがあることに気がついた。彼は切実な望みをかけながら、ポーチの金属格子をのぞいてみた。いや、そこにはなかった。まあいい、投棄した電池の後を追っていま大地へ戻りつつあるスピナレットの代わりは、いつでも手に入れられるし、これだけのことをやりとげるためには小さな犠牲だった。だから、彼がこれほど取り乱していて、成功の喜びに心からひたれないでいるのは、不思議なことだった……。彼は古い忠実な友人を失ったような気がしていたのである。

53　フェードアウト

まだ予定より三十分しか遅れていないとは、あまり話がうますぎて本当とは思えなかった。モーガンは、カプセルが少なくとも一時間はとまっていたと誓ってもいいような気分だったのである。いまや二〇〇キロを大幅に割った距離しか残っていない上の塔では、彼を迎えるための歓迎委員会が準備されていることだろう。彼は、これ以上の問題がおこる可能性などは、考えてみようともしなかった。

五〇〇キロ地点を通過して、なおも力強く前進を続けているとき、地上から祝辞がとどいた。「ときに」と、キングズリーがつけ加えた。「ルフヌ保護区の動物管理員が、飛行機の墜落を報告してきた。われわれは安心させてやったがね――衝突孔が見つかったら、きみに記念品ができるかもしれないぜ」モーガンは、感激を抑えるのに苦労はしなかった。電池の行方がわかってよかった。ついでにスピナレットが見つかるものなら――だが、それは見こみのない捜索にちがいない……。

トラブルの最初の徴候は、五五〇キロのところでおこった。このころには、上昇速度は二百キロ以上になっているはずだった。それが百九十八キロしかなかったのである。差はわずかだったが（また、到着時間にそれほどの違いはおこらないと思われた）、モーガンは気になっていた。

塔からわずか三〇キロになったとき、彼はこの問題に結論を下し、こんどは自分にできることは絶対に何もないのを知った。充分な余裕があるはずなのにもかかわらず、電池は衰えかけていたのである。おそらく、あのゆさぶりと再出発の繰り返しが、異常をひきおこしたのだろう。きっと、もろい構成部分には、なんらかの物理的損傷さえおこっていることだろう。理由が何であれ、電流は徐々に減衰し、それとともにカプセルの速度も落ちていった。

モーガンが計器の読みを地上に伝えると彼らは愕然とした。

「どうやらきみのいうとおりらしいな」キングズリーは、もう少しで泣きだしそうな口調で嘆いた。「速度を百キロに落としたほうがいいと思う。なんとか電池の寿命を計算してみる──もっとも、経験的推定以上のことはできないがね」

あと二五キロ──この切りつめた速度でさえ、たった十五分なのだ！　もしモーガンに祈ることができたら、きっとそうしたことだろう。

「電流の減衰速度から判断して、十分ないし二十分と推定される。どうやら、ぎりぎりのところだな」

「また速度を落とそうか？」

「いまのところはいい。放電速度の最適値を求めようとしているんだが、これでだいたいよさそうなんだ」

「ところで、そっちのビームをつけてくれないか。もし塔まで届かないものならば、せめて見せてほしいんだ」

塔の底面を見上げたい彼にとっては、キンテも他の軌道ステーションも助けにはならなかった。これは、垂直に天頂に向いているスリカンダ自身のサーチライトの仕事なのだった。

しばらくすると、カプセルはタプロバニーの心臓部からの眩いビームに貫かれていた。つい数メートル先には（それどころか、あまり近いので、彼は手で触れられそうな気がした）、塔へ向かって集中しているほかの三本の誘導テープが、光の帯となって走っていった。彼は、それらの縮まってゆく遠景をたどった——そして、あそこだ……。

たった二〇キロ！　あと十数分もすればあそこに着いて、空に輝いて見えるあの小さな四角い建物の床を抜けて上がりこみ、何か穴居時代のサンタクロースのようにプレゼントを渡しているはずだったのだ。緊張を緩めてコーラの命令に従おうとする決意にもかかわらず、それは不可能だった。彼は、まるで自分の肉体的努力によって残りわずかな行程にあるスパイダーを助けようとでもするかのように、筋肉を緊張させている自分に気がついた。

一〇キロのところで、駆動モーターのピッチに、はっきり変化がおこった。これを予想していたモーガンは、ただちに反応した。彼は、地上からの助言を待つことなく、速度を五十キロに下げた。この速度で行けば、まだ十二分かかることになり、彼は自分が漸近的接近に追いこまれたのではなかろうかと、絶望的に思った。これは、アキレスと亀の競争の変型だった。もし距離の半分を行くごとに速度を半分にしたとすると、自分は塔に有限の時間で着くだろうか？　かつての自分なら、即座に答を出したことだろう。いまの彼は、その計算をするには、あまりにも疲れはてていた。

五キロになると、塔の構造上の細部が見えてきた——キャットウォーク、保護柵、世論対策用の無意味なネット。彼は瞳をこらしたが、いまじれったいほどの緩慢さで目指しているエアロックは、まだ見えてこなかった。

だが、もうそれはどうでもよかったのだ。目標の二キロ手前で、スパイダーのモーターは完全にとまってしまったのである。モーガンがブレーキをかける前に、カプセルは数メートルずり落ちさえした。

しかし、意外にも、こんどはキングズリーは、まったく意気消沈していなかった。

「まだあきらめるのは早い」と彼はいった。「電池を十分間だけ休ませろ。その最後の二キロを昇るのに充分なだけのエネルギーが、まだ残っているんだ」

それは、モーガンが体験したもっとも長い十分間のひとつだった。マクシーヌ・デュヴォールがますます必死に伝えてくる嘆願に応じてやれば、時間はもっと早くたったかもしれないが、彼は口をきくのもおっくうなほど精神的に疲れきっていた。彼はそれを心からすまないと思い、マクシーヌが理解して許してくれるように願った。

彼は運転手＝操縦士のチャンと一度だけ短い会話を交わし、相手は〝地階〟の避難者たちがまだ良好な状態にあり、モーガンが近づいたことで非常に元気づいている、と報告した。

彼らは、エアロックの外側のドアにある小窓から交代でのぞき、彼が残りのわずかな距離を埋められないかもしれないなどとは、とても信じられないでいるのだった。

モーガンは、縁起をかついで電池を一分だけ余分に休ませた。ほっとしたことに、電池は強い手ごたえを示し、心強いほどのエネルギーを送りだした。スパイダーは、塔から半キロ以内まで進んで、また停止した。

「この次は大丈夫だ」とキングズリーはいったが、モーガンには相手の自信が今は少々無理に装っているもののように思えた。「だいぶ遅れてしまって、残念だが……」

「また十分間か？」モーガンは、あきらめたように訊ねた。

「そういうことだな。それから、こんどは、三十秒動かしては一分の中休みをするんだ。そうすれば、電池から最後のエネルギーまで絞りだせるだろう」

そして、わたしからもだ、とモーガンは思った。コーラがこんなに長く沈黙しているのは、不思議なことだった。もっとも、こんどは彼も肉体的に激しい労働をしているわけではなかった。そういうふうに感じているだけだったのである。

彼はスパイダーのことにかまけて、自分のことをなおざりにしていた。この一時間というもの、彼は無残渣《むざんさ》でブドウ糖を主体にした疲労回復剤やフルーツジュースの小さなプラスチック球のことを、すっかり忘れていた。この両者を試みると気分はずっとよくなったが、この余分のカロリーの一部でも死にかけた電池に分けてやれないものかと、しきりに思うのだった。

いまこそ決定的瞬間なのだ——最後のひとふんばりのときだ。目標にこれだけ近づいたいま、失敗はあるわけがないのだ。あとわずか数百メートルというときに、運命がそれほど意地悪いはずがない……。

もちろん、それはから元気だった。いかに多くの飛行機が、無事に海を渡った後、あと少しで滑走路というところで墜落したことか。どれだけの機械や人が、あとわずか数ミリというところで力つきたことか。良かれ悪《あ》しかれ、あらゆる形の運命が、どこかで誰かにおこるのだ。自分だけが特別扱いを期待するいわれはないのである。

カプセルは、死にかけて最後の隠れがを探す獣のように、発作的に進んだ。電池がとうとう息をひきとったとき、塔の基部は、空のなかばを覆うかに見えた。

だが、それはまだ二〇メートル上にあったのである。

54　相対論

出力の最後のひとかけらまで使いきり、スパイダーの表示盤の灯がついに消えた絶望の一瞬、モーガンの頭に浮かんだ考えが、自分の運命もこれでおしまいだというものだったことは、彼の名誉のためにいっておかなければならない。ここでブレーキを解除しさえすれば地球に戻れるのだという思いは、一秒たりとも意識にのぼらなかったのである。三時間もすれば、彼は無事にベッドに入れるだろう。使命に失敗したことで彼を責める者は誰もいないだろう。彼は、人力に可能なことはすべてをつくしたのだ。

しばらくの間、彼は一種の物憂《ものう》い怒りをこめて、スパイダーの影が投影された近づきがたい四角形を睨みつけていた。彼の心は無数のとんでもない方策を思いついては、それをかたっぱしから退けた。もし忠実な小さなスピナレットがここにあれば――しかし、それを塔まで届かせる方法はなかった。もし避難者のところに一着の宇宙服があれば、誰かが彼にロープをおろせる――しかし、炎上する運搬車からは一着の宇宙服も取りだす暇はなかったのだ。

もちろん、これが現実の生活の出来事ではなくてテレビドラマのひとつだとしたら、誰か英雄的な志願者が彼自身を（望ましくは彼女自身を）犠牲にしてエアロックに入り、真空中で意識を保てる十五秒間を利用して、ほかの者たちを救うためにロープを投げおろすところだった。良識を取り戻すまでのわずか一瞬とはいえ、モーガンがこの可能性をさえ考えたことをもってしても、彼の絶望のほどは察せられるというものだった。

スパイダーが重力との闘いを放棄したときから、モーガンが自分にできることは何ひとつないという事実を最終的に認めるまで、おそらく一分とは経過していなかったことであろう。そのとき、ウォーレン・キングズリーが、時もあろうに腹立たしいほど的はずれな質問をしてきたのである。

「もう一度、残りの距離を教えてくれ、ヴァン——塔から正確にどれだけ離れているんだ」

「それがなんだっていうんだ？　一光年あるのも同じことだぞ」

地上では、しばらく沈黙があった。それからまたキングズリーは、幼い子供か気むずかしい病人にでも話しかけるような口調でいった。「それによって天地雲泥の違いになるんだよ。二〇メートルといったか？」

「うん——まあ、そのくらいだ」

信じがたいことに——聞き間違えようもなく——ウォーレンは、はっきりと聞こえるほどの安堵のため息をついたのである。返事をする彼の声には、喜びさえこもっていた。

「それにしても、ヴァン、この長年来、きみはこの事業の技術部長だとばかり思っていたんだがね。仮に、これがちょうど二〇メートルだとしよう——」

モーガンの爆発するような叫びが、ウォーレンが先を続けるのを妨げた。「わたしは、なんという大ばか者なんだ！　セスイにわたしが――そうだな、十五分のうちにドッキングすると伝えてくれ」

「きみの推定距離が正しければ、十四分半だ。そして、もう何ものもきみをとめることはできない」

それはまだ危険な言明だったし、モーガンはキングズリーがそんなことをいわなければいいのにと思った。ドッキング用のアダプターは、製造公差のわずかな誤差のために、時によって正確に結合しないことがあったのである。そのうえ、この問題のシステムをテストする機会は、もちろんなかったのだ。

彼は、自分の記憶喪失を、ちょっときまり悪く思っただけだった。なにしろ、極度の緊張下にあっては、人間は自分の電話番号を、自分の生年月日をさえ忘れるものなのだから。おまけに、いまや状況の決定的な要素となったものは、つい先ほどまではまるで問題にならなかったので、完全に無視されていたのだった。

すべては相対性の問題だった。彼は塔に到達できない。しかし、塔は彼に到達するのだ――一日二キロという不変の速度で。

55

ドッキング

塔のもっとも細く軽い区画が組み立てられていた当時、一日の建造速度の記録は三十キロだった。そのもっとも重い部分（建造物の根元そのもの）が軌道で完成に近づいたいまでは、速度は二キロに落ちていた。それでも、かなりな速さだった。モーガンには、アダプターの位置を点検したり、ドッキングを確認してからブレーキを解除するまでのかなり慎重を要する数秒間を、頭の中でおさらいする余裕があるだろう。もし彼がブレーキをそのままにしておきすぎれば、カプセルと下降する何メガトンもの塔との間に、まるで勝負にならないような力くらべがおこることになってしまう。

それは長いが寛いだ十五分間だった——コーラをなだめられるだけの時間であってくれるようにと、モーガンは願った。それが終わりに近づいたとき、何もかもがあっという間におこったように思えた。その最後の瞬間、空に浮かぶ頑丈な屋根が近づいたとき、彼は型打ち機の間で押しつぶされようとする蟻のような気分だった。一瞬前、塔の基部はまだ何メートルか離れていた。一瞬後、彼はドッキング機構がぶつかりあう音を体と耳で聞いた。

いまや、何年も前に技術者や技術要員が仕事をしたときの才腕と慎重さに、多くの命がかかっていた。もし結合部の位置が許される公差の範囲で一致しなかったら、もし結合装置が正しく作動しなかったら。もし密封部分が気密でなかったら……。モーガンは、耳に聞こえてくる雑多な音響を解釈しようとしたが、そこから情報を読みとれるだけの経験は持ちあわせていなかった。

そのとき、まるで勝利の合図のように、表示盤に〈ドッキング完了〉の表示が現われた。緩衝機構が前進してくる塔の動きを吸収していられる間が、十秒間はあった。モーガンは、その半分の時間が過ぎてから、慎重にブレーキを解除した。スパイダーが下降しはじめたら、即座にブレーキをかけなおすつもりだった——だがセンサーは嘘をつかなかった。塔とカプセルは、いまや固く結合していた。あとは数段の梯子を登るだけで、目標に達するのだった。

地球と中間点ステーションで歓呼する人々に報告をすますと、彼はしばらく坐ったまま呼吸を整えた。これが二度目の訪問であることを考えると不思議な気がしたが、十二年前の三万六〇〇〇キロも彼方での最初の訪問のことは、ほとんど思いだせなかった。ほかにいいようもないので定礎式と呼ばれたそのときには、〝地階〟でささやかなパーティーが催され、プラスチック球による無重量状態での乾杯がなんども繰り返された。なぜなら、これは塔の中でまっさきに建造されるべき区画であったばかりではない。それは、軌道からの長い降下の末に、地球と接触すべき最初の部分でもあったのである。そこで、なんらかの式典をするのが適切なように思われたのだった。モーガンは、自分の旧敵コリンズ上院議員さえも出席して、辛辣ではあるが気さくな演説で祝福するだけの度量を見せたことを思いだした。いまは、それ以上に祝賀すべき理由があるわけだった。

すでにモーガンの耳には、エアロックの向こう側から歓迎の合図をするかすかな音が聞こえていた。彼は安全ベルトをはずすと、座席の上に不器用に立ちあがり、梯子を昇りはじめた。頭上のハッチは、彼に対して結集された諸々の力が最後のはかない挑戦をするかのように、申しわけばかりの抵抗を示し、気圧が平均する間、しばらく空気の洩れる音がした。それから、円形の扉は下へ開き、待ちかねた手が彼を塔の中へ助け入れた。悪臭の漂う空気を一息吸ったモーガンは、人がよくもこんなところで生きていられるものだと思った。自分の任務が失敗していたとしたら、二度目の試みは手遅れになっていたことは、間違いなかった。

むきだしの寒々とした部屋は、太陽蛍光パネルで照明されているだけだったが、このパネルは、いまこうしておこっているような非常事態に備えて、十年以上もの間、黙々と太陽光線を捕まえては放してきたのだった。その照明が照らしだす光景は、昔のどれかの戦争の場面とも思えるようなものだった。助かったわずかな所持品を持ってこうして防空壕にうずくまっているのは、破壊された都市から逃れ、家を失い、身なりも乱れた難民たちなのだ。しかし、そういう難民ならば、〈プロジェクション〉とか、〈ルナー・ホテル会社〉とか、〈火星連邦共和国所有〉とか、ありきたりの〈真空中格納可（不可）〉とかいったラベルを貼った鞄を持っているとは、考えにくいだろう。それにまた、難民がこんなに嬉しそうなはずもないのだ。酸素を節約するために横になっていた者まで、無理に笑顔をつくり、弱々しく手を振っている。挨拶を返したとたん、モーガンは脚の力がぬけて意識を失った。彼はそれまでに失神したことは一度もなく、冷たい酸素を浴びて意識を回復したときにまず感じたのは、身のおきどころもないほどの狼狽だった。眼がしだいに見えるようになると、最初に眼に入ったのは上からのぞきこんでいるマスク姿だった。一瞬、彼は自分が病院にいるのかと思った。それから、頭脳と視覚が正常に戻った。自分がまだ意識を失っている間に、貴重な積荷がおろされたにちがいなかった。

そのマスクは、彼が塔まで運んできた〝分子ふるい〟だった。これで鼻と口を覆うと、二酸化炭素は遮られ、酸素は通過するのである。簡単ではあるが技術的には高度なこの装備は、ふつうならば即座に窒息するような空気の中でも人間を生存させるのだった。それを通して呼吸するには少々余分の努力が必要だったが、自然は何事もただで与えてはくれないのだ——しかも、これはきわめてわずかな代償なのである。

モーガンは、少々ふらふらしながらも助力を断わって立ちあがり、遅まきながら自分が救助した男女たちに紹介された。まだひとつだけ気がかりなことがあった。意識を失っているあいだに、コーラが所定の発言のどれかを述べただろうか？　彼はそのことをいいだしたくなかったが、それでも思いわずらっていた……。

「われわれ全員を代表して」と、セスイ教授は、誠実な態度ではあるが、他人に対してめったに改まった挨拶をしたことのない人間の持つ、いかにも不器用な表現でいった。「あなたがしてくださったことに、お礼を申し述べたい。あなたはわれわれの命の恩人です」

これに対して論理的あるいは筋道の通った返事をすれば、心にもない謙遜というそしりを招くだろう。そこで、モーガンは、マスクをなおすふりをして、何事か聞きとれないことをつぶやいた。装備の全部がおろされたかどうかを確かめようとしたとき、セスイ教授がさも気づかわしげにつけ加えた。「椅子をさしあげられないのが残念です――これがせいいっぱいのところでしてな」彼は積みあげた装置の箱を指さした。「ほんとうに、お休みにならねばいけませんぞ」

その文句には聞きおぼえがあった。やっぱりコーラは喋ったのだ。モーガンがこの事実を顔に出し、ほかの者たちが知っていることを認め、彼もみんなが知っているのを知っていることを示しているあいだ（すべては、一群の人々がひとつの秘密を分かちあい、誰もが二度と口にしないときに現われる、一種の心理的な無限退行現象として、一言も発せられないなかで推移した）、少々気まずい沈黙が流れた。

彼はなんどか深呼吸をしてから（マスクに慣れるのが早いことは、驚くほどだった）、すすめられた座席に坐りこんだ。もう二度と失神などしないぞ、と彼は断乎たる決意で思った。〝計画を達成〟して、できるだけ早くここから出なければならん――できればコーラからこれ以上の宣告がある前に。

「その罐に入った密封剤で」といいながら、彼は持ってきた容器のうち最小のものを指した。「洩れは解決するはずです。エアロックのガスケットのまわりにスプレーしてください。数秒で固まります。酸素は、どうしても必要なときに使ってください。眠るときに必要になるかもしれません。二酸化炭素マスクは、全員の分のほかに何個か予備があります。これは三日分の食糧と水です——これで充分でしょう。10Kからの運搬車は、明日ここへ着くはずです。救急箱は——まったく必要がないといいんですが」

彼は一息入れた。二酸化炭素フィルターをつけて話すのは、楽ではなかったし、彼はますます体力を蓄えておく必要を感じていたのだった。セスイの一行はもう自分でやっていけるようになったが、彼にはまだひとつやっておかなければならない仕事が残っていた——それも早いほどいいのである。

モーガンはチャン運転手のほうを向いて、静かにいった。

「もう一度、宇宙服を着るのを手伝ってくれないか。軌道を視察したいんだよ」

「あなたが着ているのは、ただの三十分服ですよ！」

「十分間しか、かからんよ——せいぜい十五分だ」

「モーガン博士——わたしは宇宙空間のライセンスを持つ操縦士です——あなたは違います。予備の容器か〝へその緒〟なしで三十分服を着て外へ出ることは、誰にも許されていません。もちろん、緊急の場合は別ですが」

モーガンは疲れた笑顔を見せた。チャンのいうとおりであり、切迫した危険という言いわけはもう通らなかった。だが、技術部長がそうだといえば、緊急事態なのである。

「損傷を見たいんだ」と彼は答えた。「それに軌道も調べねばならん。何か障害があることを知らされなかったばっかりに、10Kから来る連中が到達できなかったら、困るだろう」

チャンは、明らかにこの状況に困りぬいていたが（自分が意識不明のあいだに、おしゃべりなコーラのやつが何をいったんだろう?）それ以上は何もいわずに北側のエアロックまでモーガンについてきた。

ヴァイザーを閉じる直前に、モーガンは訊ねた。「その後、教授とは何か面倒でも?」

チャンは、くびを振った。「二酸化炭素が彼を減速させたんだと思いますよ。それに、もしまたエンジンがかかったとしても──ともかく、われわれは六対一で優勢ですから。もっとも、教授の学生たちが当てにできるかどうか、わかりませんがね。彼らの中には教授と同じくらい頭のおかしいのがいるんですよ。隅でずっと何か書きつづけているあの娘をごらんなさい。あの子は、太陽が消えるとか爆発するとか──どちらだかわたしにはよくわからないんですがね──信じこんでいて、自分が死ぬ前に世界に知らせたいっていうんですよ。そんなことをしても、どうなるんですかね。わたしだったら、知らんほうがいいですよ」

モーガンは微笑を禁じえなかったが、教授の学生たちの誰一人として、頭のおかしい者がいないことは、確信できた。たぶん常軌を逸してはいるだろう──だが、すばらしい頭脳を持ってもいるのだ。そうでなければ、セスイのもとで働いてはいないだろう。いつか、自分が命を救った男女たちについて、もっと多くのことを知らねばならない。だが、それは、全員がそれぞれの道を通って地上に戻ってからのことだ。

「塔のまわりを急いでひとまわりしてくる」とモーガンはいった。「損傷を説明するから、それを中間点ステーションに報告してくれ。十分以上はかかるまい。もしそれ以上になっても──わたしを連れ戻そうとするんじゃないぞ」

エアロックの内側のドアを閉めながらいったチャン運転手の返事は、きわめて現実的かつ簡略なものだった。「できるわけがないでしょう」と彼はいったのである。

56　バルコニーからの眺め

北側エアロックの外側のドアは造作もなく開いて、長方形の真暗闇を浮きださせた。その暗黒を水平に横切っているのは、一筋の火の線――はるか下界の山からまっすぐ上を向いたサーチライトの光線に照らしだされている、キャットウォークの保護柵だった。モーガンは深く息を吸ってから、宇宙服を曲げたり伸ばしたりしてみた。彼はまったく快適な気分で、内側のドアの窓からこっちをのぞいているチャンに手を振った。それから塔の外へ足を踏みだしたのである。

〝地階〟を囲むキャットウォークは、約二メートル幅の金属格子だった。その向こうには、安全ネットがさらに三〇メートル先まで拡がっていた。モーガンに見えるかぎりの範囲には、黙々と待つ長年月の間にも、めぼしいものは何も捕捉されていなかった。

彼は、足もとから突きあげてくる強い光に対して眼をかばいながら、塔の一周を始めた。斜めに射す光は、頭上に星への道のように（ある意味では、そうなのだが）のびている壁面の、どんな些細な隆起や傷も浮きたたせていた。

彼が願いかつ予期していたように、塔の向こう側での爆発は、ここにはなんの被害も及ぼしていなかった。そうなるためには、けちな電気化学的な爆弾ではなくて、原爆が必要だろう。いま最初の到達を待っている軌道の二本の溝は、無垢《むく》の完全さを保ちながら果てしもなく上へのびていた。そして、バルコニーの下五〇メートルのところには（強い光のために、その方角を見るのは困難だったが）、絶対に果たすことになってはならない任務のために用意されている終点緩衝装置が、どうやら見分けられた。

モーガンは、あわてずに、そして塔のきりたった壁の近くを選びながら、ゆっくりと西のほうへ歩いてゆき、最初の曲がり角まできた。彼は振り返って、開いたままのエアロックのドア、そしてそれが象徴する安全な（相対的にだ、まったくの話が！）場所のほうを見た。それから、西側の何も開口部のない壁に沿って、決然と歩みを続けた。

彼は、水泳をおぼえたころに、生まれてはじめて背の立たないところに出てしまったとき以来感じたことのないような、喜びと恐怖のいりまじった奇妙な心境だった。実際には危険がないことを確信してはいたが、それでも可能性はあるのだった。コーラが時機をうかがっていることを、痛いほど意識していた。だが、モーガンはいつも仕事をやり残すのが嫌いだったし、任務はまだ終わってはいなかったのである。

西壁は、エアロックがないことを除けば、北側とまったく同じだった。爆発の現場に近いにもかかわらずここにも損傷の気配はなかった。

急ごうとする気持をおさえながら（なにしろ、外に出てから、まだ三分しかたっていないのだ）、モーガンは次の角までゆっくり歩いていった。そこを曲がるまでもなく、予定していたような塔の一周はできないことがわかった。キャットウォークはもぎとられて、ねじれた金属の舌のように、宇宙空間に垂れさがっていたのだ。安全ネットは、明らかに墜落する運搬車に引きちぎられて、影も形もなくなっていた。

無理はすまい、とモーガンは思った。それでも、まだ残っているガードレールの一部につかまりながら、角の向こう側をのぞいてみずにはいられなかった。

軌道にはおびただしい破片がはさまっており、塔の壁面は爆発で変色していた。だが、見たかぎりでは、ここでさえ切断トーチを持った人間が数人かかれば、何時間かで修理できないような事態ではなかった。彼がチャンにていねいに状況を説明すると、相手は安心した様子で、モーガンになるべく早く塔に戻ってくるようにせきたてた。

「心配せんでもいい」とモーガンはいった。「まだ十分も残っているし、距離は三〇メートルしかないんだ。いま肺の中にあるだけの空気だけでもなんとか行けるさ」

だが、それを試してみる気はなかった。もう一晩には充分すぎるほどの興奮をしていた。コーラを信ずるとすれば、充分どころのさわぎではないのだ。これからは、その助言に絶対に従うことにしよう。

エアロックの開いた扉まで戻ってくると、彼ははるか下界のスリカンダの山頂から跳びあがってくる光の噴水を全身に浴びながら、ガードレールのそばに最後のわずかな瞬間を惜しんで立っていた。その光は、彼自身の長い長い影を、塔に沿ってまっすぐ上へ、遠く星の彼方へ投げかけていた。その影は数千キロにおよんでいるにちがいなかった。そして、モーガンは、それがいま10Kから急速に降下している運搬車にさえ到達しているかもしれないと思った。ここで腕を振れば、救援隊に彼の合図が見えるかもしれない。モールス符号を使って彼らに話しかけることもできるのだ。

この楽しい空想は、もっと真面目なことを思いつかせた。スパイダーで地球へ帰る危険を冒さずに、ここでほかの者たちといっしょに待つのが最善の策だろうか？　だが、充分な手当が受けられる中間点ステーションまで行くには、一週間かかるだろう。スリカンダへは三時間以内に戻れるのだから、これは賢明な選択とはいえないだろう。

中に入る時間だ——空気は残り少なくなっているだろうし、これ以上は見るものもないのだ。通常ならば昼であれ夜であれここから見えるはずのすばらしい展望を考えると、これはがっかりさせるような皮肉だった。ところが、いまは、下の惑星も上の空も、スリカンダからの眼もくらむような光によってかき消されているのだった。彼は四方を真暗闇にとりかこまれながら、小さな光の宇宙の中に漂っているのである。重さの感覚があるためだけのせいかもしれないが、自分が宇宙空間にいるとは、なかなか信じられなかった。彼は、六〇〇キロの上空にいるのではなくて、山そのものの上に立っているような気分だった。それは、じっと噛みしめ、地上へ持って帰るべき感覚だった。

彼は、自分と比較すれば象とアメーバ以上に巨大な塔の、滑らかで頑丈な表面を軽くたたいた。だが、アメーバには象を思い描くこと——ましてやそれを創造することなどは、絶対にできないのである。

「一年たったら、地上で会おうな」とモーガンはささやくようにいうと、エアロックのドアをゆっくりと閉じた。

57　最後の夜明け

モーガンは、戻ってきた〝地階〟に、ほんの五分間いただけだった。いまは儀礼的な挨拶などをしている場合ではないし、苦労してここまで持ってきた貴重な酸素を消費したくもなかった。彼は一同と握手しおわると、急いでスパイダーに戻った。

マスクなしで呼吸できるのはいいものだったが、自分の任務が大成功をおさめ、三時間以内に無事に地球へ戻れるのだという気分は、それ以上によかった。それでも、塔に到達するまでのあれだけの苦労を思うと、ここを離れて、こんどは帰るためだとはいえ、ふたたび重力に身をまかせるのは残念なような気分だった。だが、やがて彼はドッキングの嚙み合わせを解除して降下をはじめ、数秒間は無重量状態になった。

速度計が三百キロになると自動ブレーキ装置が働き、重さが戻ってきた。無慈悲に絞りぬかれた電池もいまは充電されていることだろうが、それは修理不可能なほどに傷んでいるにちがいないし、廃棄処分にするしかあるまい。

ここには不吉な類似があった――モーガンは自分の酷使された肉体のことを思わずにはいられなかったが、それでも頑固な自尊心が医師を待機させておくように頼むのを妨げていた。

彼は、ちょっとした賭をやっていたのだった。コーラがもう一度何かいったときにだけ、そうしようというのである。

夜の中を矢のように落下しているとき、彼女はもう何もいわなかった。モーガンはすっかり寛いだ気分になって、空を眺めているあいだ、いっさいをスパイダーにまかせていた。たいていの宇宙船ではまずこれだけの広い展望は望めなかったし、こんなすばらしい条件のもとで星を眺めた者も数少ないのだった。オーロラは完全に消え、サーチライトは消されて、いまは星空に挑戦しようとするものは何もなかった。

もちろん、人間自身が作った星は別だった。ほとんど真上近くには、インドの上空に永久に留まり、しかも塔のシステムからわずか数百キロしか離れていないアショーカがあった。東へなかばくだったところには孔子《コンフューシャス》、さらに低くカメハメハがあり、一方、西の空高くにはキンテとイムホテプが輝いていた。それらは、赤道に沿ってもっとも明るい道しるべのいくつかにすぎなかった。ほかにも文字どおり無数の人工の星があって、そのどれもがシリウスよりも明るいのだった。空をとりまく首飾りを見たら、古代の天文学者はどれほど驚くことだろう——そして、一時間ほど観測するうちに、それらがまったく動かないこと、見なれた星が古来の軌道を動いてゆく間にも昇りも沈みもしないことを発見したならば、どれほど当惑することだろう。

空にのびるダイヤの首飾りを見つめているうち、眠けをもよおしたモーガンの頭は、しだいにそれをはるかに壮大なものへと変身させていった。ほんのわずかばかり想像力を働かせると、その人工の星ぼしは、巨大な橋の照明灯に変わった。……彼は、さらに途方もない空想の中へさまよっていった。北欧神話の英雄たちがこの世から来世へ越すという、ヴァルハラへかかる橋の名は、なんといったろうか。彼には思いだせなかったが、それはすばらしい夢だった。そして、ほかの生物たちは、人類よりもずっと前に、彼ら自身の惑星の空に橋をかけようとして、失敗したのだろうか。彼は土星を取りまく雄大な輪、天王星や海王星の静かなアーチのことを思った。これらの惑星のどれも、いまだかつて生命を宿したことがないのは百も承知だったが、これが失敗した橋の壊れた断片だと想像すると楽しかった。

彼は眠りたかったが、自分の意志とはうらはらに、想像力はこの思いつきにとりつかれていた。新しい骨をみつけたばかりの犬のように、それを放そうとはしなかったのだ。その考えは荒唐無稽なものではなかった。彼の独創でさえなかった。同期ステーションの多くは、すでに何キロという大きさを持っているものもあり、軌道に沿ってかなりの長さのケーブルで連結されているものもあった。それらをひとつに繋いで世界を完全に取りかこむ輪にする工学的な作業は、塔の建造よりもはるかに簡単で、それに要する資材もはるかに少ないことだろう。

いや――輪ではない――車輪だ。この塔はその最初のスポークにすぎないのだ。赤道に沿った要所要所に他の（四基の？　六基の？　二十基の？）塔ができるだろう。それらが軌道でしっかりと連結されれば、単独の塔につきまとう安定性の問題は解消してしまうだろう。必要とあれば、アフリカ、南米、ギルバート諸島、インドネシアのどれもが地球終端駅の建設地になりうるだろう。なぜなら、いつの日にか、材料が改善され、知識が進むにつれて、塔は最悪のハリケーンにもびくともしないようになり、山の上であることはもう必要ではなくなるだろうから。自分も、あと百年も先であれば、たぶんマハ・テーロを悩まさずにすんだのかもしれない……。

彼が夢みているあいだに、欠けてゆく細い三日月が、早くも夜明けのきざしに染まりながら、東の地平線の上にひっそりと昇っていた。地球の照り返しが月の円盤の全体を明るく照らしていて、夜の部分の地形までが見えていた。彼は、前の時代には絶対に見られなかったあの世にも美しい眺め——三日月に囲まれた星——が見えないものかと眼をこらした。だが、人間の第二の故郷にある都市は、今夜はひとつも見えなかった。

たった二〇〇キロ——あと一時間足らずだった。無理に目を覚ましている必要もなかった。スパイダーには自動終着プログラムが備わっており、彼の眠りをさえ妨げることなく、静かに着地することだろう……。

まず痛みが彼の目を覚まさせた。コーラは一瞬だけそれより遅かった。「動こうとしてはいけません」と、彼女はなだめるようにいった。「無線で救助を頼みました。いま救急車が来ますよ」

これは傑作だ。だが、笑っちゃいかん、とモーガンは自分にいいきかせた。彼女は最善をつくしているだけなんだからな。彼は恐怖は感じなかった。胸骨の下の痛みは激しかったが、どうにもならないほどではなかった。彼はそこに精神を集中しようとし、その努力そのものが症状をやわらげた。彼は、ずっと以前に、痛みに対処する最善の方策は、それを客観的に観察することだということを発見していたのだった。

ウォーレンが呼んでいたが、その声は遠くてよくわからなかった。彼は友人の声に心配そうな様子を感じとり、なんとかなぐさめてやりたいと思った。だが、この問題を――ほかの問題にしても――処理する気力は残っていなかった。もう、その声さえ聞こえなかった。かすかだが絶え間ない轟音が、ほかの音をすっかりかき消していた。その音が自分の心の中(あるいは耳の迷路の中)にだけ存在することはわかっていたが、それでもまったく現実のもののように思えた。まるで、どこかの大きな滝の下に立っているようだった……。

それはかすかに、穏やかに――音楽的になっていった。そして、彼は突如として、それがなんであるかを知ったのだった。音もない宇宙空間のまん中で、ヤッカガラへのそもそものはじめの訪問のときから記憶している音をふたたび聞こうとは、なんとすばらしいことか！

重力は彼を家路へと引き戻していた――その見えない手が、何世紀にもわたって楽園の泉の噴水の曲線を形づくってきたように。だが、彼は、人類が知恵を持ち、それを維持しようとする意志があるかぎり、重力には奪い返されないものを創造したのである。

なんと脚が冷たいんだろう！　スパイダーの生命維持装置は、どうなってるんだ？　だが、すぐに夜明けになる。そうすれば、充分な暖かさが戻ってくるだろう。

星が、常識では考えられないほどの速さで、薄れかけていた。これはおかしい。もう夜明けをむかえようとしているのに、まわりのいっさいが暗くなってゆく。そして、噴水は大地の中へ沈みこみ、その音はますますかすかに……かすかに……かすかに……。
そのとき、別の音が聞こえてきたが、ヴァニーヴァー・モーガンは聞いていなかった。短く耳をつんざくような鋭い音の合間に、コーラが近づいてくる夜明けに向かって叫んでいた。

助けて！　これを聞いた方はただちに来てください！

これはコーラ警報です！

助けて！　これを聞いた方はただちに来てください！

太陽が昇って、かつては神聖な地だった山の頂きを最初の曙光がかすめたときも、彼女はまだ叫んでいた。はるか下界では、スリカンダの影が、人間にこれだけのことをされてもまだその完璧な円錐形を少しも損なわれずに、雲の上に投げかけられた。
目覚めつつある土地の上に拡がるその永遠の象徴を眺める参詣者たちは、もういなかった。だが、これからの何世紀にもわたって、何百万もの人々が、快適に安全に星へ昇ってゆきながら、それを見ることだろう。

58　エピローグ――カーリダーサの勝利

赤道の周辺に氷の顎が閉じる前のあの最後の短い夏も終わろうとするころ、スターホルム使節団の一人が、ヤッカガラへやってきた。〈群団の総帥〉である彼は、最近、人間の形状に変身したところだった。ひとつだけ些細な点を除けば、類似はみごとなものだった。だが、オートコプターでホルム人について来た十数人の子供たちは、終始ちょっとした半狂乱状態にあった――小さな子たちは、ひっきりなしに笑いころげるのだった。

「何がそんなにおかしいんだね」と、彼は非のうちどころのない太陽系語《ソーラー》で訊ねた。「それともないしょの話かね」

だが子供たちは、正常な色感覚がもっぱら赤外線の領域にあるスターホルム人に、人間の皮膚は緑と赤と青の乱雑なモザイク模様じゃないことを、教えはしなかった。ティラノザウルスに変身して、みんなを食べてしまうぞと脅かしても、彼の好奇心を満足させようとはしなかった。それどころか、彼らは（何十光年という距離を旅し三十世紀間にわたって知識を蓄えてきた相手に向かって）たった百キロの質量ではたいした恐竜になるもんかと、即座にやりかえしたものだ。

ホルム人は気にしなかった。彼は忍耐強かったし、地球の子供たちは——生物学的にも心理学的にも——いつ見ても魅力的だったのである。どんな生物の幼獣でも（もちろん、幼獣のいる生物の場合にはだが）そうだった。そういう種属を九つ研究してきたホルム人は、成長し、成人し、死ぬというのがどんなものか、どうやら想像できるようになっていた……どうやらであって、完全にではなかったが。

一ダースの人間たちと人間でない一人の眼の前には、かつて緑に覆われていた田畑や森林が北と南からの寒気《かんき》にさらされてできた、荒野が横たわっていた。優雅なココ椰子の木はとうの昔に姿を消し、そのあとを受け継いだ陰気な松さえも、拡がってゆく永久凍土層に根をやられて、むきだしの骸骨になっていた。地球の表面には、生命はもう存在していないのだ。惑星の内部の熱が氷を防ぎとめている深海底にだけは、わずかな盲目の飢えた生物が這いまわり、泳ぎ、たがいに食いあっていた。

それでも、光の弱い赤色星を公転する故郷から来た種属にとっては、雲のない空から照りつける太陽は、まだまだ耐えがたいほどの明るさであるように思えた。一千年前に中心核を蝕《むしば》んだ病気のために汲みつくされて、暖かみはまったく消えたものの、その強烈な冷光は、打ちひしがれた土地の隅々まで照らしだし、前進する氷河に華麗に照り映えていた。

目覚めはじめた精神の力にいまもなお酔いしれている子供たちには、氷点下の温度は胸の躍るような冒険だった。彼らは、さらさらした輝く結晶を裸足で煙のようにはねあげながら、雪の吹きだまりの中を裸で跳ねまわり、共生者たちがしょっちゅう、「凍傷信号を無視するなよ」と注意していなければならなかった。というのは、彼らはまだ年がいっていないので、年長者の助けなしに新しい四肢を複製するだけの力はなかったのである。

いちばん年上の少年は、これ見よがしな離れ業をやっていた。彼は、自分は火の精だと（スターホルム人は、この単語を別の機会に調べようと心覚えしたが、これはあとで彼に非常な混乱をおこさせることになった）得意げに宣言しながら、寒気に真正面から挑戦を開始した。この小さな演技者の姿は消えて、その代わりに見えるものは、古代の煉瓦積みの間をあちこちへ躍りまわる炎と蒸気の柱だけだった。ほかの子供たちは、たいしてうまくもないこの芸当を、わざと無視していた。

しかし、スターホルム人にとっては、これは興味深いパラドックスを提起するものだった。いったい、この人々は、自分たちがいま持っている力で寒気を撃退することもできるというのに（現に彼らの従兄弟たちが火星でやっていることだ）、なぜ内側の惑星へ撤退してしまったのだろうか？　この疑問に対して、いまだに得心のゆく答は受けとっていなかった。彼は、自分がいちばん意思疎通しやすいアリストートルの謎めいた返事を、また考えてみた。

「何事にも時期があるんですよ」と、この惑星頭脳は返事したものである。「自然と闘うべき時期もあれば、それに従うべき時期もあります。真の知恵とは、正しい選択をすることにあるんです。長い冬が終われば、人間は、蘇った地球に戻ってきますよ」

というわけで、過去何世紀かのあいだに、地球の全人口は赤道に林立する塔から流れだし、金星の若い大洋や、水星の温帯地方の肥沃な平原へと、太陽の方角へ拡がっていったのだった。あと五百年して太陽が回復したときには、異郷生活者たちはまた戻ってくるだろう。水星は極地を残して放棄されよう。だが金星は、恒久的な第二の故郷になることだろう。太陽の冷却は、人類にこの地獄の惑星を手なづけようとする動機と機会を与えたのである。

　こうした事例は、重要なこととはいえ、スターホルム人としてはこれに間接的な関心しかなかった。彼の興味は、人類の文化や社会のもっととらえがたい側面に向いていた。どんな種属も独得のものであり、独自の意外性、独自の個性を持っている。この種属の場合は、スターホルム人に〝負の情報〟（地元の用語ではユーモア、ファンタジィ、神話）という不可解な概念の存在を教えたのだった。

　スターホルム人は、この初体験の事象に取り組みながら、ときどき絶望的な気分で、「われわれには人類は最後まで理解できないだろう」と思うのだった。彼はときとして、自分があまりの挫折感に不随意の変身を開始して、大きな危険をひきおこすのではないかと怖れたものだった。だが、いまでは、見るべき前進がおこっていた。自分がはじめて冗談をとばし、子供たちが一人残らず笑ったときの満足感は、いまでもよく覚えていた。

　子供たちを相手にするというのは、これまたアリストートルから教わった手がかりだった。

「〝子供は大人の父〟（三つ子のたましい百まで）という古い格言があるんですよ。〝父〟という生物学的概念は、われわれ双方にとって同じように異質のものですが、この単語はこの文脈の中で二重の意味を持っているのです――」

というわけで、彼は、子供たちがやがては変身してゆく大人についての理解を与えてくれることを願いながら、ここにこうしているのだった。彼らは、ときによって真実を語った。だが、彼らが悪戯っぽい気分になって(これも理解しにくい概念だった)、負の情報を提供するときでも、いまのスターホルム人にはその徴候が読みとれるようになっていた。

それでも、子供も大人も、アリストートルでさえも、真実を知らないという場合があった。まったくのファンタジイと厳密な歴史的事実との間には、中間のあらゆる段階を含む連続的なスペクトルがあるらしかった。一方の端には、コロンブスとか、レオナルドとか、アインシュタインとか、レーニンとか、ニュートンとか、ワシントンとかいった、しばしば声や映像そのものが保存されている人物がいた。その反対の極には、現実の世界に存在したはずがないような、ゼウスとか、アリスとか、キングコングとか、ガリバーとか、ジークフリートとか、マーリンとかがいた。ところが、ロビンフッドや、ターザンや、キリストや、シャーロック・ホームズや、オデュッセウスや、フランケンシュタインについては、どう考えたらいいのか? ある程度の誇張は認めるとしても、彼らは実在の歴史上の人物といってもよさそうだったのである。

〈象の玉座〉は三千年のあいだにほとんど変わっていなかったが、かくも異質な訪問客の重みを支えたことは、いまだかつてなかった。スターホルム人は、南方を見つめて、山頂から聳えたつ幅五〇〇メートルの柱を、他の惑星で見てきた大建造物と比較してみた。こんなに年若い種属としては、これはじつにみごとなものだった。それはいつも、いまにも空から倒れてくるのではないかと思えたが、もうこれで十五世紀間にわたって立っているのだった。もちろん、現在の姿のままではない。下から一〇〇キロまでの部分は、いまでは直立した都市と化し（その広く間隔をとった各階の一部には、まだ人が住んでいた）、それを貫く十六組の軌道は、時には一日百万人の乗客を運んだものだった。いまでは、そのうち二組の軌道だけが動いていた。あと数時間もすれば、スターホルム人と連れの子供たちは、その縦に溝の入った巨大な柱を通って、地球を取り囲む〈リング都市〉への帰路につくのである。

ホルム人は望遠視になるように眼を反転させ、天頂をゆっくりと探った。ほら、あれだ――それは、昼間は見えにくかったが、夜になって地球の影の外側を通る日光がそこをまだ照らしているあいだは、よく見えた。空を二つの半球に分ける輝く細い帯は、それ自身がひとつの世界であり、そこには永久的な無重量状態の生活を選択した五億人の人々がいるのだった。

そして、リング都市のそばには、使節とほかの〈封群の伴侶〉たちを恒星間空間を越えて運んできた宇宙船が停泊していた。そこでは、いまこの瞬間にも、次に予定されている六百年間の旅に備えて、計画より数年早まった出発の準備が進められていたが、切迫した空気は少しもなかった。もちろん、スターホルム人にとっては、とりたてていうほどの時間ではない。旅の終わりまでは、再変身の必要はないのだから。だが、同時に、長い一生のうちでも最大の試練に直面するかもしれなかった。なぜなら、前例のないことだが、恒星探測機がひとつの太陽系に入った直後に破壊された（少なくとも沈黙させられた）のである。ことによると、多くの惑星に痕跡を残し、不可解なまでに〈始原〉そのものに近い、あの謎の〈暁の狩人〉と接触したのかもしれなかった。仮にスターホルム人におそれや恐怖の感情があったとしたら、いまから六百年先の未来を考えるとき、きっとそういう気持に襲われたことだろう。

だが、いま彼は、雪の積もったヤッカガラの頂きにいて、人類の星への道と相対していた。彼は子供たちをそばへ呼び集めて（子供たちは、彼が本当にいうことを聞いてほしいときには、いつもそれがわかるのだった）、南にある山を指さした。

「きみたちは、よく知っているな」と、彼は、必ずしも見せかけだけではないいらだたしげな口調でいった。「第一地球港がこの壊された宮殿より二千年後に建設されたのだということは」子供たちは、まじめくさった様子で、いっせいにうなずいた。「それじゃ、いったい」と、天頂から山の頂上へとたどりながら、スターホルム人は訊ねたのである。「どうしてきみたちは、あの柱を、〈カーリダーサの塔〉と呼ぶのかね？」

あとがき――出典と謝辞

歴史小説の作者は、とくになじみのない時代や場所を扱う場合には、読者に対して不思議な義務を負うことになる。よく知られている事実や出来事を歪曲してはならない。またしばしば必要にせまられてやることだが、それらを創作する場合には、想像と現実との境目を明らかにする責任があるのである。

ＳＦ作家も同様な責任を二重の意味で負っている。以下の註釈がそういう義務を果たすばかりでなく、読者にとって興味を添えるものであることを願うものである。

〈タプロバニーとセイロン〉

物語の都合のために、わたしはセイロン（現在のスリランカ）の地理に三つほど小さな変更を加えた。この島の位置を八百キロ南へ移し、赤道をまたぐようにした――二千万年前にはまさにそうだったし、いつかはまたそうなることだろう。いまのところ、この島は、北緯六度から十度の間にある。

さらに、霊山の標高を二倍にし、〝ヤッカガラ〟の近くへ移動させた。じつは、両者とも、ほぼわたしが描いたような姿で実在しているのである。

スリパーダ、別名アダムズ・ピークは、仏教徒、イスラム教徒、ヒンズー教徒、キリスト教徒にとって神聖な、人目をひく円錐形の山であって、山頂には小さな寺院がある。寺院の中には、仏陀の足跡といわれる長さ二メートルのくぼみのある石板が残されている。

何世紀にもわたって、毎年何千何万という参詣者が、高度二二四〇メートルの山頂への長い登りを歩いている。絶頂まで二本の階段があるので（きっと世界最長にちがいない）、この登りはもはや危険なものではなくなっている。ニューヨーカー誌のジェレミー・バーンスタインにそそのかされて、わたしも一度だけ登ったことがあるが（彼の『科学を体験する』参照）、それから数日間というもの、わたしの脚は麻痺したままだった。だが、苦労の甲斐はあった。夜明けの山の影という美しくも荘厳な景観――日の出から数分間だけ現われる、はるか下界の雲海に地平線近くまでのびた完全に対称な円錐形の眺めを、幸運にも見ることができたのだった。

わたしはその後も、スリランカ空軍のヘリコプターで、なんの苦労もなしにこの山を調べまわり、いまではこうしたうるさい侵入者にも慣れた僧侶たちの顔に浮かんだあきらめの表情が見えるほど寺院に近よったものだった。

岩の要塞ヤッカガラは、現実にはシーギリア（またはシーギリ、〝獅子岩〟）と呼ばれ、その現物はまことに驚くべきものであって、どんな変更も加える必要を感じなかった。ひとつだけ勝手にさせてもらったのは、年代についてである。というのは、頂上の宮殿は（セイロンの歴史書『クラヴァームサ』によれば）父殺しのカーシャパ一世王の治世（紀元四七八～四九五年）に建造されたものなのだ。しかし、これほどの大事業が、いつ敵が現われるかもしれない簒奪者の手によって、たった十八年間で完成されたとは、信じがたいように思える。シーギリアの真実の歴史はこの日付より何世紀も遡るかもしれないのだ。

　カーシャパの性格、動機、その実際の運命については諸説紛々としており、最近にいたってセイロンの学者セネラート・パラナヴィターナ教授の著書『シーギリ物語』（レイクハウス、コロンボ、一九七二年）が没後出版されたことによって、ますます論議が活発になっている。わたし自身も、〈鏡の壁〉に刻まれた文字に関する彼の二巻の不朽の著作『シーギリ・グラフィティ』（オックスフォード大学出版局、一九五六年）に多くを負っている。引用した詩文の一部は実在のものであり、ほかのものも少々手を加えただけである。

　シーギリア最大の壮観であるフレスコ画は、『セイロン――寺院・聖堂・岩の絵画』（ニューヨーク・グラフィック協会／ユネスコ、一九五七年）の中に、みごとに再現されている。図版5には、そのなかでももっとも興味深いものだが、残念にも一九六〇年代に誰とも知れぬ野蛮人に破壊された画が示されている。その侍女は、右手に捧げたなにやら謎めいた蝶番つきの箱に、明らかに聞きいっているのである。その正体は不明のままで、初期のセイロンのトランジスター・ラジオだというわたしの提案は、地元の考古学者に真面目にとりあげてはもらえなかった。

シーギリアの伝説は、最近、ドミトリ・ド・グリュンワルトの手で、リー・ローソンがきわめて堂々たるカーシャパに扮した作品『神王』として映画化された。

〈宇宙エレベーター〉

この一見とてつもない概念をはじめて西欧で提出したのは、サイエンス誌一九六六年二月一一日号に掲載された、スクリップス海洋研究所のジョン・D・アイザックス、ヒュー・ブラドナー、ジョージ・E・バッカスとウッズホール海洋研究所のアリン・C・ヴァインによる『人工衛星からの延長による真の〝定位置衛星〟』という投稿だった。海洋学者がこんなアイデアに関与するとは不思議に思われるかもしれないが、彼らこそは（防空気球の栄光ある時代以降は）自分の重さで垂れる長いケーブルを取り扱うほとんど唯一の人たちであることに思い至れば、これを意外とするには当たらないだろう（ついでながら、アリン・ヴァイン博士の名は、いまや有名な研究用潜航艇〈アルヴィン〉の名として不滅のものとなっている）。

後に、この概念は、すでに六年前に、しかもはるかに大がかりな規模で、レニングラードの技師Y・N・アルツターノフによって展開されていたことが明らかになった（一九六〇年七月三一日付のコムソモルスカヤ・プラウダ紙）。彼は、日に一万二千トンも同期軌道への輸送を取り扱う〝天のケーブルカー〟（というのが、この装置に対する彼の魅力的な命名なのだが）を考えていた。この大胆なアイデアがあまり評判にならなかったのは、不思議な気がする。わたしが見たものの中でこれに言及しているのは、アレクセイ・レオーノフとソコロフによる立派な絵画集『星はわれらを待つ』（モスクワ、一九六七年）の中だけである。一枚のカラー図版（二五頁）は運行中の〝宇宙エレベーター〟を示している。説明にいわく、「……人工衛星は、いわば空の一点に静止している。この衛星から地上へケーブルをおろせば、これをそのままロープウェイに使うことができる。これを使って、貨物や乗客のための〝地球・スプートニク・地球〟エレベーターを建造することができ、それがロケット推進をまったく要さないで運行できるのである」

一九六八年のウィーン〈宇宙の平和利用〉会議の折りに、レオーノフはわたしにこの本を一冊くれたのだが、このアイデアはなぜか印象に残っていないのだ――エレベーターがまさにスリランカの上空に浮かんでいるところが描かれていたのにである。きっとわたしは、鋭いユーモアのセンスで有名な宇宙飛行士レオーノフが（原註）、軽い冗談をいっているものとばかり思ったのだろう。

一九六六年のアイザックスの投稿以来、少なくとも三回にわたってこれが独立に再発明されたという事実によって証明されるように、宇宙エレベーターはまさに明らかに時宜《じぎ》を得たアイデアなのである。多くの新しいアイデアを含むきわめて詳細な論述が、ライト・パターソン空軍基地のジェローム・ピアソンによって、アクタ・アストロノーティカ誌の一九七五年九・十月合併号に発表された（『軌道の塔――地球の自転エネルギーを利用した宇宙船打ち揚げ装置』）。ピアソン博士は、コンピューターによる検索にもひっかからなかった以前の研究があると聞いて、びっくり仰天したのである。彼は、一九七五年七月の下院宇宙委員会でのわたし自身の証言（『スリランカから世界を眺めて』参照）を読んで、そのことを発見したのだった。

それより六年前、A・R・コラーとJ・W・フラワーは、論文『（相対的に）低高度の二十四時間衛星』（イギリス宇宙旅行協会報、第二二巻四四二〜四五七頁、一九六九年）で、基本的に同じ結論に到達した。彼らは、同期通信衛星を通常の三万六〇〇〇キロという高度よりはるか下に懸垂する可能性を求めていたのであって、ケーブルを地表にまで届かせることは論じなかったが、このことは彼らの論文からの自明の帰結である。

さてここで、遠慮がちな咳をひとつ。去る一九六三年、ユネスコに依頼され、アストロノーティック誌一九六四年二月号に掲載された評論「通信衛星の世界」（現在は『天からの声』に所載）の中で、わたしは次のように書いた。「はるかに長期的な可能性としては、低高度の二十四時間衛星を達成する多数の理論的手段があることを述べてもよいであろう。だが、それらは、今世紀中にはおこると思えない技術上の進歩を基礎にしている。それについての考察は、学生への練習問題として残しておこう」

これら〝論理的手段〟の第一のものは、もちろんコラーとフラワーによって論じられた懸垂衛星だった。現存する材料の強度を基礎に封筒の裏側でおおざっぱな計算をしてみた結果、わたしはそもそものアイデアにひどく懐疑的になってしまったので、それを詳しく書き綴る気にもなれなかったのだ。仮にわたしがあれほど保守的でなかったとすれば——あるいは仮にもっと大きな封筒があったとすれば――アルツターノフ以外の連中の先を越していたかもしれないのだ。

本書は工学論文というよりは小説である（あってほしい）から、技術上の詳細を知りたい読者は、いまや急速に増加しているこの問題についての文献を参照されたい。最近の例としては、ジェローム・ピアソンの『軌道の塔を利用する有効荷量の日常的な地球脱出速度での打ち揚げ』（国際宇宙学会第二七回会議録、一九七六年十月）や、ハンス・モラヴェックの注目すべき論文『非同期式軌道定位置衛星』（アメリカ宇宙協会年会、サンフランシスコ、一九七七年十月十八～二十日）がある。

ロールスロイス社の故A・V・クリーヴァー、ミュンヘン工業大学の宇宙航行学教授ハリー・O・ルッペ工学博士、カルハム研究所のアラン・ボンド博士などの友人たちからは、軌道塔についての貴重な論評をいただいた。その部分的変更の責任は、もっぱらわたしにある。コムサット研究所のウォルター・L・モーガン（わたしの知るかぎりでは、ヴァニーヴァー・モーガンとの親戚関係はない）とゲイリー・ゴードン、国連宇宙空間問題部のL・ペリクからは、同期軌道の安定領域についてきわめて有益な情報をいただいた。彼らは、自然の諸力が（そのなかでも太陽と月の影響が）とくに南北方向に大きな振動をおこさせるだろうと指摘した。とすれば、〝タプロバニー〟はわたしが述べたほどに有利ではないかもしれない。だが、それでも、ほかの場所よりはずっといいだろう。

高々度の建設用地の重要性という点にも議論の余地があり、赤道地域の風についてはモンテレーの海軍環境予測研究施設のサム・ブランドから情報をいただいた。仮に〝塔〟を海水面までおろしても安全だということになれば、モルディブ諸島のガン島（最近、イギリス空軍のために立ち退きが行なわれた）などは、さしずめ二二世紀でもっとも高価な場所になるかもしれない。

最後に、わたしがこの小説の主題を思いつく何年も前に、その現場のほうへ無意識のうちに引きよせられていたというのは、なんとも不思議な（怖しくさえある）偶然の一致に思えるのである。というのは、十年も前に大好きなスリランカの海岸で手に入れた家は（『大海礁の宝』および『スリランカから世界を眺めて』参照）、かなりな大きさを持つ陸地のなかでは地球同期最大安定点へのまさに最近接地点なのである。

そこで、わたしが引退した暁には、そのほかの老朽化した初期宇宙時代の遺物が、わたしの真上にある宇宙のサルガッソ海に渦巻くのを眺めたいものだと思うのである。

一九六九～一九七六年　コロンボにて

ところで、わたしとしては、もうすっかり慣れっこになってしまった、驚くべき偶然の一致なのだが……。

この小説の校正刷を直しているとき、わたしはジェローム・ピアソン博士からアメリカ航空宇宙局技術資料ＴＭ七五一七四、すなわちＧ・ポリャーコフの論文『地球を囲む宇宙の

〝首飾り〟』の写しを受けとった。これは、テクニカ・モロデージ誌一九七七年第四号四一〜四三頁に掲載されたものの翻訳である。

アストラハン教育大学のポリャーコフ博士は、この短いが示唆に富む論文の中で、世界を取りまく連続した輪というモーガンの最後の夢想を技術的にこと細かに述べている。彼はこれを宇宙エレベーターの当然の帰結と見ているのだが、後者の建造や操業についてもわたし自身の取り扱いとほとんど同じ形で論じているのである。

わたしは同志ポリャーコフに連帯の挨拶を送るとともに、またもや自分が保守的すぎていたのではなかろうかと思いはじめるのだ。ことによると、軌道塔は二二世紀ではなくて二一世紀に実現するのではなかろうか。

われわれ自身の孫たちが、いつの日にか、大きいことはいいことだと、実証してみせるかもしれないのである。

一九七八年九月十八日　コロンボにて

原註　一流の外交官でもある。ウィーンでの試写会を見た後で、『2001年宇宙の旅』に対してわたしの聞いたもっともすばらしい賛辞を呈してくれた。「わたしは宇宙に二度いってきたような気がするよ」おそらく、アポロ・ソユーズ計画の後でだったら彼は「三度」といっていたことだろう。

解説

サイエンス・ライター
金子隆一

本書は、現存するSF界の最長老現役作家が、その円熟期の頂点において発表した最高傑作のひとつであるばかりでなく、七〇年代SFのマスターピースとして長く語り継がれるべき作品である。

もし、あなたが不幸にしてこれまでクラークの作品をお読みになったことがないなら、本書を最初に手にとられたことで、その不運は帳消しになった。むろん、本書以外のクラークの作品を読まなくてもいいという意味ではまったくないが、本書にはクラークの作品世界の最良のエッセンスが凝縮されている。わが国では、クラークと言えば、『幼年期の終り』や『都市と星』など、オラフ・ステープルドンの影響を受けた、知性の進化の行く末を見据える巨視的スケールの作品に人気が集中しているが、いわゆるハードSFの勘どころを心得た読み手なら、それらの作品から本書までを一貫して流れる基調音がまったく変わっていないこと、そして、恐らく本書においてその響きがもっとも豊かに鳴り渡っていることを、よくご理解いただけることだろう。

本書はきわめてシンプルな物語である。ストーリーを要約すれば、一人の男が軌道エレベーターの建設を立案し、建設計画を主導し、それを完成させる。ただそれだけだ。しかし、ここには、クラークが作家としての自らを確立するよりも前、それこそサマセット州の片田舎に住む宇宙マニアの一介のSF少年にすぎなかった頃から培ってきた一途な確信、すなわち人類がいずれはこの地球を巣立ち、新たな進化の階梯へと足を踏み入れていくだろうという思いが、SF史上にも他に類を見ないほどの純度で析出されている。まさにその結晶化したものこそが〝十億トンのダイアモンド〟こと、〝カーリダーサの塔〟に他ならない。

およそSFを好むほどの人間であれば、誰もが多かれ少なかれ、必ず心のどこかにクラークのその確信と共鳴する成分を持っている。そんなものはかけらもない、と断言する人は、たぶん筆者が言わんとするところのものとはまったく別のものをSFと呼んでいるに違いない。クラークはそのデビュー長篇、『宇宙への序曲』（一九五一）以来、ひたすら彼の作品の読者たちに、その共鳴の輪を広げてきた。そして読者の方は（筆者がそうであるように）クラークの作品に触れ続けることによって、宇宙の中におけるホモ・サピエンスという存在の意味をどこかでずっと意識するような知のスタイルを培ってきた。今にして思えば、どんな科学の教師よりも、クラークは透徹した科学的理性によって世界と対峙する生き方の重要性と美しさをわれわれに叩き込んでくれた恩師だったのである。

だから、彼とともに歩み、彼の精神を吸収し続けてきたわれわれが、その旅路の果てにおいて、クラークとともに眼の前にそびえたつ軌道エレベーターを見上げる時、どうしても万感の思いがこみあげてくるのを抑えることができない。これで一つの円環が閉じ、そこから、新たに一筋の道が宇宙へとつながった。それは、ただ単にわれわれをこの揺りかごでも牢獄でもある天体から解き放ってくれる唯一にして終極の物理的手段であるにとどまらない。それこそ、クラーク的精神の具象化されたものに他ならないのである。

とは言うものの、長らく――ユーリ・アルツターノフによる近代的軌道エレベーターの概念の提示から数えて四十五年、ツィオルコフスキーの軌道塔から数えれば百十年（二〇〇五年現在）――軌道エレベーターの概念は、夢と同列の次元に留まっていた。軌道エレベーターを、具体的な検討の対象にしようにも、その建設に使用できるような高張力材料がどこにも存在しなかったからだ。

クラーク自身が一九八一年の解説記事において定式化しているが、軌道エレベーターに使用できる材料には次のような条件が求められる。すなわち、太さ一定のワイヤーに成形した時、強さ一定の一Gの重力場の中で四九四〇キロメートルの高さからつり下げても自重で切断されなければ、この材料は静止軌道から地表まで、一定の太さのままで到達することができる。もし、静止軌道において断面積を大きくとり、先端に行くほど細くなるテーパー構造をとれば、それだけワイヤーはじょうぶになり、自重プラス余剰のペイロードの加重にも十分耐えられるだろう。この、太さ一定／一G／四九四〇キロメートルという目安を、ロケットの脱出速度にちなんで〝脱出長〟と呼び、こんな材料があれば、理論的にはすぐにでも軌道エレベーターは建設可能である。

しかし、『楽園の泉』が書かれた当時（それを言うなら二〇〇五年現在も、だが）、もちろんそんな材料はどこにも存在しなかった。クラークは作品の中で、微量元素をドープした擬一次元ダイアモンド結晶による〝超繊維〟をエレベーターの素材として登場させているが、現実の素材でこれにもっとも近いと思われる黒鉛のひげ結晶《ホイスカー》（ただし実際に作れる長さは数ミリ程度）でも、理想的な状態で、太さ一定／一Ｇでの破断長は二二〇〇キロメートルでしかない。

この状況がにわかに一変したのは二〇〇〇年のことだった。この年、新素材〝カーボン・ナノチューブ〟がいきなりこのジャンルの表舞台に躍り出たのである。

カーボン・ナノチューブ（ＣＮＴ）は、一九九一年、ＮＥＣ基礎研究所の飯島澄男博士によって発見された炭素の巨大分子で、炭素原子が直径ナノメートル単位の中空の筒をなすように結合している。中空のチューブだから比重は非常に軽く、一・四ほどしかない。にもかかわらず、引っ張り強度はダイアモンドをもしのぐと予測され、発見当初から、一部の宇宙マニアは軌道エレベーターの材料として密かに注目していたものだった。ところがこの年、飯島博士らによって、初めてＣＮＴの強度の推定値が発表され、その引っ張り強度は少なくとも五〇ギガパスカルという数値が飛び出したのである。この比重とこの引っ張り強度なら、先の条件で破断長はすでにほぼ四五〇〇キロメートル、わずかにテーパーをつけるか、もうほんの少し強度を高めれば、『楽園の泉』に登場したものよりはるかに小さな質量で、同等の能力を持つエレベーターが建設できるのである。あとはただ、いかにして微小なＣＮＴを、静止軌道に到達するほど巨大化できるか、という問題が残されているだけだ。

二一世紀の開幕と同時に、多くの研究機関、企業がなだれを打ってこのジャンルに参入してきた。CNTの巨大化・量産化を前提とした具体的なエレベーターの建設計画が次々に発表され、その建設をうたって投資家から資金を集めるベンチャー企業も相次いで立ち上がった。中には、まだ巨大CNTそのものが存在しないのに、早々と運行開始予定日を発表した会社もある。

だが、こうして、軌道エレベーターが急速に現実味を帯びてくるにつれ、それをはばむ社会的・政治的要因についても、否応なしにわれわれは考えざるを得なくなってきた。

もし、数年から数十年の内に、軌道エレベーターを作れるだけの技術的条件が整ったとしたら、その時誰が建設の主導権をにぎり、運行は誰が管理するのだろう？　そのための技術的裏付けを持つ国はまだまだごくかぎられるが、その主導権争いはすさまじいものになるのではないだろうか。軌道エレベーターを最初に建設できる場所は限られてくる——実際、クラークの指摘通りインド洋周辺になるはずだ——が、そうなると、地球側のステーションは特定の国家の領土ないし領海に含まれるのだろうか？　軌道エレベーターを建設すれば、必然的に特殊な軌道をめぐるもの以外のあらゆる人工衛星は遅かれ早かれエレベーターに衝突することになり、現行の宇宙計画はすべて御破算になる。その時、宇宙に権益を持つすべての国家、企業を誰が説得し、誰がその損害を補償するのだろう？　要するに軌道エレベーターはもはや技術的検討課題でも、ましてや人類の進化のヴィジョンを語るよすがでもなく、純然たるカネと力の次元の課題となるのである。まず間違いなく軌道エレベーターは、近い将来の世界に、激しい国家間の軋轢をまきおこし、さまざまな思惑を持つ無数の利権集団、狂信者の群れをも駆り立てるだろう。おそらく、それは多くのテロリストにとっての憎むべき標的となるに違いない。

そう考える時、クラークの描く、軌道エレベーターを受け入れる未来社会は、あまりにも美しく、あまりにもわれわれの現実世界の汚濁から遠い、理性のユートピアである。クラークが過去にたびたび、理性の最後の敵としてそれへの嫌悪感を(時にはやや感情的に)表明してきた、宗教イデオロギーも政治イデオロギーも、ここではもはや社会を動かす力ではありえないものに変わってしまっている。絶対一神教が恒星間宇宙からやってきた異星の探査体に論破されたくらいで黙り込むとはとうてい思えないのだが、それ以前に人類が理性によって飢餓と貧困を乗り越えることに成功していれば、絶対的非合理主義に立脚するミームなど自然に衰退していく、というのは、クラークにとっては自明の理なのかもしれない。筆者は少なくともその確信を笑うつもりはまったくない。彼の理想が体現されたこの作品世界にたゆたう比類ない気品、この香り高さに、筆者は今もなおかぎりない憧憬を抱き続けている。これこそがクラークの真骨頂であり、ここにクラークの魅力のすべてがある。試みに、クラークがここ数年、ジェントリー・リーやスティーヴン・バクスターなどの若手と組んで書いている(本当のところ、どこまで彼が関与しているのかはわからないが)作品と本書とを読み比べてみていただきたい。筆者が何を言わんとしているかは一目瞭然であろう。

かつてこの作品を読んだ方も、今回初めて本書を手にとる方も、ぜひ、心ゆくまでクラークの世界の滋味を味わっていただきたい。

本書は、一九八七年八月にハヤカワ文庫ＳＦから刊行された『楽園の泉』の新装版です。

訳者略歴　1927年生，1993年没，1952年東京大学理学部化学科卒，英米文学翻訳家　訳書『楽園の日々』『2061年宇宙の旅』クラーク，『人間への長い道のり』アシモフ，『タイムスケープ』ベンフォード（以上早川書房刊）他多数

HM=Hayakawa Mystery
SF=Science Fiction
JA=Japanese Author
NV=Novel
NF=Nonfiction
FT=Fantasy

楽園《らくえん》の泉《いずみ》

〈SF1546〉

二〇〇六年一月三十一日　発行
二〇二〇年六月　十五　日　五刷
（定価はカバーに表示してあります）

著者　アーサー・C・クラーク
訳者　山《やま》高《たか》昭《あきら》
発行者　早川　浩
発行所　株式会社　早川書房

郵便番号　一〇一 - 〇〇四六
東京都千代田区神田多町二ノ二
電話　〇三 - 三二五二 - 三一一一
振替　〇〇一六〇 - 三 - 四七七九九
https://www.hayakawa-online.co.jp

乱丁・落丁本は小社制作部宛お送り下さい。
送料小社負担にてお取りかえいたします。

印刷・株式会社精興社　製本・株式会社川島製本所
Printed and bound in Japan
ISBN978-4-15-011546-3 C0197

本書は活字が大きく読みやすい〈トールサイズ〉です。